Von Serena Gray sind außerdem erschienen:

Wer Ordnung hält, ist zu faul zum Suchen (Band 60071)
Nobody is perfect (Band 60078)
Handbuch für Außerirdische (Band 60123)
Der Frosch im Märchenprinzen (Band 60258)

Vollständige Taschenbuchausgabe Oktober 1997
Droemersche Verlagsanstalt Th. Knaur Nachf., München
Dieses Taschenbuch ist auch unter der Bandnummer 03277
erhältlich.
Titel der Originalausgabe: »Beached on the shores of love«
Copyright © 1989 by Serena Gray
Originalverlag: Macdonald & Co.
Umschlaggestaltung: Angela Dobrick, Hamburg
Umschlagillustration: Elvira Bach
Satz: MPM, Wasserburg
Druck und Bindung: Ebner Ulm
Printed in Germany
ISBN 3-426-60718-2

5 4 3 2

Serena Gray

Eine Frau über 35 läuft eher Gefahr, von einem Tiger gefressen zu werden, als einen Mann zu finden

Roman

Aus dem Englischen von Barbara Sethe

Inhaltsverzeichnis

TEIL I

Wie überlebt man den Männermangel und ähnliches

1

Der Terrorismus und Sie

Vor kurzem saß ich eines Abends auf der Veranda und arbeitete an meinem Wandteppich, auf dem ich die Geschichte der Frauenbewegung der letzten hundert Jahre darstelle. Dabei dachte ich darüber nach, auf welch merkwürdige Weise die Dinge doch wiederkehren. Miniröcke feiern ein Comeback, ebenso knallige Lippenstifte und bunte Schals, auch die Musik der fünfziger Jahre erfreut sich neuer Beliebtheit, selbst Netzstrümpfe sind (entgegen allen Prophezeiungen meiner Mutter) zwischendurch immer mal wieder aufgetaucht — und nun kommen, womit man überhaupt nicht gerechnet hat, sogar Männer wieder in Mode. In den fünfziger Jahren war der Traum eines jeden jungen Mädchens, mit so wenig körperlichen Mängeln wie möglich aufzuwachsen, um liebesfähig und -würdig zu sein, heiraten zu können und glücklich bis an sein selig Ende zu leben. Um die Wende der sechziger Jahre aber stürmte die sexuelle Revolution durch die gewöhnlich stabilen Wohnorte der westlichen Welt, und viele Leute waren davon überzeugt, daß die Ehe am Ende wäre (und noch mehr, die meisten davon Frauen, wollten ihr den Garaus machen, wenn es nicht schon geschehen war). Während der siebziger Jahre wurde der Kampf für weibliche Gleichberechtigung in den Sitzungs- und Schlafzimmern dieses müden alten Planeten ausgefochten. Die Frauen gingen für den Mutterschaftsurlaub auf die Straße und für Kinderkrippen und gleiche Bezahlung und gleiche Chancen und das Recht auf Abtreibung und das Recht, jemand anderen dafür einzustellen, daß er die Babywindeln wechselt und das Abendessen zubereitet oder bis drei Uhr morgens aufbleibt, um das Engelskostüm für das Krippenspiel zu nähen. Single-Bars schossen wie Pilze aus dem Boden, und Frauen strebten Karrieren und ein erfülltes, selbständiges Leben an, trafen sich mit Männern, so, wie Männer sich schon immer mit Frauen getroffen haben, ganz selbstverständlich und ohne Schuldgefühle, mit einem überquellenden Terminkalender. Dabei hatten auch die Frauen mehr als eine Karte, auf die sie setzen konnten (oder wie meine Freundin Sue es formuliert: Sie tanzten auf allen Hochzeiten).

Und dann kamen die achtziger Jahre. Das Jahrzehnt von Ronald Reagan, Margaret Thatcher, dem Falklandkrieg, Tschernobyl, den Yuppies, dem mit der Bibel verteidigten Kapitalismus, dem Schwarzen Montag und der berühmten Newsweek-Überschrift vom 2. Juli 1986: *The Marriage Crunch* (»Das Eheknirschen«). In jenem Artikel wurde den Frauen unmißverständlich mitgeteilt, was viele schon zu ahnen begonnen hatten. Passende Männer (was heißen soll, Männer, die einigermaßen gesund sind und nicht gerade am Hungertuch nagen und nicht so jung, daß man ihnen beibringen muß, mit welcher Gabel sie den gebackenen Ziegenkäse als Vorspeise essen sollen, und nicht so alt, daß die Chancen größer sind, sie könnten im Schlaf sterben, als erst einmal einen hochzubringen) waren, wie der weiße Wal, verdammt schwer zu finden.

Dem »Eheknirschen« zufolge hat eine Frau mit Universitätsausbildung, wenn sie 1986 noch allein ist, im Alter von dreißig

Jahren nur eine zwanzigprozentige Chance, je zu heiraten. Mit fünfunddreißig tut dieselbe Frau gut daran, sich einen erstklassigen Vibrator zuzulegen, sich in der Anschaffung von Haushaltsgegenständen zurückzuhalten und viele Hobbys zu haben, da die Aussichten, einen Mann zum Zusammenleben zu finden, sich auf fünf Prozent verringert haben. Wenn sie vierzig ist, hat dieselbe Frau größere Chancen, von einem Terroristen ermordet zu werden, als einen Ehemann zu finden — ganz gleich, wie erfolgreich oder talentiert oder intelligent oder schön oder nett oder anziehend sie sein mag; ganz gleich, ob sie nach einem Zehnstundentag, an dem sie als Staatsanwältin gegen das organisierte Verbrechen ins Feld gezogen ist, ein exquisites Sechs-Gänge-Mahl auf den Tisch zaubern kann; ganz gleich, ob sie gerade den Friedensnobelpreis oder den Pulitzerpreis für Journalismus gewonnen hat; ganz gleich, ob sie zu den bedeutendsten Künstlerinnen, Politikerinnen oder Tangotänzerinnen des zwanzigsten Jahrhunderts gehört, und ganz gleich, ob sie ihre ganze freie Zeit mit Einkäufen für die Bettlägrigen verbringt oder in einem winzigen Schlauchboot auf den Ozean hinausrudert, um die Wale zu retten.

Dabei ist wichtig zu erwähnen, daß dieses Problem nicht allein auf Frauen beschränkt ist, die ihre Jugend damit verbracht haben, zu behäbigen Personen zu werden. Frauen, die so alt sind (dreißig oder vierzig oder, Gott verhüte es, fünfzig), daß niemand damit rechnen würde, es könne sie noch jemand haben wollen. Denn wenngleich nach den Statistiken »jüngere« Frauen auf einem Markt agieren, wo Angebot und Nachfrage verhältnismäßig ausgeglichen sind, beginnen Menschen mit weiblicher Kennkarte über zwanzig Jahre, die Dinge als etwas öde anzusehen. Ist ein Mädchen erst einmal seiner Teenagerzeit entwachsen und hat die Schule beendet, bekommen die Samstagabendverabredungen Seltenheitswert. Ist die Gruppe, mit der man zusammen war, erst einmal auseinandergebrochen und haben sich die Freunde zu Paaren zusammengetan und verbringen ihre Freizeit mit Dingen, die Paare eben tun (andere Paare zum Essen einladen und an Wochenenden sich mit kleinen Tannen und größeren Gummibäumen im Arm durch ein Gartencenter schleppen), und gehen die eigenen Tage mit Arbeiten dahin (vorausgesetzt natürlich, daß man nicht gerade Manchester United oder die Chicago Bears managt), dann sind die einzigen Männer, denen man vielleicht über den Weg läuft, entweder verheiratet oder aus gutem Grund nicht verheiratet.

Und somit sind Männer natürlich wieder gefragt. Plötzlich ist es wieder genauso wichtig geworden, einen Mann zu haben, wie auch einen Minirock. Noch vor zehn oder zwanzig Jahren ging es in den für Frauen geschriebenen Büchern darum, daß wir uns behaupten und begreifen müssen, wie sehr die Männer uns von alters her manipuliert und ausgenutzt haben. Sie zeigten uns, wie wir uns selbständig machen und unsere Freiheit und unsere Rechte als menschliche Wesen genießen, wie wir uns selbst finden können und uns nicht zu Barbie-Puppen entwickeln müssen. Jetzt geht es nur noch darum, wie man »ihn« finden kann — und, hat man ihn gefunden, daß man ihn verstehen, glücklich machen und um alles in der Welt festhalten muß. Trug die Frau noch vor zehn oder zwanzig Jahren vernünftige Kleider und praktische Schuhe (nachdem sie den letzten Stöckelschuh an seinem Kopf zerschmettert hatte, als er meinte, daß sie ihre Ansicht über die *ciné vérité* besser für sich behalte), hatte Handwerkszeug unterm Arm und einem festen Schritt, wobei sie jedem Mann, der es wagte, ihr die Tür aufzuhalten oder einen Stuhl zurechtzurücken, eins auf den Deckel gab, so trägt dieselbe Frau heute Pfennigabsätze, kniffelige Frisuren und enge Röcke, die es ihr schwermachen, vor

Wüstlingen davonzulaufen. Sie stimmt auch noch ein Lied darüber an, wie schön es ist, eine Frau zu sein.

Worauf alles hinausläuft, ist, daß es in der Geschichte dieses Planeten noch nie so viele verblüffend passende Frauen gegeben hat (Frauen mit guten Jobs und eigenen Wohnungen und vollen Terminkalendern; Frauen mit hoher Kreditwürdigkeit und beneidenswerten Plattensammlungen und Autos, die sie nicht von ihrem Vater haben) und so wenig passende (geschweige verfügbare) Männer.

Die Spalten mit den Bekanntschaftsanzeigen sind zahlreich, nicht weniger die computergesteuerten Eheanbahnungsinstitute; Tausende von Büchern teilen einem mit, was mit den Männern nicht stimmt, was mit einem selbst nicht stimmt, wie man mit Männern umgeht, welche Liebeskünste man anwenden sollte (vorausgesetzt, daß man überhaupt so weit kommt) und wie man die Männer dazu bringt, einen zu heiraten; Millionen von Zeitschriftenartikeln sagen einem, wie man zu schöneren Haaren und Knöcheln kommt, wie man seine Haut und seine Haltung, seine Geduld und sein Monatseinkommen verbessern kann; und ein verwickeltes und ausgeklügeltes Geflecht von Müttern in der ganzen Welt ist wild dahinter her, seine Kinder zusammenzubringen. Und trotz allem war das letzte Mal, als man mit einem Mann ausging, eine eingefädelte Verabredung (der Vetter der besten Freundin, der seinen Job als Englischlehrer bei japanischen Bankiers für ebenso anregend wie stundenlanger Unterhaltungen würdig hält, kam zu Besuch, und sie erpreßte einen, mit ihm auszugehen), oder es war ein Versehen (er dachte, man sei jemand anders).

»So«, sagt man sich, »was ist zu tun? Alle Freunde, die ich habe, haben mich zum Essen eingeladen, damit ich ›jemanden kennenlerne‹, und nichts ist dabei herausgekommen. Ich habe sie alle durchgemacht! Geschiedene Journalisten mit Alkoholproblemen, Ex-SAS-Männer mit Kommunikationsproblemen, schüchterne Buchhalter, die immer losheulen, wenn sie Judy Garland *Somewhere over the Rainbow* singen hören, kahl werdende Bankiers, die sich nur durch Tai Chi Chuan entkrampfen. Wie viele Teller Spaghetti Bolognese und wie viele Gläser billigen Weins muß ich noch verdrücken?«

»Was soll's?« meint man dann. »Ich wollte sowieso nie eine Dauerbeziehung mit Zusammenleben. Ich habe nicht die geringste Lust, meine Gucci-Tasche gegen Windelkartons einzutauschen. Ich habe nur *eine* Zahnbürstenhalterung, und daran will ich auch nichts ändern. Wie das Kamel kann man mich für ein Wüstenschiff halten.«

»Daß ich nicht lache«, sagt man. »Ich habe mich schon vor langer Zeit entschlossen, daß ich, wenn ich nicht Bruce Springsteen haben kann, überhaupt keinen will. Liebhaber sind wie Röteln — etwas, das man mal gehabt hat und nicht noch einmal haben will.«

Schwierige Zeiten, sicher. Wer meint, daß die sexuelle Revolution mausetot und die Frauen zur Vernunft gekommen seien und sich wieder für die richtigen Dinge interessierten, wie einen Partner zu finden, der ihnen zu Sicherheit, Kindern, einem schönen Heim, einem Suzuki-Jeep und — hoffentlich — zu keinen Geschlechtskrankheiten verhilft, erkennt klar, daß etwas geschehen muß. Wartet sie darauf, daß ihr Prinz sich auf den Weg macht, braucht sie nicht lange zu warten. Aber wartet sie darauf, daß ihr Prinz auftaucht (so wird heute gewarnt), muß sie entdecken, daß er auf seinem Weg abgelenkt wurde, eine andere geheiratet hat und am Rand der Stadt wohnt.

Und selbst jene unter uns, die ihre Einsamkeit und Selbständigkeit genießen — jene unter uns, die meinen, wenn man zum

Valentinstag nur eine Karte von den Eltern und der besten Freundin bekommt, wird das mehr als dadurch ausgeglichen, daß man die ganze Nacht die Stereoanlage aus Versehen anlassen und niemand einen mit Gebrüll über Stromrechnungen morgens aus dem Bett holen kann —, geben zu, daß Männer ganz nützlich sein können. Die meisten von uns hätten nichts gegen eine kleine Affäre hier und da. Abendessen bei Kerzenschimmer für einen ganz allein sind nichts anderes als stromsparend. Man kann Männer zum Tanzen schleppen. Es ist schön, mit jemandem *Es geschah in einer Nacht* auf dem Video anzuschauen. Man kann nicht ganz allein eine Pizza aufessen, und wenn man sie ins Tiefkühlfach steckt, sprengt sie immer die Folie, in die man sie gepackt hat, und alle Pilze und Peperoni fallen herunter. Wenn man einen Freund hat, fragt einen die Mutter nicht mehr ständig, warum man keinen Freund hat. Wenn man einen Freund hat, haben die Freunde nicht mehr das Gefühl, sie können einen nicht zum Essen einladen, weil man die Zahlenharmonie durcheinanderbringt (oder anders ausgedrückt, sie haben nicht das Gefühl, wenn sie einen zum Essen einladen, müßten sie auch den Bruder Ted, den alleinstehenden Dozenten der Business School, einladen, der trotz einer unverkennbaren Vitalität wenig mit der eigenen Lebensweise gemein hat). Wenn man einen Freund hat, kann man sich auch über etwas beklagen, wenn die Freundinnen alle über ihre Ehemänner oder Liebhaber stöhnen. Wenn man mit einem Mann lebt, wird man wissen, warum man unglücklich ist, und nicht kostbare Lebensjahre mit der Sorge verschwenden, das Klimakterium setze früher ein, wenn man es nicht tut.

2

Gibt es da wirklich ein Problem?

Da gibt es wirklich ein Problem. Und wenn man nicht unter zwanzig ist, auf einer Militärbasis lebt und wie Kelly McGillis aussieht, ist es wahrscheinlich, daß man es nicht nur schon kennt, sondern daß man auch weiß, wie sehr es einen belastet.

Überall, wo man hingeht, ob zum Friseur, in irgendeine In-Bar, zum Aerobic-Kurs, ins nahe Schwimmbad, zum Damenabend — kurz, überall dort, wo sich Frauen zusammenfinden —, worüber hört man alleinstehende Frauen reden? Daß es zuwenig Männer gibt. Frauen, die sich früher jeden Montagabend trafen, um einander das Bewußtsein zu wecken, sitzen jetzt herum, trinken Gin und lachen jedesmal hysterisch, wenn jemand die Platte mit Tammy Wynettes *Stand by your Man* auflegt. Die Graffiti bei »Damen«, die einstmals lauteten: »Wer braucht einen Mann?«, lauten nun: »Wer schafft es, einen zu finden?« Die Kellnerin, die mithört, wie man mit der Freundin darüber redet, daß der letzte Mann, der einen angefaßt hat, einem Blut abnahm, zieht einen Stuhl heran und fängt an, einem zu erzählen, wie sie einen Ringkampf mit jemandem angezettelt hat, nur um jemandes Arme zu spüren.

»Aber meine Mutter behauptet, es gibt Männer«, protestiert man. Man sollte es besser wissen. Es war auch die eigene Mutter, die einem gesagt hat, daß einem die Brille gut stehe und daß man rechtzeitig wachsen würde. Es war auch die eigene Mutter, die einem versichert hat, daß richtige Männer sich mehr für Charakter und Persönlichkeit interessierten als für die Größe des Busens oder feste Hüften. Die Mutter hat auch behauptet, daß man eine wohlgeformte Nase habe. Mütter werden — aus den besten Gründen — dafür bezahlt, daß sie lügen. Das steht in ihren Verträgen. Und selbst wenn sie nicht lügen, heißt das noch lange nicht, daß sie die Wahrheit sagen. Mütter benutzen die Mutter-Sprache. Das heißt, bevor sie einem die Wahrheit sagt, wird sie einem eher entweder sagen, a) was man hören will; b) was sie hören will; c) was beide hören wollen; d) die wörtliche im Gegensatz zur wirklichen Wahrheit (z. B. sagt die Mutter einem, daß der blaue Lidschatten gut zum Teint passe, was stimmt; was sie einem nicht sagt, ist, daß der Schnitt des Jacketts einen aussehen läßt, als habe man den BH mit Orangen ausgestopft).

Natürlich gibt es Männer. Zum Beispiel ist da der Junge an der Supermarktkasse, der sich des Beutels mit dem noch nicht gewogenen Gemüse annimmt. Da ist der Mann, der einem immer ohne ein Lächeln Rabattmarken herausgibt, wenn man das Benzin bezahlt (aber nur, wenn man ihn vorher darum bittet). Da ist der ziemlich aufregende Mann im schwarzen Porsche, der seine Hupe betätigt und einem mit der Faust droht, weil man mit dem eigenen Volkswagen aus Versehen seinen Seitenspiegel gestreift hat. Da ist der reizbare Mann, dessen Unterwäsche irgendwie unter die Buntwäsche in der Waschmaschine geraten ist. Da ist der Kerl in dem Lebensmittelgeschäft an der Ecke, der einem auf die Hüften starrt, wie es die Mutter tun würde, wenn sie bemerkte, daß man die schokoladenüberzogenen Roggenkekse einsteckt. Da sind die Ehemänner und Brüder und Liebhaber und Freunde von Verwandten, Bekannten und Freunden. Da sind die Polizisten (wenn man einen braucht, ist nie einer da) und Lastwagenfahrer (immer da, wenn man sie nicht braucht). Zahnärzte und Bauaufseher, Kammerjäger und Friseure, Schuhverkäufer und Männer vom Telefon-Entstörungsdienst und Flußbootkapitäne. Männer sind überall. Aber da ist kein Mann, mit dem man sich zusammen *Poltergeist 3* ansehen möchte, um bei den unheimlichen Szenen auf seinem Schoß landen zu können. Keiner, dessen Speichel man mit dem seinen vermischen möchte. Keiner, dem man die geheimen Wonnen von Schokoladenmousse morgens um drei beibringen möchte.

Dafür kann nun ausnahmsweise die Mutter nichts. Was ist also passiert? Wurden all die guten Männer von sexbesessenen Frauen eines anderen Planeten entführt? Haben sie alle Schweige- und Enthaltsamkeitsgelübde abgelegt und sich in tibetanische Klöster zurückgezogen, um auf das Ende der Welt zu warten (was, das muß man ihnen lassen, nicht den Anschein hat, allzu weit entfernt zu sein)? Vielleicht hat es von vornherein nie so viele gute Männer gegeben? Ging es einfach immer nur darum, daß man lernte, Schnecken zu essen, da einem nichts anderes geboten wurde? Ist das vielleicht die männliche Rache für die Frauenbewegung, die Vergeltung für all die Nächte, die die Kerle allein verbringen mußten, während ihre Frauen mit den Mädchen vom Büro ausgingen oder bis spät am Abend arbeiteten und sie mit den Essensresten vom Sonntag und nichts Vernünftigem im Fernsehen allein ließen? Hatte meine Großmutter Sadie recht, als sie 1971 weissagte, daß nichts Gutes dabei herauskommen würde, wenn Frauen wie menschliche Wesen behandelt werden wollten? Was Sadie tatsächlich gesagt hat, als sie unerwartet gegen Ende des weihnachtlichen Familienessens wieder aufwachte, war, daß Homosexuelle und Feministinnen den Streit suchten. Da der Rest der Versammlung darüber debattiert hatte, ob der Pudding jenes Jahres besser war als der des vorangegangenen, verursachte Sadies Bemerkung minutenlanges verblüfftes Schweigen. Oder ist es einfach so, wie meine Freundin Eliza in den vergangenen Jahren immer wieder gesagt hat, daß alle guten Männer entweder verheiratet oder sonstwie gebunden sind?

Zum Teil ist diese Situation direkt auf die verschlungenen Pfade des Lebens zurückzuführen. Nicht nur ist die Sitte, weibliche Babys gleich nach der Geburt zu ertränken, zumindest teilweise aus der Mode gekommen, sondern die Natur, die wußte, was auf uns zukommen würde, hat dafür gesorgt, daß wir viel mehr aushalten als Jungen. Sie hat auch dafür gesorgt, daß wir eine weniger egozentrische und globalere Weltsicht haben als die Männer und daß wir in unserem Geschmack und unseren Wünschen praktischer und reifer sind.
Was heißt das? Daß ein Mann gewöhnlich Weizenkeime und Cola zum Frühstück vertilgt, wogegen eine Frau erst ihre Kinder füttert und dann etwas Haferbrei ißt? Mehr oder weniger.
Es heißt, daß die Idealfrau eines noch etwas törichten Grünschnabels von sechzehn Jahren, die das Faltblatt in der Mitte der August-Ausgabe des PLAYBOY zierte, diese atemberaubende Schönheit mit den steilen, langen, schweinchenrosa Brustwarzen und dem Lolita-Schmollmund und der Liebe zu den Hunden und Spaziergängen im Regen und Wasserski (oben ohne, versteht sich. Ich finde es einfach herrlich, das sprühende Wasser auf meinem Körper zu spüren), immer noch seine Idealfrau sein wird, wenn er achtundfünfzig, Leiter einer Geld scheffelnden Kanzlei, ein geachteter und wegen seiner Intelligenz

und Weitsicht bekannter Richter und ein Mann ist, der aus Spaß James Joyce liest. Und es heißt auch, daß Männer — ihr Leben lang von Frauen gehegt und gepflegt und in dem Glauben erzogen, wenn es zur Lebensplanung kommt, war alles andere nichts als Übung — eine längere Haltbarkeit haben als Frauen.

Denn die traurige Wahrheit ist — ganz gleich, wie häufig die Freundinnen zu einem sagen: »Alt? Du bist nicht alt. Guck dir doch die Cher an oder Tina Turner«, oder »Und Joan Collins? Ist sie nicht das ideale Vorbild für uns alle?« —, die Maßstäbe, nach denen ein Mann als Sexualobjekt eingeschätzt wird, sind nicht die gleichen, nach denen eine Frau beurteilt wird. Ein Mann kann so alt, so fett, so komisch aussehend, so ungeschliffen, so uncharmant und so anrüchig wie möglich sein; er kann Äderchen auf den Wangen haben, oder die Haare können ihm aus der Nase wachsen, oder eine Augenbraue kann sich über seine ganze Stirn erstrecken; er kann aussehen, als wäre er im zwölften Monat, oder wie Brackwasser riechen — er wird immer noch jemanden finden, der ihn Schätzchen nennt und im Badezimmer seine Socken vom Fußboden aufhebt.

Es ist wirklich eine merkwürdige Welt. Ein kahler, schlabbriger, mürrischer Mann mit sechzig, der ein mittelmäßiger Liebhaber, ein schlimmer Koch und erbärmlicher Hausmann ist, ein Mann, der Nylonhemden trägt und in dunkler Nacht noch am erträglichsten aussieht, würde es nicht im geringsten für seltsam oder ungewöhnlich oder auch nur ein bißchen ungerecht von einem fortschrittlichen Standpunkt aus halten, wenn er sich eine Dreiundzwanzigjährige zulegte, die seine Witze lustig, seine Reife sexy, seinen scheußlichen Kleidungsgeschmack und seine Wohnungseinrichtung männlich und seine häusliche Hilflosigkeit rührend fände. Dagegen eine attraktive, intelligente Frau von vierzig, die ihr Auto selbst repariert, die einen sie ausfüllenden, interessanten Beruf hat, kochen kann, wie man sich immer gewünscht hat, daß die eigene Mutter kochte, viel Stilempfinden hat, sich bei Weltmeisterschaften in Backgammon und Breakdance behauptet und an einer Doktorarbeit über orientalische Religionen arbeitet, wenn sie nicht gerade den Blinden vorliest, eine solche Frau meint, sie sei schon dahingegangen und zum Himmel aufgestiegen, wenn ein Mann unter fünfzig ihr nicht sagt, sie erinnere ihn an seine Mutter.

»Warum ist das so?« möchte man zu Recht wissen. Ganz einfach — Frauen suchen in Männern andere Dinge (so etwas wie Charakter, Geborgenheit, Kameradschaft, Intelligenz, Verantwortungsbewußtsein, Freundschaft, Humor, Führung, Stabilität — Dinge, die sie wahrscheinlich nie finden werden) als die Qualitäten, die Männer bei Frauen suchen (physische Attraktivität, Sexualität, Bewunderung, mütterliche Kraft und Loyalität). So wie Eliza meinte, als ihr erster Mann mit dem Aupair-Mädchen nach Amsterdam verduftet ist: »Wenn Männer so gut denken, wie sie sehen könnten, wäre die Welt heute nicht so chaotisch.«

Und so kommt es, daß mit einer Frau Anfang Dreißig etwas Merkwürdiges passiert! Zu alt, um als Sexualobjekt angesehen zu werden, und zu jung, um zu erwarten, daß andere im Bus für sie aufstehen, wird sie unsichtbar. Es spielt keine Rolle, wie gut sie aussieht, wie scharf ihr Verstand oder wie rein ihr Herz ist. Sie könnte ebensogut aus Glas bestehen. »Sehen Sie die Frau dort drüben?« fragt man die Männer auf dem Gerüst. Gelegentlich sehen sie von der Arbeit auf und rufen vorübergehenden jungen Mädchen schmeichelhafte Worte zu, ein Beweis, daß ihre Sehschärfe nicht beeinträchtigt ist. Nun kommt eine hübsche Vierunddreißigjährige die Straße herunter; sie trägt ein leuchtendes Cape und hält fünfundzwanzig silbrige

Luftballons in der Hand, die allerdings keinen Schimpansen führt. Die Männer auf dem Gerüst folgen dem Zeigefinger. »Welche Frau?« fragen sie.

Ein Mann jedoch hat kein solches Schicksal zu erdulden. Solange er nicht zusammengeflickt ist und noch einen Herzschlag hat, kann ein Mann bis weit über die Sechzig begehrenswert sein — und wenn er reich, mächtig, berühmt und anmaßend genug ist, sogar noch bis über siebzig und achtzig. »Auch wenn er herrisch und dominierend ist und Sie nicht Ihre Platten spielen läßt, wenn er im Haus ist?«

Auch wenn er mitten in einer ernsthaften Auseinandersetzung sich hinüberlehnen, Ihre Hand tätscheln und sagen wird: »Liebling, erinnern wir uns daran, welchen Tag wir im Monat haben«?

Eine merkwürdige Welt, und sie wird immer merkwürdiger. Denn was man aus dem Newsweek-Artikel herausliest, ist, daß eine Frau in den Zwanzigern, die sich um Bildung und Selbstvertrauen bemüht und Erfolg in ihrem Beruf hat, bewußt auf ihre Chance verzichtet, einen Ehemann zu finden. »Arme alte Ludmilla!« sagen alle ihre Freunde. »Kannst du dir das vorstellen? Sie hat die ganze Mühe auf sich genommen, eine gute Universität zu besuchen, und statt sich einen Arzt oder einen Rechtsanwalt oder zukunftsträchtigen Kleinwaffen-Fabrikanten zu suchen, hat sie etliche Examina bestanden, hat eine einflußreiche, wichtige Stellung bei einer Interessengruppe zugunsten des Umweltschutzes und einen Sonderauftrag von der UNO und nichts anderes, worauf sie sich nun freuen kann, als auf den Lauf einer Maschinenpistole zu starren.« Und ein Bericht in der Times, der sich an eine Erhebung von 1988 hielt, zeigte, daß »viele erfolgreiche Frauen Mitte Dreißig ein einsames und emotional unausgefülltes Leben führen«. Obwohl der Bericht offensichtlich keinerlei Versuch machte zu ermessen, wie emotional unausgefüllt das Leben von Frauen ist, die kein einsames Dasein führen, ist wieder einmal klar, was gemeint ist. Man kann eins haben, aber nicht beides. »Ah, wie bitte?« hält man entgegen. »Einen Augenblick mal. Wieso kann ein Mann einen Beruf und eine Familie haben und eine Frau nicht?«

Weil Männer Frauen haben, die sie unterstützen und fördern und ihre Familien aufziehen und den kleinen Seitensprung mit der Dame vom griechischen Reisebüro verstehen, und Frauen haben Ehemänner, die von ihnen erwarten, daß sie sich wie Ehefrauen benehmen.

»Aber das ist nicht fair!« ruft man.

In einer Welt, in der Ronald Reagan zum Präsidenten gewählt und Nelson Mandela ins Gefängnis gesteckt wurde, erwarten Sie Gerechtigkeit?

3

Gibt es eine Lösung?

Die Meinungen gehen auseinander.

Meine Freundin Jane, die, seit sie neun war, immer die eigene Vervollkommnung im Übermaß betrieb und meinte, wenn sie jede Nacht ihre Füße am Bett festbände und ihre Schwester sie an den Armen zöge, würde sie größer werden, behauptet, die Lösung liege in einem selbst.

Es gibt Mädchen, die durch ihre Backfischjahre in einem von gutem Wind getriebenen Boot (und für schwierige Turns mit Außenbordmotor) auf ruhiger See dahinsegeln. Diese Mädchen waren nie zu groß, zu klein, zu dünn oder zu dick. Sie waren nie unbeholfen oder linkisch oder pickelig. Sie brauchten sich nie zu weigern, bei Tageslicht aus dem Haus zu gehen. Diese Mädchen durchliefen nie, was die eigene Mutter »die Häßliche-Entchen-Zeit« nannte. (»Wart nur ab, bis du siehst, was für ein schöner Schwan du eines Tages bist«, pflegte die Mutter mit überaus freundlichem Lächeln zu sagen, Mutter-Sprache, das Herz nach außen gekehrt.) »Dann werden die Jungen dich schon angucken!« — »Aber sie gucken mich jetzt an, Mum«, schluchzte man. »Nur statt sich mit mir zu verabreden, nennen sie mich Moby Dick oder tun so, als müßten sie sich übergeben.« — »Mach dich nicht lächerlich«, pflegte die Mutter zu besänftigen. »Ihr Teenager nehmt alles so persönlich.«

Diese Mädchen wurden nie von Selbstzweifeln befallen, geschweige denn geplagt. Sie verbrachten nicht ihre halbe Jugend damit, daß sie sich in jeder spiegelnden Fensterscheibe und jeder Glastür anstarrten — sind meine Oberschenkel zu dick? Ist mein Busen zu klein? Wenn ich den Rücken krümme, wirkt mein Busen dann größer? Ist ein Auge größer als das andere? Welches? Wenn ich die Wangen nach innen sauge, sehe ich dann aus, als hätte ich hohe Backenknochen? Ist das ein Makel? Sie probierten nicht alle Salben und Cremes und Wässerchen und sonstige Erfindungen (von Männern) aus, die sie über Nacht in jene Art Mädchen zu verwandeln versprachen, die für einen Lippenstift oder Instant-Suppe werben oder mit einem Rockstar ausgehen konnten (was diese natürlich nicht nötig hatten: Sie waren einfach so). Sie lasen nicht gierig jede Mode- und Schönheitszeitschrift, die es auf dem Markt gab, um dann gewissenhaft jeden Tag für einen flacheren Bauch und einen geraderen Rücken drei Minuten zu turnen und sich, während alle Heißwasserhähne liefen, mit einem Handtuch um den Kopf im Badezimmer zu verschanzen und sich die Wunder-Dampf-Behandlung für zarte Haut angedeihen zu lassen. In der Zwischenzeit stand der Vater dann draußen, hämmerte an die Tür und wollte wissen, ob er den Notarzt rufen sollte.

Wenn diese Mädchen zum Tanzen gingen, tanzten sie. Nicht wie wir, die wir uns in einer Ecke des Raums zusammendrängten und versuchten, nicht wie verkauftes Vieh auszusehen, oder wir schlossen uns in »Damen« ein und lasen in dem Buch, das wir mitgebracht hatten, weil wir von vornherein wußten, daß dies passieren würde, oder wir schluchzten in der hintersten Kabine leise vor uns hin, weil wir es genauso vorausgesehen hatten.

An jenen Wochenendabenden, wenn Sie und ich uns mit unseren besten Freundinnen (ebenso unattraktive und wenig begehrenswerte Mädchen, die entweder viel ritten oder ihre Zimmerwände mit Bildern von Popstars gepflastert hatten) ins Kino begaben, gingen diese Mädchen mit richtigen Jungen aus und nicht mit der Ausschußware von Söhnen irgendwelcher Leute, mit denen meine Mutter scrabbelte. Sie gingen aus, wurden betrunken, wurden geküßt und zogen auf den Rücksitzen der geparkten Autos ihre BHs aus, während die Fenster beschlugen und ihre Köpfe gegen die Türgriffe knallten.

Und während dieser ganzen qualvollen Teenagerjahre klammerte man sich an jene verheißungsvollen Worte, die Schneewittchen mit seiner klaren, süßen Stimme gesungen hatte: »Eines Tages wird mein Prinz kommen.« Und während dieser ganzen jugendlichen Nächte auf einem tränennassen Kopfkissen — dieser Nächte, in denen *Only the Lonely* von Roy Orbison zu hören bedeutete, da war jemand, der verstand — glaubte man der Mutter, wenn sie sagte: »Es wird passieren, wenn die Zeit gekommen ist. Mach dir keine Sorgen, Mr. Richtig wird schon kommen.« Das klang plausibel, oder? »Ah, ja«, sagte man zu sich selbst, »welch makellose Logik! Irgendwo in dieser Welt steckt der Mann, der zu mir paßt. Ein Mann, der nur für mich geschaffen wurde. Ein Mann, der dazu geboren wurde, mich auf immer und ewig zu lieben. Ein Mann, den mein Zehennagel-Fetischismus nicht anwidert. Ein Mann, der Frauen mit kurzer Taille mag, Frauen, die schnarchen und mit riesigen Lockenwicklern ins Bett gehen. Ein Mann, den meine Kenntnisse über die frühetruskische Kunst faszinieren. Ich werde auf ihn warten.«

Und ist er gekommen?

Nun ja, irgendeiner ist gekommen, irgendeiner, der Mr. Richtig zu sein schien oder zumindest Mr. Möglich in den ersten paar Stunden, Tagen oder Jahren — nur entpuppte er sich zum Schluß als Mr. Riesenfehler. Wie konnte ich nur so viel Zeit an einen Mann verschwenden, der Bruce Springsteen haßt? fragt man sich dann später. Wie konnte ich nur die besten Jahre meines Lebens für einen Mann wegwerfen, der meint, Bo Derek werde mißverstanden? Für einen Mann, der immer einschlief, wenn ich mit ihm sprach, und der nicht einmal die Schmetterlingstätowierung auf der Innenseite meines linken Schenkels bemerkte? Für jemanden, der einen nicht nur ständig daran erinnerte, daß die Kunst der Konversation tot war, sondern wahrscheinlich der war, der ihr als allererster den Garaus machte, fragt man sich später. Für einen Halunken? Einen kalten, herzlosen Schweinehund, gegen den Stalin wie ein großherziger Mensch gewirkt hätte? Macht nichts, hat man sich getröstet, nur weil Mr. Richtig sich etwas verspätet, heißt das noch lange nicht, daß er überhaupt nicht kommt. Bis er kommt, werde ich richtig bereit für ihn sein. Ich werde erfahren sein und reif und Kamasutra-geschult. Ich werde in seine Arme sausen und in Sekundenschnelle die ganzen Jahre vergessen, in denen ich mit meiner Cousine Carla zu Volkstanzkursen gegangen bin.

Die Uhr tickt weiter. Der Haufen von Tiefkühlkost-Schachteln unter dem Spülstein wächst. Jedesmal wenn dich ein Unbekannter im Supermarkt fragt, in welcher Ecke sich die Suppenbüchsen befinden, macht dein Herz einen Hüpfer: Ist er das? Könnte der Mann in dem blauen Parka mit den Reiskuchen in seinem Einkaufswagen derjenige, welcher, sein? Die Angestellten in den Läden fangen an, einen »Madam« zu nennen, der erste Jugendschmelz ist dahin. Die Dreißig scheinen noch in weiter Ferne zu liegen. Wo, zum Teufel, ist er? Hat ihn eine religiöse Sekte entführt, oder ist er auf tragische Weise bei einem Motorradunfall umgekommen? Oder lebt er einfach vergnügt und zufrieden mit einer Frau namens Marlene dahin, als Vater ihrer Kinder, der mit ihrem Hund spazierengeht und die Badezimmerfliesen legt, ohne sich bewußt zu sein, daß er die falsche Frau geheiratet hat und ein Leben lebt, das nicht seines ist?

»Warten ist out«, sagt Jane. Das Mädchen, das wartet, wird nicht von einem Kuß geweckt, sondern lebendig begraben. Einen Mann zu finden ist eine ernsthafte Angelegenheit. Wenn du ein Auto kaufen wolltest, würdest du dann einfach herumsitzen und darauf warten, daß jemand eines mit dem Zettel *Zu verkaufen* auf der Heckscheibe vor dein Haus stellt?

»Also, ich würde das sicherlich nicht tun«, flunkere ich.

»Wenn du eine Börsenmaklerin wärst, würdest du dann den ganzen Tag in der Küche bleiben und dein Schokoladensoufflé ausprobieren, während du darauf wartest, daß jemand dich mit einem heißen Tip anruft?«

»Sei nicht blöd!«

»Serena, meinst du, Margaret Thatcher wäre dort, wo sie heute ist, wenn sie bei Partys Kaffee gekocht und darauf gewartet hätte, daß man sie um ihre Meinung bittet?«

»Sehr unwahrscheinlich.«

»Wenn du was willst«, meint Jane, »mußt du rausgehen und es dir holen. Du mußt angreifen, nicht passiv bleiben. Du mußt die Initiative ergreifen. Wenn du jemanden für dich allein finden willst, der die ganze Zeit den Toilettendeckel hochgeklappt läßt, mußt du das Problem auf wissenschaftliche, geschäftsmäßige Weise angehen. Du mußt Pläne machen und sie ausführen.«

Berichtigen Sie mich, wenn ich unrecht habe, aber riecht das nicht etwas nach den Manipulierungs- und Verführungstechniken, die man Frauen von alters her zur Last legt? Paßt das nicht zu dem Stereotyp von dem beutegierigen Weibchen und dem arglosen Mann, der sich solcher Ränke nicht erwehren kann?

»Um Himmels willen, Serena«, meinte Jane. »Erzähl mir nicht, daß selbst du von dieser Art Propaganda überlistet werden kannst. Meinst du, Männer haben keine Verführungsmethoden? Meinst du, Politiker und Geschäftsleute und die Kunst- und Unterhaltungsindustrie-Magnate sind die Aufrichtigkeit in Person? Meinst du, Barry Manilow wurde ohne Strategie das Idol von Millionen?«

Jane ist auch nicht die einzige, die einem sagt, wenn man einen Mann kennenlernen will, muß man rausgehen und ihn finden. Die Freunde sagen dasselbe.

»Du solltest mehr ausgehen«, sagt meine Mutter. »Leute treffen.«

»Aber ich treffe Leute«, verteidige ich mich. »Im letzten Jahr habe ich mindestens fünf echte neue Freunde gefunden.«

»Jungen?«

»Mädchen!«

»—«

»Und letzte Woche bin ich zu der Antikriegsversammlung der Frauen gegangen. Und die Woche davor bin ich zu einer Signierstunde in der Frauenbuchhandlung gegangen. Und Sally und Mary und ich gehen morgen aus und werden alles auf den Kopf stellen. Und...«

»Nicht Frauen«, unterbricht meine Mutter. »Leute. Du mußt dahin gehen, wo du Männer triffst. Hör auf mich.«

Man muß natürlich zugeben, daß — so riskant es auch ist, den Rat einer Frau anzunehmen, die einem einmal die größten Versprechungen gemacht hat, wie hinreißend man werden würde — dies merkwürdig vernünftig klingt. Dorthin zu gehen, wo Männer zu finden sind, ist auch Janes Theorie, die sie während der letzten fünf Jahre dreimal die Woche angewandt hat.

Aber wie bei so vielen vernünftigen Theorien (wie Demokratie und Sozialismus und freiem Unternehmertum und selbst dem Einrichten eines Nebenanschlusses bei Benutzung des offiziellen Handwerkszeugs mit klaren Anleitungen), nehmen die Dinge im wirklichen Leben nicht den Gang, den die Strategen planten.

Die Frau, die jemanden finden möchte, der mit ihr ins Restaurant geht, damit sie die Dinge auf der Karte ausprobieren kann, die für zwei bestimmt sind, braucht Mut.

Die Frau, die nachts jemanden neben sich liegen haben möchte, damit sie ihn aufscheuchen kann, wenn der Einbrecher durchs Badezimmerfenster steigt, braucht Seelenstärke.

Das Mädchen, das es leid ist, nach Lust und Laune kommen und gehen zu können, und sich nach jemandem sehnt, der an ihr herumnörgelt, jedesmal wenn sie sich nach der Arbeit einen Drink genehmigt oder später als versprochen nach Hause kommt, braucht Zähigkeit.

Sie, die das gesellschaftliche Leben voller reizender Abende und anregender Unterhaltungen mit ihren verschiedenen, faszinierenden Freundinnen leid ist und sich mit zärtlicher Wehmut an die mit Männern verbrachten Jahre zurückerinnert, wenn deren Vorstellung vom Dialog darin bestand, daß sie fragte: »Möchtest du einen Kaffee (Tee, einen Drink, hausgemachte Ravioli, daß ich nach Frankreich sause wegen deines Bries, den du so gern aßest, als du 1981 dort deine Ferien verbrachtest...), Liebling?« und er antwortete: »Hm, ja, aber nicht so stark, wie du ihn gewöhnlich machst«, sollte sich auf das Schlimmste gefaßt machen.

»Rann nie der Strom der treuen Liebe sanft«, wie Shakespeare mit seinem ausgeprägten Sinn fürs Understatement einmal sagte. Dem kann ich nur die unsterblichen Worte hinzufügen, aus denen die Weisheit ihrer 85 Jahre spricht und die meine Großmutter Sadie bei meiner ersten Eheschließung zu mir sprach: »Nun«, meinte sie und strich mir die Haare aus den Augen und schnickte einen Fussel von meinem Schleier, »ich nehme nicht an, daß du weißt, was du tust, aber ich wünsch dir alles Glück der Welt.«

»Das ist sehr großzügig von dir, Großmutter. Vielen Dank!«

»Danke mir nicht«, sagte Sadie. »Du wirst es noch brauchen.«

4

Eine Einstellung, oder ist es an der Zeit, Kompromisse zu schließen?

Man trifft sich mit seiner Mutter an einem Samstag zum Einkaufen und zum Mittagessen in der Stadt, wo die Läden bequem nahe beieinander liegen und es Bänke gibt, damit sich ältere Frauen mit schlechten Füßen und Krampfadern ausruhen können, ohne Angst haben zu müssen, daß Horden von Kaufbesessenen sie über den Haufen rennen. Sie braucht etwas zum Anziehen fürs Theater, wenn ihre Gruppe das nächstemal abends Ausgang hat. Man verbringt ein paar angenehme Stunden damit, in ein Geschäft hinein- und aus einem anderen hinauszugehen. 58 Minuten von dieser Zeit vergehen damit, daß man nach einem Kleid sucht, das nicht zu kurz, nicht zu lang, nicht zu hell oder zu dunkel ist, das sie nicht wie einen als Lamm aufgetakelten Hammel, aber auch nicht wie eine liebe alte Dame aussehen läßt. In der Öffentlichkeit brüllt man sie nicht an (wie man es ja schon ein- oder zweimal getan hat), weil sie einen dazu zwingt, mit in die Umkleidekabine zu kommen und ihren Mantel wie ein Kleiderständer zu halten. Man verliert nicht die Beherrschung, wenn sie beschließt, daß die drei Kleider ihr nicht gefallen, die sie mit in die Umkleidekabine genommen hat, und sie einen dazu bringt, nach drei weiteren zu suchen (die ihr genausowenig gefallen; man verliert sie auch später nicht, wenn sie in einem anderen Laden beschließt, daß ihr das erste Kleid, das sie anprobiert hat, am besten gefiel, das genauso aussieht wie das letzte Kleid, das sie gekauft hat, als sie eins für den Theaterbesuch mit ihrer Gruppe brauchte. Ein- oder zweimal sagt man: »Oh, Mum«, wenn sie quer durch die Sportabteilung brüllt: »Schau mal, Liebes, würde dir das nicht gut stehen? Es würde deine Hüften kaschieren.«

Aber man bemüht sich ja um eine reife, erwachsene Beziehung zur Mutter, und so bedeutet es einen wichtigen Schritt, daß sie bereitwillig mit einem in die Küchenabteilung geht, um die perfekte Kräutermühle zu suchen, ebenso daß ganze fünf Minuten vergehen, bis ihre Aufmerksamkeit abzuschweifen beginnt und sie einem wieder einmal erzählt, wie sie einstmals dem Vater Gewürze auf das Steak gestreut habe und er alles herunterhaben wollte. »Salz und Pfeffer«, sagt die Mutter, »waren für Cromwell gut genug, und sie sind gut genug für uns.«

Die ganze Zeit über war die Mutter-Tochter-Unterhaltung höflich und oberflächlich — was gerade im Leben ihres Nachbarhundes passiert, welchen Einfluß das Wetter auf die Haare hat, daß die Cousine Harriet den Rechtsanwalt heiratet, der sie geschieden hat, warum man kein Glück mit seinen Rosen hat —, so wird man in etwas eingelullt, das sich als gänzlich falsches Sicherheits- und Wohlgefühl entpuppt.

Man erzählt der Mutter von der kürzlichen Beförderung, und sie sagt: »Oh, das ist schön, Liebes.« Man erzählt ihr von den Abenteuern, die man erlebt, wenn man sein Badezimmer selbst fliest, und sie sagt: »Du mußt nach deinem Vater kommen. Ich habe so was nie gekonnt. Ich habe so zarte Hände.« Andere Käufer lächeln einen freundlich an, wenn man vorbeitrudelt; der Anblick einer so guterzogenen Mutter und Tochter beruhigt sie: Die Kernfamilie ist in Ordnung.

Dann geht es zum Mittagessen.

Wir gehen in das Souterrain-Restaurant des größten Kaufhauses. Es ist harmlos mit fröhlichen Farben und Hängepflanzen geschmückt, so daß es wie eins von einer Million weiterer solcher Etablissements auf dem ganzen Planeten aussieht. Dies bestärkt einen in der Hoffnung, daß der Kalte Krieg tatsächlich vorüber ist und wir wahrhaftig eine einzige Welt werden. Wir finden einen Tisch in der Ecke, einen mit zwei Extrastühlen, so daß die Tüten, Regenmäntel, Schirme, Handtaschen und der Pullover, den die Mutter für alle Fälle mitschleppt, ebenso Platz haben. Eine müde aussehende Kellnerin, deren Gedanken deutlich nicht bei uns sind, nimmt dreimal unsere Bestellung auf. Verwirrung entsteht, weil sie offensichtlich nicht verstehen kann, was Salat ohne Dressing heißt, und weil die Mutter sich nicht entscheiden kann, was sie will. Die Kellnerin bringt uns die Getränke zweier anderer Personen, kommt dann mit den unsrigen zurück, hat aber das Wasser vergessen. Man versucht, die Musik im Hintergrund zu identifizieren (die wie in einem Traum vertraut und doch fremd ist), als die Mutter fröhlich sagt: »So, Liebes, hast du in der letzten Zeit irgendwelche interessanten Männer kennengelernt?« Man lächelt wie die Kellnerin. »Nein«, sagt man mit seiner ruhigen, gleichmütigen Stimme. »Habe ich dir erzählt, daß Linda, Janet und ich in den Ferien dieses Jahres den Amazonas raufpaddeln wollen? Wir dachten, wir wollten mal etwas ganz anderes machen.«

»Wie schön«, meint die Mutter. »Aber — wann hast du dich das letzte Mal mit einem Mann getroffen?«

Man sagt: »Mum...«

Die mütterliche Stimme wird ein winziges bißchen lauter und

artikulierter. »Ich verstehe nicht, warum du mich immer auszuschließen versuchst«, beklagt sie sich. »Ich bin deine Mutter. Ich habe ein Interesse an dir, will wissen, was sich in deinem Leben abspielt.«

Einige Leute an Nachbartischen sehen herüber. Kein Zweifel, es sind selbst alles Mütter, und jede wirft der Betroffenen einen mitfühlenden Blick zu.

»Ich schließe dich nicht aus«, zischt man zurück, wobei man, als man sich nach vorne lehnt, das Schälchen mit den Zuckertüten zu Boden schleudert. »Ich habe dir von meiner Arbeit erzählt. Ich habe dir von meinem Abendkurs in fortgeschrittener Buchführung erzählt. Ich habe dir von meinem schwarzen Karategürtel erzählt. Ich habe dir von dem Seminar erzählt, das ich im nächsten Frühjahr auf Wunsch meiner Firma in Miami leiten soll. Ich habe dir erzählt, wie ich mein Auto habe aufrüsten lassen. Ich habe dich nach deiner Meinung über die Vorhänge gefragt, die ich für das Wohnzimmer nähe. Wie schließe ich dich also aus?«

»Heb den Zucker auf, Liebes«, sagt die Mutter. »Du kannst ihn nicht einfach auf dem Boden liegenlassen. Die Leute werden denken, du seist auf der Straße groß geworden.«

Man bückt sich neben den Tisch und fängt an, den Zucker einzusammeln.

»Du schließt mich aus«, sagt die Mutter über deinem Kopf, »denn du erzählst mir nichts von deinem Privatleben.«

Man schießt so schnell hoch, daß man den Zucker fallen läßt.

»Willst du was über meinen letzten Cystitis-Anfall hören?« fragt man etwas weniger zuckersüß, als man beabsichtigte. »Es war wirklich schlimm.«

»Das meine ich nicht, und du weißt es«, sagt die Mutter. »Meinst du nicht, ich habe ein Recht zu wissen, mit wem du dich triffst? Versuchst du, etwas vor mir zu verbergen?«

Man hat seine Aufmerksamkeit wieder dem Fußboden zuge-
wandt, aber selbst ohne aufzusehen und den Ausdruck in ihrem Gesicht zu deuten, weiß man, daß sie sich an die beiden
Jahre erinnert, von denen man ihr erzählt hat, als man mit einer Stewardeß namens Lilah zusammenlebte (die nie im Lande
war, wenn die Mutter zu Besuch kam), die sich dann als ein
Heavy-Metal-Schlagzeuger namens Luke entpuppte.

»Mum«, meint man sanft, wieder auf dem Stuhl sitzend, »ich
verberge nichts. Ich habe nichts zu verbergen. Es gibt keine
Männer in meinem Leben.«

»Und warum ist das so?« will die Mutter wissen.

Man seufzt. »Weil«, antwortet man, als hätte man diese Unterhaltung noch nie vorher geführt, »weil keine Männer da
sind.«

Die Kellnerin kommt mit dem, was man bestellt hat. »Alle
Männer, die ich kennenlerne, sind entweder verheiratet oder
gebunden oder vom anderen Ufer.«

Die Kellnerin stellt die Platte mit rohem Gemüse auf den
Tisch. »Erzähl mal«, sagt die Mutter. »Gegen Fremde ist doch
nichts einzuwenden.« Sie ist noch immer auf der Stufe, wo
man sie verlassen hat.

»Keine Fremden, Mutter, Homosexuelle.«

Alle Umsitzenden, die nicht aufgesehen hatten, als man den
Zucker hinunterwarf oder anfing, von seiner Blasenentzün-
dung zu erzählen, starren jetzt zu einem herüber. Man guckt
auf seinen Brokkoli hinunter, die Kellnerin stellt den Käsetoast
vor die Mutter hin.

»Keine Entschuldigungen«, sagt die Mutter. »Es gibt genügend
passende Männer.«

Die Kellnerin setzt das Gestell mit den Gewürzen ab. »Wo?«
Man schluckt eine Gabel voll magerem Hüttenkäse hinunter.

»Wenn du sie nicht kennenlernst«, fährt die Mutter fort, »ist das dein Fehler. Du hast zu hohe Erwartungen. Du warst immer zu pingelig. Das hast du aus der Familie deines Vaters. Niemand ist vollkommen, Frauen müssen Kompromisse schließen. Warum kannst du es nicht genauso machen wie alle anderen?« (An dieser Stelle ist es interessant anzumerken, daß der Rat von einer Frau kommt, die, als man jünger war, jeden Mann, mit dem man ausging, als nicht gut genug abgelehnt hatte.)

Hat die Mutter recht? Ist man selbst an allem schuld? Ist man zu pingelig? Hat man unvernünftig hohe Maßstäbe? Sperrt man die Tür zu seinem Herzen vor absolut annehmbaren Männern zu, nur weil sie ein paar winzige, eigentlich übersehbare Mängel haben? Vor Männern, zum Beispiel, die weiße Socken und Goldkettchen tragen? Vor Männern, die sich in der Gesellschaft von anderen Männern und nach ein paar Gläsern Bier gegenseitig in die Rippen stoßen und Ausdrücke wie »Titten« und »Euter« und »heißes kleines Ding« und »geil drauf, absolut geil drauf« und »Was ich alles mit diesem festen kleinen Hintern machen könnte« benutzen? Vor Männern, die beim Lesen die Lippen bewegen? Vor Leichenbestattern? Gebrauchtwagenhändlern und Politikern?

Und wenn man gerade einen gekonnten Witz über einen Onkel macht, der so besessen davon ist, alles selbst zu machen und Geld zu sparen, daß er, um die Küche zu modernisieren, bei 10 000 Pfund landete, wo ein Fachmann es für 5000 gemacht hätte, würde man es einem Mann verübeln, wenn er nicht nur nicht lacht, sondern auch noch nach einer detaillierten Liste fragt, was gemacht worden ist und was es gekostet hat?

Oder haben Sie vielleicht eine zu niedrige Langeweile-Schwelle? Können Sie sich nicht länger als anderthalb Stunden auf die Details des World Cup von 1982 konzentrieren? Fangen Sie an, wenn er Ihnen das vierte Mal von seiner Zeit auf der Universität oder in der Armee erzählt, an etwas anderes zu denken (was es zum Frühstück geben wird, ob Sie das gelbe Tuch hätten kaufen sollen), und zwar sobald er sagt: »Mensch, wenn ich daran denke, wie . . .«? Wollten Sie je eine Expertin in der Theorie werden, wie man mit trockenen Fliegen auf Fischfang geht?

Sind Sie zu anspruchsvoll? Meinen Sie, wenn Sie die Fußballsaison, die Tennissaison und die Hockeysaison durchgesessen haben, wenn nichts anderes als ein von einer Ecke in die andere männlich gelenkter Ball aller Aufmerksamkeit wert war, daß es dann zuviel verlangt ist, wenn Sie erwarten, er gehe mit Ihnen und einer Arbeitskollegin zum Essen?

Kurz, haben Sie die falsche Einstellung? Haben Sie tatsächlich eine Einstellung, die es jedem Mann aus Fleisch und Blut schwer-, wenn nicht unmöglich machen würde, Ihr Herz zu gewinnen? Da man nicht die Tochter eines Königs ist, der die Bewerber um sein Kind zu quälen beliebt, stellt man sich dann selbst auf die Spitze eines Glasbergs und wartet darauf, daß irgendein Dummkopf zur Spitze hinaufkraxelt? Was meinen Sie, wie viele Gitarrespieler mit einem gewinnenden Lächeln es in New Jersey gibt? Stimmt es, daß, wie Jane gelegentlich behauptet, Sie beschlossen haben, da Sie die Terroristen nicht besiegen können, sich ihnen anzuschließen und Ihr eigener Saboteur zu werden?

Es folgt ein kleines Quiz, mit Hilfe dessen Sie herausfinden können, wie Ihre Einstellung zu Männern und Ihre Bemühungen zu ihnen in Wirklichkeit aussehen.

A

Was empfinden Sie bei folgenden Aussagen? Wir möchten hier Ihre erste spontane Antwort, und nicht das, was Sie nach einem zweistündigen Telefongespräch mit Ihrer Freundin beschlossen haben zu empfinden, und zwar mit einer Freundin, die immer noch ihren ersten Brautstrauß hat, der nun, in Plastik gehüllt, auf dem Schrankboden liegt.

Wenn Gott gewollt hätte, daß Frauen allein leben, hätte er keine Männer geschaffen.

1. Richtig. Selbst wenn es oft schwierig ist, aus ihrem Verhalten abzuleiten, daß Männer zu derselben Spezies wie Frauen gehören, kann niemand leugnen, daß Menschen zwei Geschlechter brauchen, um den göttlichen Plan der Fortpflanzung auszuführen. Wenn es nicht Gottes Absicht gewesen wäre, daß diese beiden Geschlechter zusammenleben, hätte er ebensogut den Erdenwurm schaffen und es dabei bewenden lassen können.

2. Falsch. Gott wollte, daß die Frauen allein leben, und so schuf er die Männer, um ihnen nicht zuviel Versuchung in den Weg zu legen. Ein solch unpassender, unzuverlässiger und meist mühsamer Gefährte war unzweifelhaft nicht für länger als für jene kurzen einschneidenden Minuten des Reproduktionsprozesses geplant, wenn er überhaupt etwas beizutragen hat.

3. Richtig. Männer haben vielleicht immer ihre kleinen Fehler, aber wer hätte die nicht? Es gibt ebenso viele charmante, warmherzige, freundliche, sensible, intelligente und lustige Männer, die auch gute Tänzer sind, wie Frauen. Männer sind schön zum Knuddeln, sind anstellig, wenn man jemanden zum Autoschieben braucht, und gefällig, wenn man ihnen Katzen, Leguane und kleine Kinder anvertraut.

Ein Spatz in der Hand taugt mehr als eine Taube auf dem Dach.

1. Richtig. Selbst wenn die Chance besteht, daß ich auf Grund irgendeines Fehlers des Reisebüros mein Flugzeug, das mich aus meinen venezianischen Ferien zurückbringt, versäume und in ein anderes Flugzeug gerate, dazu noch erster statt Touristenklasse, und ich mich auf dem Platz neben Harrison Ford wiederfinde, der gerade von seiner Frau verlassen wurde und nach dem Mitgefühl und dem Verständnis einer sich in der Glitzerwelt von Hollywood bewegenden natürlichen Brünetten giert, besteht auch immer die Chance, daß alles wie geplant verläuft und ich auf meinem Rückflug zwischen einer ziemlich nervösen Frau zu sitzen komme, die Angst vorm Fliegen hat und meine Hand umklammert hält, und einem betrunkenen Geschäftsmann, der im Gang flach aufs Gesicht fällt, als er aufs Klo gehen will. Und somit ist es sinnvoll, jedes Wochenende die Bekanntschafts- und Heiratsanzeigen durchzugehen. Und noch sinnvoller, nicht mit Jeremy Schluß zu machen, selbst wenn er einem mit seinen Rock-Bands auf den Geist geht.

2. Falsch. Ein Spatz in der Hand taugt nur mehr als eine Taube auf dem Dach, wenn man den Vogel, den man in der Hand hat, auch will. Wenn man einen Eisvogel haben will, nutzt einem ein Spatz überhaupt nichts. Dies fällt in die Kategorie von Ratschlägen, die einem die Mutter nach einer schlaflosen Nacht gibt; sie hat sich herumgewälzt, weil ihr mit einemmal aufgegangen ist, daß Ihre biologische Uhr bald elf schlagen wird.

3. Richtig. Der Mann, den ich im letzten Monat bei der Marks-and-Spencer-Weinprobe kennengelernt habe, gehört vielleicht nicht zu der Sorte Mann, die ich mir, als ich jünger war, an meiner Seite erträumt hatte (er ist etwas kleiner, etwas weniger muskulös, etwas weniger behaart, und ich habe mir irgendwie vorgestellt, daß mein Idealpartner ein oder zwei Themen mehr als sich selbst anzubieten hätte), aber er hat eine sichere Stellung, ein eigenes Heim und fährt einen BMW. Er ist immer pünktlich, nie launisch und sehr daran interessiert, mir meine Steuererklärungen zu machen.

Bettler dürfen nicht wählerisch sein.

1. Richtig. Das heißt aber natürlich nicht, daß ich die Absicht habe, den Annäherungsversuchen des Automechanikers an meiner Tankstelle nachzugeben, der mir immer als besonderen Gunstbeweis »unter die Haube zu gucken« anbietet. Aber es heißt, daß eine Frau in ihren Maßstäben durchaus flexibel sein kann. Ich würde nicht mehr solche Männer ausschließen, die ihre Hemden nicht zuknöpfen oder so aussehen, als verbrächten sie ihre einsamen Stunden zwi-

schen Mitternacht und Morgengrauen mit obszönen Tele-
fonanrufen, oder solche, die nie irgendwo ohne ihre beiden
Dobermänner namens »Liebe« und »Haß« hingehen (es
läßt sich hieraus nicht ohne weiteres auf einen besonders
verfeinerten Humor schließen). Man kann immer noch
wählerisch sein, aber man sollte sich erst einmal vergewissern, daß es etwas zum Auswählen gibt.

2. Falsch. Wer sagt denn, wer bettelt, darf nicht wählerisch
   sein? Was für ein überheblicher, reaktionärer, unchristli-
   cher Quatschkopf sagt so etwas? Und wer behauptet außerdem, ich sei eine Bettlerin? Ich bin vielleicht nicht Whit-
   ney Houston (eine Tatsache, die, wie ich zugeben muß,
   nicht gerade zu den größten Enttäuschungen meines Lebens gehört), und ich bin vielleicht auch nicht mehr von einem Mann angesprochen worden seit jener Nacht, als das
   königliche Paar Hochzeit hielt und sich mir an der Bushaltestelle ein Betrunkener näherte. Aber ich bin immer noch
   eine einzigartige, gutaussehende, wundervolle Person mit
   einem ausgefüllten glücklichen Leben. Wenn ich nicht den
   Mann finde, der nicht nur mein Herz rasen und meine
   Hormone erbeben läßt, sondern der mich dafür, was und
   wer ich bin, schätzt, warum soll ich mich dann an den
   Zweitbesten wegwerfen? Und zumindest würde es bedeuten, daß ich der Errettung der Regenwälder am Amazonas
   mehr Zeit widmen könnte.

3. Richtig. Das Leben besteht aus Kompromissen. Man
   wünscht sich einen Ferrari, aber man begnügt sich mit einem Second-hand-Ford. Man möchte in den Sommerferien
   nach Barbados fahren, aber man begnügt sich mit Corn-
   wall. Man hätte so gerne zum Abendessen einen Ananas-

Käse-Zwiebel-Avocado-Tomaten-Chili-Toast, aber man wird trotzdem nicht ohne etwas im Magen ausgehen, nur weil man nichts anderes als eine Dose Gemüsesuppe und ein paar wäßrige Kekse im Haus hat. Wie Mick Jagger hat meine Mutter mir immer eingeprägt, daß wir nicht immer alles kriegen können, was wir wollen, und beide hatten recht. Sieht man seine Erwartungen erst einmal realistisch, wenn es darum geht, einen Lebenspartner zu finden, so erkennt man, daß es um einen herum schon ein paar verfügbare Männer gibt. Nicht alle sind gewalttätig.

Einige Frauen machen Männer für alles verantwortlich.

1. Richtig. Männer können natürlich kindisch, egozentrisch, gefühllos und anspruchsvoll sein. Bei vielen muß alles nach ihrem Kopf gehen. Sie denken nicht immer daran, die Milch wieder wegzuräumen oder ihren schmutzigen Teller in den Spülstein zu stellen. Sie schicken einem auch keine Geburtstagskarte oder kaufen ein Geschenk, nicht nur weil sie es vergessen, sondern einfach, weil sie es nicht für wichtig halten. Gleichzeitig aber bekommen sie einen Nervenzusammenbruch, wenn man vergißt, daß Samstag abend das Fernsehen irgendeinen Europapokal überträgt, und man die Eltern einlädt. Der Europapokal geht ihnen über alles. Dennoch schießen einige Frauen über das Ziel hinaus — wenn auch weniger als früher, glaube ich — und machen Männer für alles verantwortlich, was in ihrem Leben schiefgeht. Ich meine, fair muß fair bleiben. Schließlich sind wir auf diesem Planeten schon genauso lange wie sie.

2. Richtig. Nicht daß da nicht etwas dran wäre. »Was hast du gegen die Männer?« fragen Männer das kritische Weib. »Na ja«, meint sie und runzelt gedankenvoll die Stirn, »wollen mal sehen. Der Erste Weltkrieg? Die Atombombe? Ein Weltwirtschaftssystem, das wenige begünstigt und viele ausbeutet? Eine weltweite Psychologie, die auf Macht, Furcht und Blindgläubigkeit beruht? Hitler? Stalin? Dschingis-Khan? Äthiopien? Iran? Afghanistan? Bangladesch? Kambodscha? Der Sudan?« — »Ach, komm«, unterbrechen sie, »woll'n mal nicht übertreiben, ja? Du kannst nicht die ganze Geschichte der menschlichen Rasse den Männern zur Last legen.« — »Aber ihr Kerle seht immer alles als euren Verdienst an«, gibt sie zu bedenken. — »Nein, nein«, sagen sie, ohne zu schwanken, nicht solche Opfer ihrer Emotionen wie Frauen, »du kannst Männern nicht Situationen und Führer zur Last legen, für die sie genauso wie jedermann sonst Schachbrettfiguren waren.« — »Okay«, meint sie, eingedenk der Ermahnungen ihrer Mutter, immer fair und freundlich zu sein und es anderen nicht zu schwer zu machen. »Ich will nicht ungerecht sein. Gehen wir anders heran. Wie viele Vergewaltiger, Einbrecher, Kinderschänder, Frauenschläger und Serienmörder haben zwei X-Chromosomen?« — »O Gott«, stöhnen sie und schlagen sich auf die Stirn, »ihr Frauen macht uns wirklich für alles verantwortlich.«

3. Richtig. Männer sind schließlich Menschen wie wir alle, und sie machen's, so gut sie können. Wären die Männer nicht, säßen wir alle noch immer in einer Höhle in Zentralafrika und lauschten dem Heulen der Wölfe draußen und ritzten Strichmännchen in die Wände. Wir hätten weder Elektrizität noch Düsenflugzeuge, noch Scheiblettenkäse,

noch Süßstoff, noch eine Viele-Milliarden-Dollar-Verteidigungsindustrie. Ich glaube, die Frauen sollten den Männern eher dankbar sein, als sie die ganze Zeit zu kritisieren.

Es gibt nichts Einsameres als einen Vibrator.

1. Richtig. Nicht, daß sie nicht ihren Nutzen hätten, sicherlich, obwohl nicht verhehlt werden sollte, daß es wahrscheinlich einfacher und weniger unangenehm zu erklären wäre, wenn die Zollbeamten Ihr Gepäck auf dem Moskauer Flughafen kontrollierten und unter den Pullovern einen Mann versteckt fänden statt Ihres DeLuxe-Taschenvibrators. (Nach meiner Erfahrung sind die Moskauer Zollbeamten mit so weiblichen Dingen wie Tampons und den weichen Gummilockenwicklern nicht allzu vertraut, aber selbst gewitztere Inspektoren — ausgenommen vielleicht jene in Los Angeles und Paris — benehmen sich eher merkwürdig, wenn sie mit einem Instrument fleischlichen Vergnügens konfrontiert werden, vor allem, wenn es dann noch Zubehör gibt, und besonders, wenn sie so ein Ding zufällig angestellt haben und es zu surren beginnt, sobald sie es hochheben.) Abgesehen von diesem Vorteil, können Männer auch reden und küssen und oft davon überzeugt werden, daß es an ihnen ist, in die Küche zu gehen und einen Imbiß zuzubereiten.

2. Falsch. Es gibt etliche Dinge, die einen noch einsamer sein lassen können als ein Vibrator, und die meisten haben zwei Beine, Haarwuchs im Gesicht und einen Kosenamen für ihren Penis. Ein solches Wesen war mein erster Mann, Fred. Ganz gleich, wo man war, welche Uhrzeit es war, wieviel

Spaß man miteinander gehabt hatte, innerhalb von drei Minuten nach dem Orgasmus schlief Fred fest. (Es bestand auch keinerlei Chance, ihn innerhalb der nächsten acht Stunden aufzuwecken. Fred durchschlief ein Erdbeben, einen Hurrikan, fast das ganze Woodstock-Festival, und auch die kleine Revolution, die auf der romantischen Insel ausbrach, wo wir unsere Flitterwochen verbrachten, hat er kaum mitbekommen.) Und man selbst liegt da, immer noch glühend und munter, mit seinen warmen Armen um einen herum und mitten dabei, einige seiner geheimsten Gedanken und Gefühle in diesem Augenblick der Leidenschaft und Intimität preiszugeben, und plötzlich hört man Fred schnarchen wie einen alternden Hund. Es wäre Fred nie in den Sinn gekommen, sich je zu erheben und einen Imbiß zuzubereiten. Statt dessen bin ich gegangen und habe mich bei offener Eisschranktür und dem neuesten Film im Fernsehen in die Küche gesetzt. Den Mund voller Schokoladenkuchen und Käse mit Chutney habe ich dann Humphrey Bogart erzählt, was beim Schulpicknick in meinem vierzehnten Lebensjahr passiert ist.

3. Richtig. Man ist nicht nur ein Pfeifkessel. Allein bei dem Gedanken daran, daß man völlig allein daliegt mit diesem Plastikding gleich einer einzigen obszönen Gebärde, fühle ich mich einsam. Selbst ein Mann, der meint, es werde als Vorspiel bezeichnet, weil es nur vier Minuten dauert, ist besser als das. Selbst ein Mann, der einen in dem feuchten Flecken schlafen läßt, ist zumindest eine Verbesserung gegenüber etwas, das über eine Batterie läuft. Selbst ein Mann, der sich nicht einmal an Ihren Namen erinnert, hat den Vorteil, ein klein wenig menschliche Gesellschaft zu sein.

Es gibt die wahre Liebe?

1. Nun, mehr oder weniger. Seit meinem neunten Lebensjahr habe ich mich in nicht weniger als dreiundvierzig Männer verliebt, einschließlich zweier Universitätsprofessoren, John Lennons, des besten Freundes meines Bruders, Martin Millsteens, der 1975 Pfarrer wurde, meines Gynäkologen und des Tierarztes, der die Katze operiert hat. Nicht daß ich nicht an die Liebe glaubte, es gibt verschiedene Gründe, und eine Frau kann sich sicherlich im Laufe ihres Daseins mehr als einmal verlieben. Es ist zum großen Teil wie mit der Mode. In dem einen Monat benutzt man das für die Miete zurückgelegte Geld, um sich das hinreißende Seidenkleid zu kaufen, und im nächsten Monat benutzt man dasselbe Seidenkleid, um das Badezimmer damit aufzuwischen. Da ist die Liebe sehr ähnlich. Man verbringt fünf Jahre seines Daseins, in einer absoluten Affenliebe zu Darwin entbrannt, einem hinreißenden, erfolgreichen Scheidungsanwalt, der Armani-Anzüge trägt und mehr Freundinnen hat als Cadbury-Pralinen: man verfällt in tiefe Zwei-Pizzen-und-eine-Flasche-Tequila-Depressionen, wenn er eine Woche lang nicht anruft oder eine Verabredung vergißt; man vergibt ihm seine Indiskretion und jammert nicht, wenn er sich einen Monat lang nach Bali verzieht, um sich selbst wiederzufinden, und einem seine Pflanzen zum Gießen und seinen Yorkshire-Terrier zum Ausführen überläßt. Man hört bis vier Uhr morgens Billy-Holiday-Platten und sagt sich jedesmal, wenn man feststellt, daß er mit einer anderen aus war, man werde es nicht überleben, falls Darwin völlig aus dem eigenen Leben verschwinde — und gerade dann, wenn Darwin Zeichen echten Interesses an den Tag legt, stellt man fest, daß

48

man sich in einen kleinwüchsigen irischen Flötenspieler mit begrenzten Berufsaussichten, doch einem Fünfhundert-Watt-Lächeln verliebt hat. Das ist wahre Liebe.

2. Richtig. Eine Frau kann sich glücklich schätzen, wenn sie sich einmal im Leben wirklich verliebt. Und es ist natürlich so leicht, Liebe mit Verliebtsein oder Begierde oder Panik oder selbst vorübergehendem Wahnsinn zu verwechseln. Aber sie existiert unzweifelhaft. Und sie beruht auf nichts von dem, worauf Verliebtheit, Begierde, Panik oder sogar Wahnsinn beruhen (Aussehen, Nachbarschaft, Geld, Macht, Einsamkeit, eine vererbte Schwäche für knochige Männer mit wasserblauen Augen, animalischer Magnetismus, Familiendruck, Erwartungen und Forderungen von außen ...), sie ist einfach da. Wie die Quantentheorie ist sie nicht etwas, das sich für leichte Erklärungen hergibt: Man muß sie auf Treu und Glauben akzeptieren. Das einzige wirkliche Problem mit der wahren Liebe (ganz abgesehen davon, daß ihr Auftauchen selten ist und sie oft zum falschen Zeitpunkt kommt) ist, nur weil sie zwischen zwei Menschen existiert, heißt das noch lange nicht, daß diese Menschen bis ans Ende ihrer Tage glücklicher zusammenleben als zwei, die nicht ineinander verliebt sind. Man gucke sich Richard und Liz an, um nur ein paar wenige zu nennen. Man gucke sich mich und Larry Kalinski an. Wow! Er betrat das Plattengeschäft, in dem ich arbeitete, und bat mich um ein altes Dave-Van-Ronk-Album. »Es ist das mit dem Candy-Man obendrauf«, sagte er, als unsere Blicke sich trafen. Ich konnte mich kaum noch an meinen eigenen Namen erinnern, geschweige denn an den Plattennamen. Zwei Tage später zog Larry zu mir (was heißen soll, daß er zwei Tage später meine Woh-

nung für drei Stunden verließ, um den Transport seiner Habseligkeiten zu organisieren). Larry und ich, wir konnten uns nicht in einer Entfernung von hundert Metern befinden, ohne von physischer Leidenschaft überwältigt zu werden. In einer Menschenmenge sahen wir nur uns. Eine Stunde ohne Larry war wie ein Tag, ein Tag wie ein Jahr etc. Ich konnte mich nicht erinnern, wie ich je ohne ihn gelebt hatte. Er konnte sich nicht vorstellen, wie er je ohne mich gelebt hatte. Wir waren füreinander bestimmt, und wir wußten es. Jahrhundertelang hatte jeder für sich gekämpft, bis wir an den Zeitpunkt und den Ort unserer Begegnung gelangten. Und was ist passiert? Sosehr ich Larry liebte, ich konnte seine Angewohnheiten nicht ertragen. Er schnitt sich im Bett die Nägel. Er ließ seine schmutzigen Socken unter dem Sofakissen liegen. Wenn man seine Gabel eine Minute lang niederlegte, wurde der Teller von ihm leer gegessen. Sosehr Larry mich liebte, meine praktischen Witze machten ihn wahnsinnig. Er haßte meine Kocherei. Er konnte meine Aufräumwut nicht ertragen. Wir stritten uns wegen jeder Kleinigkeit. Wir stritten uns darüber, wer als letzter die Stereoanlage benutzt hatte und wer fürs Abendessen einkaufen sollte. Wir stritten uns wegen seiner und meiner Eltern und ob die Katze (seine Katze) entkrallt werden sollte oder nicht. Wir stritten uns wegen Weihnachten und ob *Catch 22* als ein wichtiges literarisches Werk anzusehen sei oder nicht. Wir keiften uns an, wie Schnürsenkel richtig zu binden seien. Ich träume und sehne mich noch immer nach Larry Kalinski, aber im tiefsten Innern meines Herzens weiß ich, daß, wenn ich ihm morgen zufällig begegnete, er als erstes zu mir sagen würde: »Ich hätte dich überall sofort entdeckt. Wie immer bist du für das Wetter nicht richtig angezogen.« Und ich würde als erstes zu ihm sagen. »Larry, du siehst großartig aus, aber was ist das für ein Geschmier auf deinem Ärmel?«

3. Bis zu einem gewissen Grad. Sicherlich glaube ich an die Liebe, aber Liebe setzt sich aus Freundschaft, Übereinstimmung, gemeinsamen Interessen und gegenseitiger Achtung zusammen. Sie trifft einen nicht wie der Blitz aus heiterem Himmel. Man muß daran arbeiten. Helfen, daß sie gedeiht. Sie nähren. Ich denke dabei gern an den Immobilienmarkt, wie man dort seinen Weg macht. Der Vater schenkt einem etwas Geld zum Staatsexamen, und man benutzt es als Anzahlung für eine winzige Einzimmerwohnung, einen Kilometer vom nächsten Bus oder der nächsten U-Bahn-Station entfernt, in einer Umgebung, die nicht gerade »in« ist und wahrscheinlich nie bessere Tage gesehen hat. Ein paar Jahre später verkauft man die Wohnung mit ungeheurem Gewinn, und man zieht in ein Haus mit drei Schlafzimmern und einem Garten. Bei der Liebe ist es ähnlich: Man begegnet jemandem, der einen interessiert, und so weiter. Man verabredet sich. Mit der Zeit lernt man sich kennen. Wenn man sich eine oder zwei Wochen lang nicht sieht, verbringt man jeden Abend am Telefon mit der besten Freundin, heult und frißt sich durch Pralinenpackungen und Familientüten mit Kartoffelchips durch. Keine herzbewegenden Nachrichten auf dem Anrufbeantworter! Aus dem Urlaub schickt man ihm eine Postkarte, und er bringt einem einen süßen kleinen Eierwärmer mit, auf dem »Rio« steht. Mit der Zeit erkennt er, daß, wann immer er afrikanische Musik hören möchte, man diejenige ist, die er mitzugehen bittet, und man selbst erkennt, daß er derjenige ist, der einen zu allen Freundes-Hochzeiten

und sonstigen Festivitäten begleitet. Man beginnt über die Beziehung zu sprechen. Man beschließt, eine Woche zusammen zu verreisen. Das verläuft recht gut (man ist nicht im siebten Himmel, wenn man entdeckt, daß er dreimal am Tag duscht und zum Mittagessen Knoblauch ißt, aber man kann damit leben): Man beschließt zusammenzuziehen. Mit der Zeit schafft man zusammen ein paar neue Möbel an und ein neues Auto, und man läßt sich eine neue Küche einrichten, und dann eines Tages, wenn man gerade die Leiter festhält, auf der er steht, um die neuen Vorhänge aufzuhängen, sieht er auf einen herunter, bemüht, sein Leben nicht zu gefährden, und sagt: »Was meinst du, sollten wir nicht Nägel mit Köpfen machen?« Und da hat man's — vierzig Jahre Eheglück und ein Haus auf dem Land fürs Alter.

B

Wählen Sie die Antwort, die am besten beschreibt, wie Sie in den folgenden Situationen reagieren würden. Seien Sie ehrlich, die Engel sehen zu.

1. Es war ein langer, kalter Winter. Sie haben hart gearbeitet und hatten wenig Spaß — außer Sie rechnen das Wochenende mit ein, an dem Sie eine alte Schulkameradin und ihre Familie auf dem Land besuchten (wo Sie weit mehr über das Stillen und die Schwierigkeiten lernten, bezaubernde Wochenendhäuschen warm zu bekommen). In den vergangenen Jahren haben etliche katastrophale Beziehungen in Ihnen den Argwohn hinterlassen, falls es irgendwo auf diesem Planeten einen passenden Partner für Sie gibt, steckt er

wahrscheinlich in Guatemala im Gefängnis. Ansonsten haben Sie sich in Ihrem Leben über nichts zu beklagen; es läuft sogar hervorragend. Aber so zufrieden und ausgeglichen Sie im allgemeinen sind, die winterliche Schwermut hat eingesetzt, und Sie ertappen sich dabei, wie Sie in die Fenster von Reisebüros starren und Tunesien in Erwägung ziehen. Sie haben Ihre Pläne dennoch auf den Februar verschoben, und der Frühling, wo, wie jeder weiß, Hoffnung ewig blüht, zeigt sein blaues Band am Horizont. Aber natürlich haben Sie eines vergessen: Obgleich es ein kurzer Monat ist, gibt es mittendrin den einzigen Feiertag, der für Paare bestimmt ist: St.-Valentins-Tag. Letztes Jahr ist es Ihnen gelungen, ihm durch eine Geschäftsreise nach Krakau zu entgehen (nicht gerade eine Stadt, die für Liebespaare gemacht wäre), aber dieses Jahr ist keine solche Zuflucht in Sicht. Ihr Horoskop sagt, daß Saturn auf dem Weg sei und daß man aufpassen solle, ohne zu sagen, auf was. Am späten Freitagnachmittag lädt Sie eine Arbeitskollegin zu einer Valentinstag-Kostümparty für den nächsten Abend ein. Die Gäste müssen sich als berühmte Liebende aus Geschichte oder Literatur verkleiden. Diese Kollegin versichert Ihnen, daß jeder Gast interessant, intelligent und aufregend sei und daß Sie sich sehr amüsieren würden. Sie

a) meinen, das ist genau das richtige. Sie erinnern sich an die Kostümparty im *Pink Panther* und sehen eine Gelegenheit, sich zu amüsieren, zu flirten, eine romantische Begegnung oder sogar ein Abenteuer zu haben. Es ist jedenfalls besser, als sich die Sendung über die gefährdete Spezies auf Kanal 4 anzuschauen, was Sie vorhatten. Auf dem Weg vom Büro nach Hause machen Sie halt und kaufen sich eine lange schwarze Perücke mit einem Pony und einen Goldlamé-Büstenhalter. Sie haben sich schon entschieden, als Kleopatra zu gehen.

b) haben etliche Einwände. Eigentlich mögen Sie keine Partys. Sie wollten endlich morgen abend Ihre Küche streichen. Sie haben kein Kostüm angezogen, seit Sie einen der Armenhausjungen bei der Aufführung von *Oliver Twist* in der Volksschule gespielt haben. Ihre Kollegin jedoch, deren Spitzname im Büro »Gruppenführerin Davies« lautet, ist keineswegs geneigt, ein Nein als Antwort hinzunehmen. »Sei nicht so ein Stockfisch«, sagt sie. »Du wirst nicht gerade jünger, weißt du. Wer, meinst du, will dich noch, wenn du alt und grau bist? Wenn du jetzt nicht was unternimmst, wirst du schließlich allein mit einem Schal, einer Wärmflasche und fünfzehn streunenden Katzen dasitzen. Und deine letzten Jahre wirst du in einem Altenheim mit türkisen Wänden und zu Weihnachten künstlichen Blumen auf dem Tisch verbringen und hast dann dabei nicht einmal ein paar hübsche Erinnerungen, die dir Gesellschaft leisten. Denk darüber nach.« Unter dem Gewicht solch überzeugender Argumente beschließen Sie, daß die Küche vielleicht noch eine Woche warten kann. Also gehen Sie auf dem Nachhauseweg einen schwarzen Filzhut und rot-weißen Pünktchenstoff kaufen. Sie haben beschlossen, als Minniemaus zu gehen.

c) trafen Steve bei einer Kostümparty 1979 unter dem Motto »Altes Rom« (das eine Menge Kerle mit Geigen, etlichen Gladiatoren, ein Übergewicht an tanzenden Mädchen und schmollenden, heiratsfähigen Sklaven und einen Kerl mit einem Plastikkreuz auf den Plan brachte). Steve war als Löwe verkleidet, was Sie für ein Zeichen von Schlauheit und Witz hielten. Wie sich herausstellte, war es nichts anderes als ein Zeichen für das, was Steves Zimmergenosse (der schlau und witzig war) ihm geliehen hatte, um Steve daran zu hindern, sich in ein Bettuch zu hüllen und ein paar Lorbeerblätter hinters Ohr zu stecken. Steve war selbst mit Mähne und Schwanz hinreißend, und Ihre Hormone machten sich lauter bemerkbar als die Stimme der Vorsicht. Bis Sie begriffen, daß, als das Gehirn sich ausschaltete, Steve bereits im Bad gewesen war und in den Spiegel gestarrt hatte, waren Sie und er schon zusammengezogen. Denn Steve war in Wirklichkeit ein ganz lieber Junge, der Sie fast genauso liebte wie sich selbst; das Auseinandergehen war eine lange und schmerzliche Angelegenheit und endete damit, daß Sie jeden Spiegel im Haus in den hintersten Teil des Gartens warfen. Seitdem machen Sie wie ein Vampir um alle widerspiegelnden Oberflächen einen Bogen und sind auch, wie ein Vampir, nicht allzu wild auf Kostümpartys. Deshalb denken Sie nicht einmal zweimal darüber nach, ob Sie diese Einladung annehmen sollten. »O nein!« rufen Sie aus. »Ich kann es nicht glauben! Wie schade! Ausgerechnet morgen abend kommt Bob Dylan zum Essen. Ich würde ihn ja mitbringen, aber du weißt, wie scheu und launisch er ist.«

2. Es ist ein trüber, stürmischer Abend. Sie sitzen auf einem orangefarbenen Plastikstuhl in Ihrem chinesischen Schnellimbiß und kämpfen mit sich, ob Sie das Übliche (gebratenen Reis mit Krabben, süß-sauer) nehmen oder ob Sie sich etwas Kühn-Exotisches (Singapur-Nudeln oder in Folie ge-

wickeltes Huhn) gönnen sollten. Plötzlich lehnt sich der Mann zwei Stühle weiter — der einzige andere unerschrockene Draußen-Esser in dieser wilden stürmischen Nacht — zu Ihnen herüber und flüstert: »Entschuldigen Sie, Miss. Aber wissen Sie zufällig, was Moo Gai Pan ist?« Es ist Ihnen bisher nichts Besonderes an diesem Mann aufgefallen, außer daß seine Doc Martin auf den Kartonplatten, die die Geschäftsleitung zum Schutz des Linoleums hingelegt hatte, eine Lache verursachten, aber jetzt sehen Sie, daß er nicht ganz unattraktiv ist. Er hat ein nettes Lächeln (das hat natürlich auch Warren Beatty). Sein einer Goldohrring ist ziemlich sexy. Er sieht weder wie ein Buchhalter noch wie ein Psychiater aus. Obwohl seine Hände immer noch in den Wollhandschuhen stecken (nicht, wie Sie annehmen, weil er den Ort ausrauben will, sondern weil es in dem Lokal alles andere als warm ist), können Sie ahnen, daß sie groß sind und so aussehen, als müßten sie recht bemerkenswert sein. Er könnte Maler oder Musiker sein (was ihn in Ihren Augen interessant macht). Sie

a) lassen die Speisekarte auf den Schoß fallen und drehen sich mit dem wärmsten Lächeln zu ihm hin. »Oh, Moo Gai Pan«, flöten Sie, »das ist eine gute Idee. Ich nehme schließlich immer etwas, das man am nächsten Tag aufwärmen kann, falls die Portion für eine Person zuviel ist. Mag Ihre Frau Schweinefleisch?«

b) können sich um alles in der Welt nicht daran erinnern, was Moo Gai Pan ist, aber Sie glauben, daß Eierkuchen dabei sind. In Ihrem Eifer, ihm die Schwierigkeiten beim Zusammenrollen der Eierkuchen zu erklären, damit die Sauce und die Füllung nicht auf den Tisch fallen, schmeißen Sie Ihre Handtasche auf den Boden. Während er sich hinunterbeugt, um Ihnen beim Aufsammeln des Kleingelds, Ihres Adreßbuches, Ihrer Schlüssel, zweier leerer Papiertücherpackungen, eines Make-up-Sammelsuriums, eines Teelöffels, eines halben Kit Kats, eines Tampons (wunderbarerweise noch eingewickelt), dreier Kämme, einer abgenutzten Haarbürste und einer Deo-Tube zu helfen, empfehlen Sie ihm die süß-sauren Krabben. »Die nehme ich immer«, murmeln Sie.

c) drehen sich mit einem erstaunten, nicht wirklich feindlichen Gesichtsausdruck zu ihm hin. »Ich habe nicht die geringste Ahnung«, sagen Sie. »Es klingt wie jemand, der in der Kulturrevolution geläutert worden ist.«

3. Und siehe da, Sie sind auf dem Weg zur Valentins-Party. Da Ihnen plötzlich das Selbstvertrauen ausgeht — es hat viel damit zu tun, was Ihre Mutter über die Möglichkeiten, sich eine Lungenentzündung zu holen, sagen würde, wenn sie Sie in Ihrem Kostüm sähe —, beschließen Sie, kein Risiko mit öffentlichen Transportmitteln einzugehen. Sie bestellen ein Taxi. Obgleich Sie Ihren alten Trenchcoat um sich gewickelt haben, beobachtet der Fahrer Ihr Kommen mit unverhohlenem Interesse, das an Bewunderung grenzt. Es stellt sich dann heraus, daß er gar kein richtiger Taxifahrer ist, sondern ein vielversprechender junger Dramatiker mit Augen wie die von Paul Newman. In zwanzig Minuten ist sein Dienst beendet.

a) Obwohl Sie so erzogen worden sind, nicht mit Fremden zu reden, sich nicht von Fremden im Auto mitnehmen zu lassen und erst recht nicht mit ihnen etwas trinken zu gehen, wenn Sie so gekleidet sind, als kämen Sie gerade von einem Auftritt als exotische Tänzerin oder als leichtes Frauenzimmer, geht Ihre Überlegung dahin, daß, wenn Sie sie nicht mit Fremden tun, Sie solche Dinge überhaupt niemals tun. Auch wenn Sie zu der Party gingen, würden Sie (theoretisch) ebenso bei einem Fremden landen, und in diesem Fall wissen Sie wenigstens, wo er arbeitet.

b) Es besteht keinerlei Aussicht, daß Sie, angezogen, wie Sie sind, dem Prinzen von Wales über den Weg laufen, und bestimmt gehen Sie nicht mit in seine Wohnung, solange Sie nicht seine Augenfarbe, und sei es nur bei künstlichem Licht, gesehen haben. So nehmen Sie ihn mit zu der Party und erzählen jedem, er sei Stanley Kowalski.

c) Sie steigen aus dem Taxi und warten dann 45 Minuten auf den Bus, während es zu schneien beginnt. Zwei Leute sprechen Sie an und fragen nach dem Weg, einer hält an und bittet Sie um Geld, und einer fährt in einem puderblauen Mercedes vor und bietet Ihnen fünfzig Pfund. Sie beschließen, daß Gott gerade versucht, Ihnen klarzumachen, daß Sie ihm wesentlich besser gefallen hätten, wenn Sie zu Hause geblieben wären und sich über die Gefahren für Delphine informiert hätten — und so begeben Sie sich nach Hause.

4. Es ist eine bekannte Tatsache, daß an den winterlichen Sonntagnachmittagen mehr Leute Selbstmord begehen als an irgendeinem anderen Tag, einschließlich Weihnachten. Ich bin glücklich, sagen zu können, daß Sie keinen Selbst-

mord begangen haben, aber kurz davor standen. Schließlich waren Sie dabei, auf Bekanntschaftsanzeigen zu antworten:

Rosie, zeig dich heute abend,
Hier bin ich, und da bist du.
Wir kennen uns nicht, aber
wenn es so wäre, könnten wir
die Nacht durchtanzen, uns alte
Filme ansehen, Tequila trinken und
uns den Sonnenaufgang anschauen —
und uns vielleicht sogar verlieben.
Wir wollen die Fenster weit öffnen
und uns vom Wind die Haare aus dem
Gesicht wehen lassen.

Nun ist es soweit. Sie eilen zu dem ersten Treffen mit einem Mann, der sich in seinem Brief als ein ruhiger, zuverlässiger Werktätiger mit einer glühenden Seele beschrieben hat. Clark Kent nach außen und David Coverdale nach innen. Sie sind mit ihm vor McDonald's verabredet. Er hielt das für einen unverfänglichen, bequemen Treffpunkt, sicher und vertraut für beide. Er will eine blaue Kordjacke und ein Elvis-Abzeichen tragen und Sie einen kurzen schwarzen Rock und Cowboystiefel. Sie

a) erscheinen pünktlich und gehen direkt auf ihn zu, ohne sich dadurch beirren zu lassen, daß er eher so aussieht, als liege ihm das Ruhige mehr als das Glühende. Man kann ein Buch nicht nach dem Einband beurteilen, rufen Sie sich selbst ins Gedächtnis zurück. Viele der großen, guten und aufregend aussehenden Männer sind etwa so interessant wie ein Thunfisch-Sandwich aus krustenlosem Weißbrot. Sie verbringen dann wirklich einen angenehmen und alles andere als feurigen Abend mit ihm, lauschen seinen Ausführungen über seine Arbeit (obwohl er schrecklich gern Gitarrist werden wollte, verdient er sein Geld mit der Herstellung von Prothesen; Sie stimmen zu, daß das Leben manchmal seltsame Wege geht) und über seine Lieblingsmusik (die meiste davon nach 1948 komponiert). Er verhält sich wie ein Gentleman, zahlt für Ihren Cheeseburger und die Frites und lädt Sie für die nächste Woche ins Kino ein. »Wenn wir an der Music City vorbeigehen, kann ich Ihnen die Gitarre zeigen, die ich mir gern gekauft hätte, wenn meine Gruppe 1978 nicht auseinandergefallen wäre«, sagt er, während er mich zum Zug begleitet. Sie sagen: »Oh, das klingt toll!«

b) Einfach um sicherzugehen, ziehen Sie Ihre Basketballschuhe an statt der Cowboystiefel und stecken Ihr Haar hoch. Er ist nicht ganz so, wie Sie ihn von seiner Anzeige her erwartet hatten (er erinnert mehr an Rick Ashley als an Bruce Springsteen), aber auf der anderen Seite sieht er auch nicht so aus, als belästige er kleine Kinder, und er scheint nüchtern zu sein (eine gewaltige Verbesserung gegenüber Ihrem letzten Freund). Sie gehen in eine Bar mit einer großen Musikbox und sind von seiner Fähigkeit, jedes Mitglied jeder Band mit Namen zu nennen, angemessen beeindruckt. Wenn er sagt: »Schsch, hören Sie das Riff...« (obwohl Sie zufälligerweise gar nicht sprachen) — »es ist genau wie das von Alex Yates bei dem Schmugglerlied von 1958 *Sick City Blues*«, antworten Sie: »Oh, meinen Sie? Mich erinnert es irgendwie an Duane Allmans *Statesboro Blues*, wissen Sie, aus dem Fillmore-East-Album.« Er starrt Sie mit einem neuen Ausdruck in den Augen an und sieht auf die Uhr.

c) Sie ziehen Jeans und Ihren alten Rentierpullover an und wandern fünfmal um den Block, bevor Schuldgefühle Sie unter die goldenen Arkaden treiben. (Wenn Sie so weit gekommen sind, warum dann nicht auch weitermachen?) Der arme Kerl steht da, schüttelt alle paar Sekunden seine Uhr und bemüht sich, nicht so auszusehen, als sei er versetzt worden. (Ihre Freunde werden Sie die nächsten anderthalb Jahre deswegen aufziehen, wenn sie herausfinden, daß Sie sich trotz all ihrer guten Ratschläge immer noch wie eine Zwölfjährige aufführen.) Tja, da sind Sie also, Sie und er. Während Sie müßig Ihre Frites eintunken, wobei er Sie mit der einfach unglaublichen Geschichte unterhält, wie die künstliche Hand eines Mannes so echt aussah, daß seine Frau nicht gemerkt hatte, daß sie eine Krücke war, bis sie eines Nachts bei einem besonders heftigen Liebesgetümmel (hä, hä) herunterfiel, denken Sie über die Relativität der Zeit nach. Eine Stunde Billard mit Tom Cruise würde Ihnen wie eine Minute vorkommen, und eine Minute mit einem erfolglosen Gitarristen, dessen Spezialsauce immer wieder aus seinem Burger herausquillt, kommt Ihnen wie vierzig Jahre vor.

5. Keine alleinstehende Person, die ihre Sinne beisammen hat, würde ihre Lebensmitteleinkäufe zu einem anderen Zeitpunkt als spät am Freitagabend machen. Denn spät am Freitagabend sitzen die Familien-Einkäufer behaglich vor dem

Fernseher, und die Ein-Erwachsener-Zwei-Katzen-Haushalte haben den ganzen Laden für sich. Keine Kinder, die Pyramiden von Cornflakes-Schachteln auf Sie herunterpurzeln lassen oder sich bemühen, von Ihrem Einkaufswagen angefahren zu werden. Keine Frauen mit auf dem Rücken festgezurrten Babys und Kleinkindern inmitten der ganzen Eßsachen und Haushaltsgegenstände, die einen mitleidig angucken, wenn Sie Ihre Minipakete und halben Kohlköpfe auf den Kassentisch legen. Aber obgleich Sie dies alles wissen, stehen Sie am Samstagmorgen da und müssen für eine eigene Einladung zum Essen einkaufen, verkatert wie ein Seemann und das Gesicht noch ungeschminkt, und so versuchen Sie tapfer und nicht allzu erfolgreich die Hindernisse in der Früchte- und Gemüseabteilung zu bewältigen. Sie sind zwischen einer Säule und dem Früchtestand eingekeilt und suchen nach einem Plastiktütenhaken, an dem auch noch Plastiktüten hängen, als sich ein ganz ansehnlicher Kerl, der sich hier zum erstenmal an dem Kampf zu beteiligen scheint, zu Ihnen herüberbeugt (wobei er einen kleinen Erdrutsch von Lychees verursacht) und Sie mit nervös flüsternder Stimme fragt, woran man erkennen könne, ob eine Ananas reif sei. Sie

a) sehen sofort, daß er keinen Ehering trägt, und bieten ihm an, es ihm zu demonstrieren. Bis Sie sich ernstlich an den Ananaswedeln geschnitten haben, haben Sie nicht nur Rezepte ausgetauscht, sondern auch die Telefonnummern.

b) steigen hurtig über die Lychees am Boden und schlagen sich zu den Ananas durch, wo Sie schnell eine für ihn finden, die reif ist. Er kann Ihnen nicht genug danken. Gewöhnlich ißt er keine Ananas, da er nie sagen kann, ob sie reif ist oder nicht, aber gerade an diesem Morgen ist er mit diesem plötzlichen Verlangen aufgewacht. Sie wissen schon! Sie kennen solch plötzliches Verlangen, aber obwohl sein Lächeln weitaus wärmer ist als Ihre Rheumadecke und es in seinem Korb keinen Hinweis darauf gibt, daß er entweder ein großer Esser ist oder für zwei einkauft, sagen Sie nicht mehr als: »Lassen Sie sich die Ananas gut schmecken!« und jagen weiter Ihrer Plastiktüte nach.

c) seufzen hörbar. Da stehen Sie mit einem Pfund Karotten unter den Arm geklemmt, und er erwartet von Ihnen, daß Sie ihm sagen, ob die verdammte Ananas eßbar ist oder nicht. Warum können die nie etwas für sich selbst tun? Man möchte doch meinen, daß ein erwachsener Mann in der Lage ist, ohne Hilfe von außen sich irgendwelche Früchte zu kaufen. Es ist ja nicht so, als ob die Leute nur gelegentlich etwas äßen. »Weiß ich nicht«, antworten Sie kurz angebunden. »Ich kaufe sie nur in Büchsen.«

6. Es ist ein kalter, regnerischer Freitagabend, und Sie stehen mehr als eine halbe Stunde zusammengekauert im Schutz der Bushaltestelle und fragen sich, was Sie veranlaßt hat, an einem solchen Abend hinauszugehen, nur weil es Sie besonders nach einem Käse-Burrito und extrascharfer Salsa gelüstete, die es im Lil-Café gibt. Um sich die Wartezeit zu vertreiben, spielen Sie das Was-wenn-Spiel (was, wenn jetzt Jeff Bridges vorbeikäme und anbieten würde, einen mitzunehmen; was, wenn plötzlich der Krieg erklärt würde; was, wenn bewaffnete Männer jetzt den Elfer-Bus hinter einem stoppen würden; was, wenn man jetzt auf die Erde sähe und

ein streunendes preußischblaues Kätzchen entdeckte; was, wenn man im Lotto gewonnen hätte; etc.). Sie stellen sich gerade vor, was passieren würde, wenn Eric Clapton in diesem Augenblick vorbeikäme und fragte, ob Sie wüßten, wo das phantastische karibische Restaurant sei, von dem er soviel gehört habe, als Sie merken, daß jemand auf Sie einredet. Es ist, leider Gottes, nicht Eric Clapton, aber es ist ein recht attraktiver Mann, der sich überrascht gibt, weil er Sie noch nie an dieser Bushaltestelle gesehen hat. »Kommen Sie oft hierher?« möchte er wissen.

a) Als eifrige Frauenzeitschriftenleserin sind Sie in der Lage, ihn in Sekundenschnelle einzuschätzen. Er ist offensichtlich ein Mann mit einer guten Stellung, einer guten Erziehung und großem gesellschaftlichen Geschick. Er ist positiv eingestellt, freundlich, es macht Spaß, mit ihm zusammenzusein, ein Mann von äußerster Diskretion und von Geschmack. Obwohl er leicht betrunken ist — er ist nämlich auf ein paar Freunde gestoßen, als er für seine Geburtstagsparty am Sonntag einkaufte, und sie wollten vorfeiern —, besticht er durch Intelligenz und Humor (er reagiert gut auf Ihren Scherz über Busse im Regen) und zeichnet sich durch Sorgfalt und Verantwortungsbewußtsein aus (Sie können das daran feststellen, daß seine Schuhe glänzen, obwohl, um ehrlich zu sein, in diesem Regenguß alles glänzt). In Ihnen keimt gerade die Hoffnung, daß sein Bus noch einige Zeit auf sich warten läßt, damit Sie ihn ein bißchen kennenlernen können, als, wie es halt so ist im Leben, sein Bus um die Ecke gerattert kommt. Dieser fährt nirgendwo in die Nähe vom Lil-Café. Wenn Sie in seinen Bus einsteigen, werden Sie kilometerweit von Ihrem Ziel entfernt und in einer Gegend ankommen, die nicht in dem Ruf steht, nach Einbruch der Dunkelheit gegenüber Frauen ohne Begleitung besonders freundlich zu sein. Ihr neuer Freund lächelt Sie an, als ob gerade ein Scheinwerfer aufgeleuchtet hätte. »Fahren Sie in meine Richtung?« spöttelt er. Sie antworten: »Ja, welch ein Zufall!«

b) Sie zögern etwas, an einem späten Freitagabend an Bushaltestellen mit betrunkenen Fremden eine Unterhaltung zu beginnen. Selbst wenn der betreffende Fremde ein Mann ist, mit dem zu reden Sie entzückt wären, hätten Sie ihn lieber, sagen wir, im Haus von Freunden oder bei diesen winzigen, mit langweiligem Fisch gefüllten Blätterteighappen während einer Party getroffen. Sie versichern ihm, daß Sie häufig zu dieser Bushaltestelle kommen. »Ach, wirklich«, meint er, »und ich bin Ihnen vorher nie begegnet!« Dann lädt er Sie zu seiner Geburtstagsparty am Sonntag ein. »Oh, das ist sehr nett von Ihnen«, sagen Sie und wühlen in Ihrer Tasche nach einer alten Quittung, auf deren Rückseite er seine Adresse notieren kann. »Sonntag um ein Uhr«, meint er. Sie sagen, Sie werden versuchen dazusein. In dem Augenblick kommt der Bus um die Ecke geschossen. »Nehmen Sie auch diesen Bus?« fragt er, als er quietschend anhält. Sie könnten ihn nehmen, aber das würde bedeuten, umsteigen zu müssen, nachdem er ausgestiegen wäre. »Nein«, sagen Sie und wünschen sich, daß Ihre Mutter von bohemienhafterer Natur gewesen wäre. Als er sich auf den Bus schwingt, ruft er noch: »Nicht vergessen! Sonntag ein Uhr!« Sie schleppen seinen Namen und seine Adresse eine Woche lang in Ihrer Tasche herum.

c) Sie möchten im Augenblick nichts anderes, als im Trockenen und Warmen zu sein und Ihren Löffel in eine Schüssel mit Tortillasuppe zu tauchen. Sie haben die Nase voll von Männern, die meinen, sie könnten einfach eine Frau ansprechen, die sie noch nie gesehen haben, und sie behandeln, als klebe ihr ein Schild »Zu verkaufen« auf der Stirn. Sie sind die männliche Selbstgefälligkeit leid, die Ihnen weismacht, daß eine Frau, die an einer Bushaltestelle steht und mit nichts anderem als ihren eigenen Gedanken beschäftigt ist, sich geschmeichelt fühlen sollte, wenn ein Kerl, der wie Samstag abend in seiner Stammkneipe riecht, ihr alles von sich erzählen möchte. Sie strecken sich zu Ihrer vollen Größe, sehen ihm direkt in seine rehbraunen Augen, lächeln süß und sagen: »Ich habe einen geladenen Revolver bei mir, Mister, und ich fürchte mich nicht davor, ihn zu benutzen.«

Test-Auswertung

Im Teil **A** zwei Punkte für jedes 1., das Sie angekreuzt haben; einen Punkt für jedes 2. und drei Punkte für jedes 3. Im Teil **B** drei Punkte für jedes a), zwei Punkte für jedes b) und einen Punkt für jedes c).

Wenn Sie nicht mehr als zehn Punkte erreicht haben, ist es wahrscheinlicher, daß Sie sich in Selbstverteidigung ausbilden lassen, als sich um einen flacheren Bauch zu bemühen. Sie sind nicht der Mensch, der sich mit Unsinn oder überflüssigen Zweifeln abgibt oder seine Prinzipien herunterschraubt, um die stürmischeren Phasen des Lebens durchzustehen. Sie meinen, wir sind alle erwachsen, und so müßten wir uns auch benehmen und behandelt werden. Meine Mutter stünde nicht gern vor Gericht, wenn Sie in der Jury wären. Sie haben wirklich eine Haltung, die meine Mutter als »genau die von Tante Enid« beschreiben würde. An einem schönen Frühlingstag gingen, als sie beide jung und schön waren, Tante Enid und ihre Zwillingsschwester, meine Mutter, durch den Park, als ein gutaussehender charmanter Mann, etwas älter als sie, auf sie zukam. Er sagte sinngemäß: »Ja, so etwas, man befindet sich nicht jeden Tag in Gesellschaft solch schöner Zwillingsschwestern.« Meine Mutter lächelte (nach Tante Enids Darstellung: albern). Tante Enid sagte: »Sie befinden sich nicht in unserer Gesellschaft, Sie sind für sich.« Der Mann ließ sich durch diese mangelnde Ermutigung nicht abschrecken und redete weiter über den wunderschönen Tag und den phantastischen Kaffee, den man in dem Café bekomme, das, wie er wußte, nicht allzu weit entfernt war, und daß er sehr gerne noch mit ihnen weiterreden würde. Meine Mutter, die sicher war, diesen gutaussehenden charmanten Mann von irgendwoher zu kennen, und die ständig nicht reagierende Enid puffte, um ihr dies kundzutun, sagte: »Nun...«, aber Enid, die um fünf Minuten Ältere, was sie nie vergaß, sagte einfach: »Wir reden nicht mit Männern, die uns im Park anzusprechen versuchen«, und zerrte ihre Schwester fort. Erst als sie auf dem Weg nach Hause im Bus ihre Plätze einnahmen, schlug meine Mutter sich auf die Stirn und rief: »Ach, du liebe Güte, gerade ist mir eingefallen, wer das war! Oh, Enid, du Huhn, das war Cary Grant!« Sie schubste die geliebte Schwester in den Schoß eines anderen fremden Mannes und versuchte von dem fahrenden Vehikel abzuspringen.

Wenn Sie zwischen elf und sechzehn Punkte haben, verbringen Sie noch immer einen beträchtlichen Teil Ihrer Freizeit mit dem Lesen von Shere Hite und Marilyn French, aber die

Rüstung weist winzige lichtdurchlässige Ritzen auf. Die ganzen Jahre, in denen Sie die Überzeugung gehegt haben, daß Liebe und Ehe, eine feste Beziehung und eine Familie wichtiger für Sie sind als irgend etwas anderes — daß, ganz gleich, was in Ihrem Leben passiert, Ihnen etwas fehlt, solange Sie nicht Teil eines Paares sind —, waren nicht gänzlich vergebens. Wir alle haben Tage, an denen uns zumute ist, als wären wir die einzige alleinstehende Person in der Welt, wenn nicht sogar das einzige Sonnensystem, Tage, an denen, wohin man auch geht, sich in der Öffentlichkeit nur knutschende Paare aufhalten oder sich aneinanderkrallen, als ginge es um ihr Leben, oder einander im Kaufhaus zurufen: »Liebling, was meinst du, steht mir das?«, während Sie versuchen, objektiv abzuschätzen, wie der purpurrote Hut mit den kleinen schwarzen Pompons Ihnen *wirklich* steht. Sie können ja schließlich zur Hochzeit Ihrer Cousine nicht im Overall und Sporthemd erscheinen. Das sind Tage, an denen wir an Weinlokalen und Restaurants vorbeigehen und all die lächelnden, lachenden und schmusenden Paare sehen und uns fragen, warum wir dazu auserwählt sind, die einzige Person zu sein, die allein ist. Aber solche Tage folgen allmählich immer dichter aufeinander. Versuchen Sie es dann mit einer kleinen Aversionstherapie. Antworten Sie zum Beispiel einmal die Woche auf eine Bekanntschaftsanzeige, erscheinen Sie immer, und laufen Sie nie während der Verabredung mit der Begründung davon, Sie bekämen gerade Nasenbluten; oder sogar noch besser, durchbrechen Sie mindestens einmal alle vierzehn Tage Ihre Gewohnheiten und fragen einen Mann um Rat. Fragen Sie den Mann an der Tankstelle, was ein automatischer Choke ist und wie er funktioniert. Fragen Sie Ihren Schwager, wie das mit dem Anlegerkapital funktioniert. Wenn er meint: »Langweilt dich das nicht?«, sagen Sie: »Mich langweilen? Wie könnte etwas, das der Menschheit soviel Gutes gebracht hat, mich langweilen?« Wenn Sie so vorgehen, könnten Sie vielleicht gerade soweit sein, sich ernsthaft mit Männern zu verabreden.

Wenn Sie zwischen siebzehn und dreiundzwanzig Punkte haben, bedeutet das, obwohl Ihr Fleisch recht willig ist, ist Ihr Geist noch auf der zögerlichen Seite. Sie würden gern hinaus und auf die Jagd gehen, aber Sie haben zu lange allein gelebt und ein ausgeprägtes Selbstgefühl und Stolz. Sie putzen sich heraus mit hohen Absätzen und einem Lederkleid und fahren mit den Mädchen zu einem beliebten Ausflugsziel, aber nachdem der dritte Weinbar-Cowboy aufgetaucht ist und mit Ihnen ein Gespräch über französischen Käse und darüber, wieviel Geld er in den nächsten Monaten verdienen wird, angefangen hat, beginnen Sie zu gähnen und darüber nachzudenken, wie es wäre, wenn Sie jetzt zu Hause wären. Erinnern Sie sich, wie viele Klavierstunden Sie gebraucht haben, um *Claire de la Lune* zu spielen?

Zwischen vierundzwanzig und neunundzwanzig? Also, das ist nun die Einstellung, die die zukünftigen Großeltern Ihrer Kinder gern sähen. Sie sind vernünftig, reif und erwachsen und, wenn auch unzweifelhaft in der Lage, sich um sich selbst zu kümmern, offensichtlich auch klar in der Lage, sich um einen anderen zu kümmern. Sie zeigen Initiative, Phantasie und eine Bereitschaft, Männern all die Aufmerksamkeit zu schenken, die sie zu verdienen meinen — weibliche Züge, die über Jahrhunderte vervollkommnet worden sind, seit die erste Höhlenfrau den großen Elch als erste in die Schlucht lockte und dann die nächsten zwölf Monate lang lächelnd und nickend um das Lagerfeuer saß, mit den Worten: »Du warst wunderbar, Ugbug«, während er über seine großen Jagdfähigkeiten sprach und Bilder von sich selbst in verschiedenen speerwerfenden Haltungen auf die Wand zeichnete.

Dreißig bis vierunddreißig? Kein Zweifel, Sie sind bereit. Sie lassen nichts unversucht und zeigen eine vorbildliche positive Einstellung im Umgang mit Männern. Keine nagenden kleinen Zweifel, keine Restgefühle des Grolls hier. Kein Zurückkommen auf Den-und-den, der sich mit Ihrer Schwester davongemacht hat, den Wie-heißt-er-noch-gleich, der mit Ihren Ersparnissen und dem Auto auf und davon ist. Keine bissigen Urteile und keine Verteidigungshaltung, einfach nur die Einstellung: Wenn er irgendwo da draußen ist, werde ich ihn finden — ob er nun gefunden werden will oder nicht.

5

Das »Ist das Leben beschissen!«-Syndrom

Seit Jahren hat sich herumgesprochen, daß der Unterschied zwischen Männern und Kindern im wesentlichen einer der Körpergröße und Methode ist. Männer sind breiter und höher gewachsen als Kinder, und die Wahrscheinlichkeit ist geringer, daß sie sich in einem Kaufhaus schreiend und tretend auf den Fußboden werfen und dabei knallrot im Gesicht werden, nur weil man nicht gewillt ist, ihnen eine Uhr zu kaufen, die wie eine Kröte aussieht, oder ein Schokoladeneis. Wenn ein Mann einem plötzlich auf den Schoß klettert, einem die Arme um den Hals wirft und mit einem Seufzer an die Brust sinkt, ist es eher unwahrscheinlich, daß er Angst vorm Blitz hat oder plötzlich von Zuneigung überwältigt wird, sondern die Vermutung liegt nahe, daß er volltrunken ist. Und wenn ein Mann sagt, daß er einen liebt, könnte er tatsächlich mehrere Dinge damit meinen (ich will mit dir ins Bett gehen; ich möchte, daß du aufhörst, mich zu drangsalieren; ich habe eine Affäre mit einer anderen, die hübscher ist als du; ich habe ein schlechtes Gewissen, weil ich um drei Uhr morgens nach Hause komme, nachdem du seit acht Uhr mit herabbrennenden Kerzen und immer wärmer werdendem Champagner am Eßtisch gesessen und darauf gewartet hast, deinen neuen Job zu feiern, und so weiter), aber wenn ein Kind sagt, es liebt einen, weiß man ganz genau, woran man ist.

All dies einmal außer acht gelassen, haben Männer und Kinder einige Eigenschaften und Verhaltensmuster gemeinsam. Beide lieben ein gewaltiges Maß an Aufmerksamkeit (und gewöhnlich mehr, als ihnen fairerweise zusteht). Man hat einen mörderischen Tag hinter sich, da man sich mit dem malaysischen Umweltminister getroffen hat, um die Zerstörung von Sarawak zu besprechen. Dabei bekam man zu hören, daß er persönlich nichts dagegen habe, wenn es infolge der Entwaldung weniger regnete, da er persönlich meine, es gebe nicht genügend gute Golftage wie den heutigen. Danach wurde man mit noch mehreren kleinen, aber nicht weniger frustrierenden Vorfällen konfrontiert: Es gab eine mittlere Explosion mit einem Mitarbeiter wegen staatlicher Geldmittel für Tee und Kaffee, woraufhin ein zwanzig Seiten langer Projektvorschlag neu geschrieben werden mußte, man trat auf seine Brille (es gibt eine Erklärung dafür, daß sie auf dem Bürofußboden lag, aber es lohnt wohl nicht, ins Detail zu gehen), und während einer dieser plötzlichen freien Sekunden am Nachmittag erinnerte man sich, daß die Geburtstagskarte an die Mutter immer noch nicht abgeschickt war. Auf dem Weg von der Arbeit nach Hause kommt man gerade zwei Minuten vor Ladenschluß beim Optiker an, marschiert dann einen Kilometer in die entgegengesetzte Richtung, um die frische Wäsche abzuholen (wovon die Hälfte, »Woher soll ich das wissen, Lady? Ich stehe nur hinter dem Ladentisch!«, nicht fertig ist), nimmt noch etwas zum Abendessen mit, hält bei einer Autowaschanlage und läßt sein Auto waschen, wobei man vergißt — wie so manches Mal —, die Antenne reinzuschieben. Wenn man dann schließlich nach Hause kommt, wird ein Mann einen begrüßen mit »Warte, bis ich dir

erzähle, was heute passiert ist«, und dann zu erzählen beginnen, was heute passiert ist. Indessen packt man selbst die Lebensmittel aus und beginnt im Eisschrank nach dem Nudelsalat zu forschen, den man fürs Abendessen aufgehoben und den er, weil er »Kohldampf« hatte, schon aufgegessen hat. Falls man es nach jahrelanger Übung geschafft hat, vor ihm zu sagen: »Hallo, Liebling, warte, bis ich dir erzähle, was heute passiert ist«, wird er anfangen, in die Zeitung zu starren oder die Zutaten auf der Joghurtpackung zu lesen, während man redet, und dann wird er, wenn man gerade seinen Kopf in den Eisschrank gesteckt und seine Aufmerksamkeit ein paar Sekunden lang von der weltweiten Ökologiekrise auf die Frage gelenkt hat, warum die blaue Schüssel nicht mehr auf der mittleren Ablage steht, schnell sagen: »Meine Güte, Schatz, das klingt ziemlich übel, aber warte, bis du weißt, was mir passiert ist. Erinnerst du dich, was ich dir über diesen Idioten von Buchhalter erzählt habe?« Oder ein Kind begrüßt einen, wenn man endlich nach Hause kommt, mit »Mami, Mami! Warte, bis ich dir erzähle, was heute passiert ist!«, und fängt dann an, einem zu erzählen, was heute passiert ist, während man die Lebensmittel auspackt und die Katze füttert und Kleidungsstücke und überall auf dem Fußboden verstreute Spielsachen aufhebt. Wenn man gerade vor dem Eisschrank kniet und sich wundert, weil man die blaue Schüssel mit dem Nudelsalat nicht entdecken kann (ist es das erste Anzeichen von Verkalkung?), und das Kind sagt: »Nein, nein, das ist nicht Jimmy Murphy, Jimmy Murphy ist derjenige, der geweint hat, als die Mädchen seine Dose mit dem Mittagessen umgestoßen haben, warum hörst du nie zu, wenn ich dir was erzähle?«, erscheint der Vater des Kindes plötzlich im Türrahmen und brüllt: »Was, zum Teufel, hast du mit dem Wagen gemacht?«
Bei geringfügigen Krankheiten und Verletzungen (leichte Kopf-

schmerzen, verstauchte Hand, Magenschmerzen, die auf das Durcheinander von Schokolade und Chips oder Bourbon und Wein zurückgehen) sind Männer und Kinder gleichermaßen empfindlich, legen sich gern aufs Sofa und jammern nach kalten Umschlägen und Tee und nach jemandem, der ihnen versichert, daß es nicht um Leben und Tod geht und daß es zum Nachtisch für jeden, der überlebt, Schokoladencreme gibt. Männer und Kinder tun ungern so widerwärtige Dinge wie den Abfalleimer säubern oder das Katzenstreu auswechseln oder Erbrochenes wegwischen oder Gegenstände, die in die Toilette gefallen sind, herausfischen. Männer und Kinder warten ungern, wenn man mit einer Freundin schwätzt, der man gerade zufällig begegnet ist, oder nur schnell einen Badeanzug anprobiert. Sie hassen es, wenn man zu einer Zeit am Telefon hängt, da man mit ihnen spielen sollte. Sie denken, wenn man sich hinsetzt, heißt es, daß man nur darauf wartet, daß jemand einem etwas zu tun gibt. Männer und Kinder neigen beide zu Wutanfällen, obwohl im letzteren Fall schließlich beide Seiten sagen, daß es ihnen leid tut, während im ersteren nur man selbst sagt, daß es einem leid tut.

Etwas anderes ist beiden, Männern wie Kindern, gemeinsam, daß sie beide Beispiele sind für das, was weltweit als das »Ist das Leben nicht beschissen!«-Syndrom bekannt ist. So merkwürdig es auch klingen mag, viele Mütter hegen in den ersten Jahren ihres Kindes den Wunsch, besagtes Kind möge verschwinden. Nicht für immer natürlich, aber gelegentlich, einen oder zwei Monate lang, als regelmäßige Einrichtung. Sie blicken liebevoll und mit einem Seufzer ob der verlorenen Unschuld auf die Zeit zurück, als sie glaubten, Kinder seien niedliche kleine Geschöpfe, die, schön herausgeputzt, hinreißend aussehen und immer etwas Komisches oder Wertvolles sagen. Wehmütig blicken sie auf die Zeit zurück, als sie selbst so frei waren, bis in die frühen Morgenstunden Boogie zu tanzen, als es noch nicht bestimmte Freunde gab, die sie wegen deren Orientteppiche oder der Sammlung antiker Gläser nicht besuchen konnten, als sie nicht damit rechnen mußten, beim ersten Morgengrauen durch den Klang einer süßen kleinen Stimme geweckt zu werden: »Mami, komm mal und sieh, was Dougie gemacht hat.« Wenn sie der Jahre gedenken, die ihnen so selbstverständlich dünkten — als sie nie Angst davor hatten, in der Dusche eine Kröte zu finden, als sie sich nicht im WC einzuschließen brauchten, um zehn Minuten für sich zu sein, als sie noch die Zeit hatten, neben »Hopp, hopp! kleines Känguruh« auch andere Bücher zu lesen —, möchten sie weinen. Und was geschieht dann? Unversehens wächst das Kind heran. Zunächst langsam, dennoch stetig. Kaum hat sich Mum damit abgefunden, nie allein zu sein, nie schnell um die Ecke rennen zu können, um einen Liter Milch zu holen, ohne kleine Menschlein auf Rollschuhen im Schlepptau zu haben, hat das Kind schon seine eigenen Freundschaften geschlossen. Plötzlich ist da niemand mehr, mit dem man die *Sesamstraße* anschauen kann. Niemand, für den man die Ostereier verstecken kann. Niemand, der die Butter für den Zitronenkuchen zum Schmelzen bringt. Die Kleinen werden so alt und erwachsen, daß sie sich nicht nur nicht die Mühe machen, einem zu sagen, wohin sie gehen, sie geben nicht einmal eine Zeit an, wann sie etwa zurück sein wollen. Und man selbst natürlich, statt zu feiern, daß man endlich nackt durchs ganze Haus rennen und Sex in der Küche haben kann, fängt an, sie zu vermissen. Man hat sie lieber um sich. Man sehnt sich nach den Zeiten zurück, als man 336 Stunden in der Woche Dienst hatte und sie einem erzählten, was ihnen jeden einzelnen Tag zugestoßen war, von einer winzigen Kleinigkeit bis zu dem Streit in der Pause mit Sally Killane wegen des Springseils. Mit Männern ist es genauso.

Sechs Jahre lang lebt man mit Stan. Und sechs Jahre lang treibt er einen zum Wahnsinn. Obwohl er ebenso lange in der Wohnung lebt wie man selbst, kann er sich nie erinnern, wo der Kaffee oder der Büchsenöffner aufbewahrt wird, und obwohl er ein nicht unbedeutender Atomphysiker ist, machen ihm die vielfältigen Möglichkeiten der Waschmaschine zu schaffen. Ist man ein Wochenende verreist, kann man mit Sicherheit davon ausgehen, daß man bei seiner Rückkehr feststellt, Stan sind das Toilettenpapier, Milch und Katzenfutter ausgegangen, und es ist ihm nicht eingefallen, daß ihm erlaubt ist, dies alles zu ersetzen (also fressen die Katzen Thunfisch aus der Dose, die Zeitungsbeilage von letzter Woche steckt im Lokus, und im Eisschrank steht eine leere Milchtüte). Und bei alldem ist Stan von unbändiger Ordnungswut besessen. Wenn man etwas auf dem Tisch stehenläßt (etwas anderes als den Kaffee oder den Büchsenöffner), räumt er es weg. Wenn man die Zeitung auf eine Seite legt, weil da etwas drinstand, was man noch lesen wollte, wirft er sie weg. Wenn man den Käse-Dip aus dem Eisschrank nimmt, damit die Sauce bis zur Ankunft der Gäste Zimmertemperatur erreicht, stellt sie Stan wieder hinein, so daß man sie mit Messern statt mit Selleriestückchen servieren muß. Stan ist ein hypochondrischer Workaholic, den es entweder treibt, seine ganze freie Zeit mit den »paar Dingen« zu verbringen, die er sich aus dem Büro mitgebracht hat, oder seine Temperatur und den Puls zu messen. In gewisser Weise heißt, mit Stan zu leben, allein zu leben — aber ohne die Vorzüge (man kann keinen Toast im Bett essen, weil ihn das rasend macht; man kann sich nicht seine Lieblingsplatte auflegen, weil es ihn in seiner Konzentration stört; man kann abends nicht zu lange wegbleiben, weil er sonst unruhig wird). Ein typischer Abend mit Stan verläuft so, daß man nach Hause eilt und ein Essen bereitet, das er nicht ißt, weil er bis spät in die Nacht arbeitet und keinen

Hunger mehr hat, wenn er sich durch die Tür schleppt, oder weil jemand ein Exemplar von *Deine Gesundheit heute* im Zug liegengelassen hat und ihm nun klargeworden ist, daß er allergisch auf Weizen reagiert. Dann zieht Stan sich zurück, um zu arbeiten, außer man wollte selbst etwas tun. In solchem Fall überfällt ihn das Bedürfnis, einige Zeit mit der Gefährtin zu verbringen. Und Stan liebt es, sich mit anderen zu messen. Er ist ein schlechter Verlierer beim Scrabble, die Art Mann, die spitzfindig die Regeln deutet und die Punktzahl prüft. Wenn man sagt: *Lola* kam 1969 heraus, aber er meint 1970, läßt er nicht locker und ruft jedes Plattengeschäft an, um zu beweisen, daß man unrecht hat (und bei jeder Gelegenheit in den nächsten Monaten, wenn bei einer Unterhaltung das Thema Musik aufkommt, wird Stan sofort sagen: »Ach, übrigens, hab' ich Ihnen erzählt, womit sie neulich ankam? Sie ... sie meinte, *Lola* sei 1969 herausgekommen ...«). Da ihn an Wochenenden, wenn er sonntags nicht in sein Laboratorium hineinkann, die Unruhe packt, sind Ferien mit ihm selten und kurz — und verlaufen meistens so, daß ihn vergiftetes Essen, ein Sonnenstich oder eine Überempfindlichkeit gegenüber fremdem Wasser, selbst wenn es aus Flaschen kommt, niederstreckt und man in seiner Nähe bleibt, falls er etwas braucht (so daß all die großen schönen Plätze dieser Welt, wohin man mit Stan gefahren ist, zu einem mittelgroßen Hotelzimmer zusammenschmelzen mit einem Blick auf den Parkplatz oder den Swimmingpool). Und da er immer pünktlich ist, hat er einen fast ebenso oft an einer Straßenecke vor dem Theater stehenlassen, wie man selbst ins Restaurant gestürmt ist, wo er dann mit der Uhr in der Hand dasaß und die Minuten zählte.

Schließlich ist man soweit, sich voneinander und vom Eßgeschirr zu trennen. Man teilt die Teller und die Bücher und die Platten auf, man selbst nimmt die Bettlaken und Stan die Handtücher. Und da sitzt man nun, endlich allein, und kann Pink Floyd in voller Lautstärke spielen. Wabbeliges Essen und Zucker sind zu Hause wieder willkommen. Und wenn man das nächstemal in Urlaub fährt, wird man den Strand zu sehen bekommen, Schellfisch essen und sich einen Cocktail genehmigen (»Es ist mir egal, was sie sagen«, waren immer Stans Worte, »ich trau dem Eis nicht.«)

Und was geschieht? Schmeißt man nun wilde Partys für Windsurfer? Beginnt man rohen Lachs und aus einem kleinen spanischen Dorf importiertes Wasser anzubieten? Läßt man seine Socken auf dem Eßtisch liegen? Läßt man die Katze mitten in der Obstschale schlafen? Nein. Was geschieht, ist, daß man sich dabei ertappt, wie man zweimal denselben Teebeutel benutzt. Man entdeckt plötzlich, daß man wirklich gern Müsli zum Frühstück ißt und nicht das cholesterinhaltige Zeug aus der Pfanne, das man bisher bevorzugt hat. Jedesmal wenn man aus einem Zimmer geht, knipst man das Licht aus. Die Freunde haben plötzlich keine Lust mehr, mit einem Scrabble zu spielen, weil man ein solcher Korinthenkacker ist und das Spiel um Stunden in die Länge zieht, während man immer wieder die Punkte zählt und jedes Wort im Lexikon nachschlägt. Man begibt sich ins Bett, trinkt einschläfernden Kräutertee und sieht dabei fern, doch statt sich auf Woody Allen (der die Mühe sicherlich wert ist) zu konzentrieren, denkt man darüber nach, ob Stan gut schläft oder wieder unter Schlaflosigkeit leidet; man meint fast, ihn im anderen Zimmer röcheln zu hören. Und man schafft es auch nicht ganz, den Platz im Eisschrank auszufüllen, wo früher seine Schuhschachtel mit Vitaminen gestanden hat.

Selbst wenn man mit Stan nicht wieder zusammenzieht, dauert es nicht lange, bis man nach jemand anderem Ausschau hält, der einen zur Weißglut treibt.

6

Einige Frauen ziehen Haustiere vor

Ich habe einige Freundinnen und mindestens drei mir nahestehende enge Verwandte, die für diesen Standpunkt wenig übrig haben. »Mach dich nicht lächerlich!« kläfft ihre Wortführerin. »Es kann ja sein, daß Tante Cynthia mit dem bärtigen Collie viel besser zurechtkam, den sie nach Onkel Simons Hinscheiden gekauft hatte, und zwar viel besser als mit Onkel Simon, aber das beweist für mich noch gar nichts. Fast jeder, der ihn gekannt hat, würde Simon eine Baumkröte vorziehen.« Ganz gleich jedoch, was meine Mutter sagt, es gibt viele Frauen, die lieber eine Bulldogge hätten als einen Freund zum Zusammenleben.

Sie können sich nicht vorstellen, warum?

Also, erst einmal hat ein Haustier keine physische Perfektionssucht. Es ist ihm, zum Beispiel, herzlich gleichgültig, ob Ihre Füße den Fußboden berühren, wenn Sie auf dem Küchenstuhl sitzen, oder ob Sie seit fünfzehn Jahren eine Diät befolgen und immer noch nicht gern in Stretchhosen beerdigt werden möchten. Ein Haustier kneift Ihnen nicht in den Po, wenn Sie gerade beim Abspülen sind, um Ihnen mitzuteilen, daß es Sie gerne so pummelig hat, genau wie Miss Piggy. Selbst wenn es zu Anfang

9

etwas merkwürdig erscheint, sein Bett mit jemandem zu teilen, dessen Schwanz gegen ihren Arm klatscht und dessen Schnauzbart Ihre Nase kitzelt, besteht keine Gefahr, daß Ihre Katze sich jemals zu Ihnen umwendet und sagt: »Hättest du etwas dagegen, im Gästezimmer zu schlafen, bis deine Erkältung besser ist? Du riechst nach Wick.« Wenn ein Haustier am Morgen ins Badezimmer kommt und Sie weinend auf der Waage stehen sieht, wird es Ihnen nicht sagen, daß es Ihr Problem ist, daß Sie nicht dünn denken (wie er es tut). Ein Haustier würde einen nicht als Freund oder Gefährten zum Teufel jagen, weil man dünnes Haar oder krumme Zähne hat oder nicht rothaarig ist. Noch nie hat man in unserer Kulturgeschichte von einer Katze, einem Hund oder einem Hamster gehört, der sich an die Person, die ihm nichts als Zuneigung, Rücksichtnahme, Liebe und Verständnis entgegenbrachte, mit den Worten gewandt hätte: »Tut mir leid, Lukrezia, ich ertrage einfach nicht mehr den Anblick von jemandem, der wie eine Käthe-Kruse-Puppe aussieht.« Die meisten Haustiere (mit Ausnahme vielleicht der Schildkröten und Tauben) sind zugegen, wenn man sie braucht. Ein Mann, der sich verzweifelten Tränen gegenübersieht, wird wahrscheinlich eher mit einem brüsken »Ich geh aus!« und einem verächtlichen Grinsen aus dem Haus stürmen, als daß er einen in die Arme nimmt und tröstet. Mit einem Hund ist das anders. Selbst wenn man ihn am Morgen erst angebrüllt hat, weil er auf dem Bett lag, oder man ihm zum Frühstück ein Fressen mit Lebergeschmack hingestellt hat, obwohl man seine Abneigung dagegen kennt, wird er herüberkommen, sich neben einen setzen und einem den Kopf aufs Knie legen, als ob er sagen wollte: »Ich weiß, es gibt nichts, was man sagen könnte, damit du dich besser fühlst, aber ich möchte, daß du weißt, du bist nicht allein, ich liebe dich.« Und auch wenn wir alle die Katze kennen, die mehr als *ein* Zuhause hat, kann es nicht als das typische Verhalten aus dem Tierreich angesehen werden. Man entdeckt eben nicht plötzlich, daß der eigene Kakadu am Ende der Straße einen anderen Besitzer mit einer Extra-Sitzstange und einem Kalkschulp gefunden hat und daß er an all den Abenden, an denen er erzählte, er trainiere in der Turnhalle, seine Flügel mit einer kleinen Brünetten hat schwingen lassen, die in edlem Leder macht. Mit einem Goldfisch kann man sich nicht auseinanderleben.

»Aber man betrachte sich all die Dinge, die ein Mann tun kann und ein Tier nicht«, protestieren Sie.

Dagegen läßt sich natürlich kaum etwas sagen. Abgesehen vom ganz Offensichtlichen können Tiere meist nicht sprechen. Sie können nicht singen. Sie können nicht lachen. (Obgleich ein Hund oft den Witz mitkriegt, sind Katzen im ganzen völlig humorlos, besonders wenn es um sie geht — und darin sind sie den meisten Männern gleich.) Sie können nicht die schweren Tüten tragen oder aufs Dach steigen, um nachzusehen, was da so klappert. Man kann sie nicht zum Einkaufen schicken (wovon sie zwei Stunden später als erwartet zurückkehren, und zwar mit Schlagsahne statt mit Sauerrahm, der falschen Schraubengröße, und die Briefe für die Post stecken immer noch in der Manteltasche), und normalerweise tanzen sie nicht gerne. Sie sind natürlich von keinerlei Hilfe, wenn ein Haufen Mormonen in blauen Anzügen und mit einem ehrlichen Lächeln auf der Schwelle steht. Aber auf der anderen Seite wecken sie einen selten um drei Uhr morgens auf, weil sie nicht schlafen können. Eliza hatte einmal einen Freund, der tief in einer Analyse steckte und sie nachts zu jeder Stunde aufweckte, um mit ihr den soeben gehabten Traum zu diskutieren. »Kannst du dir vorstellen, daß man gerade aufwacht, wenn einem der Pulitzerpreis für Fotojournalismus von einem nackten kurzsichtigen Cellisten überreicht werden soll, der wissen möchte, ob man glaube, daß es ein Ausdruck von Kastrationsangst sei, wenn man von Osterglocken träume, die bei einem plötzlichen Kälteeinbruch mit einem Knall abfallen?« Eliza würde dem nachgehen. Keiner von uns konnte sich so etwas vorstellen. »Aber das war noch nicht das Schlimmste«, fuhr sie fort. »Das Schlimmste war, wenn man gerade für ein paar Sekunden die Augen aufgekriegt hatte und meinte : ›Ja, Danny, das klingt einleuchtend. Warum versuchst du nicht wieder zu schlafen?‹, weckte er einen vier Minuten später wieder auf, um einem zu sagen, daß er darüber nachgedacht habe: Wenn in ihm irgendeine Kastrationsangst stecke, dann habe das etwas mit der Partnerin zu tun.«

Auch können Haustiere sich nicht beklagen, nicht streiten oder beleidigende Witze machen. Selbst wenn der eingeschnappte Kater oder Hamster einen manchmal zwicken oder kratzen kann, um einem zu verstehen zu geben, daß man gerade sein Glück zurückstößt, hat noch nie jemand von einem Cockerspaniel einen Kinnhaken bekommen, weil er zuviel getrunken, einen üblen Arbeitstag gehabt hat oder einem den Flirt mit dem Kerl von der Exportabteilung bei einer Party im Büro nicht verzeihen kann. Man nenne mir eine Frau, die seit vierzehn Jahren mit ihrem Beagle lebt — für ihn kocht, für ihn putzt und dafür sorgt, daß er seine Vitamine und seine Spritzen bekommt, mit ihm fernsieht, lange Spaziergänge über Land mit ihm macht und mit ihm schläft, während er leise an ihrem Rücken schnarcht — und dann im fünfzehnten Jahr entdeckt, daß er ein Betrüger oder ein Kopfjäger oder ein gewissenloser Frauenschänder ist, der seit sechs Jahren von der Polizei gesucht wird.

»Aber allein fühle ich mich einsam«, wendet man ein. »Man kann auf ein Tier einreden, aber es kann nicht zurückreden. Ich möchte hin und wieder den Klang einer menschlichen Stimme hören. Im Radio sind zu viele atmosphärische Störungen.«

Man muß nicht alleine sein, um sich einsam zu fühlen. Viele

der einsamsten Frauen, die ich kenne, leben in einer Beziehung, die schon so lange währt, daß sie sich nur dunkel daran erinnern können, wann sie oder ihr geliebter Schatz mehr geäußert hätte als: »Was gibt es zum Abendessen?« — »Reste von gestern.« Sie leben zusammen, sie gehen zusammen einkaufen, sie pusseln zusammen im Garten herum, sie gehen zusammen ins Kino, sie besuchen zusammen Freunde, vielleicht schlafen sie sogar zusammen und nennen einander »Liebling« (»Hast du irgendwo meine Bohrmaschine gesehen, Liebling?« — »Nein, Liebling, sie muß da sein, wo du sie liegengelassen hast. Du weißt, daß ich deine Sachen nie anrühre.«), aber praktisch gesehen, könnte der eine ebensogut im Kongo und der andere auf dem Mond leben. Sie sprechen miteinander, um zu Informationen zu gelangen (»Wo sind die Autoschlüssel?«), um Informationen mitzuteilen (»Ich komme spät nach Hause«), um nicht irgendeine Information zurückzuhalten (»Ich bin wirklich groggy, ich glaube, ich geh' ins Bett«), um konstruktive Kritik anzubieten (»So willst du doch wohl nicht ausgehen, oder?«). Viele Paare leben die meiste Zeit ihres Erwachsenenlebens zusammen, doch erhielte man den anonymen Bericht der geheimsten Gedanken des anderen, wäre man nicht in der Lage, den So-Denkenden zu identifizieren.

»Das ist ja alles schön und gut«, meint man, »aber ich kann allein nicht schlafen, da ich immer Angst habe, es bricht jemand ein. Frauen sind verletzbar.«

Wir haben natürlich alle schon Geschichten von Leuten gehört, die unerwartete Begegnungen mit Einbrechern hatten. Meine Freundin Samantha heiratete schließlich den Mann, dem sie über den Weg lief, als er gerade mit ihrem tragbaren Fernseher und dem Toaster im Arm aus ihrer Wohnung kam. Sie schrieb ihm ins Gefängnis, um ihm zu sagen, daß sein Rat wegen ihrer Stereoanlage richtig gewesen sei, und er schrieb ihr zurück, um sich dafür zu entschuldigen, daß er versucht habe, ihr die wichtigsten Geräte zu entwenden, und ehe man sich versah, waren sie verlobt. Was nun nicht heißen soll, daß selbst Jane befinden würde, sich ausrauben zu lassen sei ein guter Weg, um einen eventuellen Bräutigam zu finden. Nicht alle ungebetenen Gäste zeigen sich von der freundlichen Seite. Da sie Männer sind, neigen sie eher zu Gewalt und Aggression, und in neun von zehn Fällen sind sie geistesgestört. Aus diesem Grund fühlen sich viele Frauen mit einem Mann im Haus sicherer und hegen die Illusion, daß ein Mann sie schützen und verteidigen wird und allein seine Anwesenheit abschreckend wirkt (wie man sich einen Löwen hält, der im Garten angekettet ist, um die anderen Löwen fernzuhalten). Es ist natürlich nicht zu leugnen, daß Männer anderen Männern mehr Respekt und Furcht bezeugen, als sie es je einer Frau gegenüber tun würden, aber in den meisten Fällen wäre die beste Empfehlung, sich einen Hund anzuschaffen. Denn in einer Situation, in der ein Hund wie ein verrücktes Biest bellt, zu beiden Seiten die Nachbarn aufweckt und den Garten hinauf- und hinunterjagt, um den Eindringling am Fuß zu schnappen, wird ein Mann immer noch tief schlafen und jedesmal, wenn man ihn rüttelt, murmeln: »Hat es nicht Zeit bis zum Morgen, Schatz?«, oder er wird darüber diskutieren, ob das Geräusch, das man unten hörte, wirklich von einem Einbrecher stammte oder einfach nur die Einbildung weiblicher Phantasie war, selbst dann noch, wenn das Flackern einer Fackel unter der Tür durchschimmert.

Wenn man Zuneigung, Loyalität, Kameradschaftlichkeit, Vertrauen, Hingabe und Verständnis sucht, tut man besser daran, sein Geld in Porzellanteller und einen Abfalleimer zu investieren als in einen Sechs-Monats-Vertrag für einen Trimm-dich-Klub und in einen spitzenbesetzten Strumpfgürtel.

7

Schwierige Männer

Nun lachen Sie, nicht wahr?

»Hihihi«, kichern Sie, »das ist so, als spräche man über gefährliche Waffen oder opportunistische Politiker.«

»Hahaha«, feixen Sie, »selbst mein seliger Großvater, der sein Leben und sein Vermögen der Sache des Weltfriedens widmete, pflegte völlig aus dem Häuschen zu geraten, wenn sein Drei-Minuten-Ei eine halbe Minute länger gekocht worden war.«

Die meisten Männer, selbst Jane Fforbes-Smythe würde dem zustimmen, sind schwierig. Sie haben kleine Fetische und Angewohnheiten und Verhaltensweisen, die geschlechtsspezifisch sind. Sie denken (wenn überhaupt) ganz anders als Frauen. Während Frauen emsig versuchen, den Planeten zu bevölkern, versuchen Männer nicht weniger emsig, den Planeten zu entvölkern. Während Frauen vor allem ihre Gefühle zu verstehen versuchen, versuchen Männer vor allem zu leugnen, daß sie solche haben. Sie begreifen immer noch nicht, was Frauen wollen. Aber genauso, wie bestimmte Schokolade dunkler ist als andere, sind einige Männer noch schwieriger als andere. Die Frau, die gerne eine stabile Beziehung mit jemandem in dieser unstabilen Welt aufbauen würde — eine Beziehung, die einen bestimmten Anteil an Nähe einschließt —, sollte sich dessen bewußt sein, daß einige problembeladener ankommen als ein Ozeandampfer auf weiter See. Auch spreche ich hier nicht einfach von Männern, die zu lebenslänglich in einer Strafanstalt oder in der SAS-Fallschirmtruppe verurteilt sind, oder von politischen Gefangenen in der Sowjetunion. Ich spreche hier zum Beispiel von verheirateten oder kürzlich geschiedenen Männern oder jenen, die achtunddreißig Jahre alt sind und immer noch bei ihren Eltern leben. Ich spreche von Männern, die, ganz gleich, wie honigsüß ihre Stimmen, wie reizend ihr Wesen, wie wunderbar ihr Lächeln oder wie echt ihre Besorgnis um die Ozonschicht auch sein mag, die Art von Schwierigkeiten bereiten, die einen Menschen niedermachen können.

Verheiratete Männer

Viele Frauen, Frauen, die sich nach einer kleinen Romanze und nach Zärtlichkeit sehnen, nicht aber nach der Mühsal, mit einem eine makrobiotische Diät einhaltenden Kerl die Küche teilen zu müssen, geben verheirateten Männern den Vorzug. Wie mit Kindern anderer Leute, macht es Spaß, verheiratete Männer in den Arm zu nehmen und sie an sich zu drücken und viel Aufhebens von den wenigen Gelegenheiten zu machen, wenn man sie sieht; aber es ist angenehm zu wissen, daß sie am Schluß des Besuchs nach Hause gehen und jemand anderem das Leben schwermachen. Von moralischen (es ist unschwesterlich, mit dem Mann einer anderen zu schlafen) und physischen (wenn die Betrogene herausfindet, daß es ihr gutes Recht ist, Ihren Körper zu verletzen) Einwänden mal abgesehen: Jane behauptet, daß für die Frau, die nicht mehr als einen freundlichen und garantiert unzuverlässigen Freund will, verheiratete Männer ideal sind. Wenn schon zu nichts anderem, so versichert mir Jane, neigen sie dazu, durch Enthusiasmus den Zeitmangel wettzumachen.

»Wenn man nach jemandem sucht, der da ist, wenn die Katze stirbt oder das Wasser durch die Decke strömt«, sagt Jane, »dann meidet man besser die Ehemänner anderer. Aber wenn man nichts anderes will als ein bißchen Gesellschaft und eine kleine Liebelei, können sie genau richtig sein. Keine Verpflichtungen. Keine Komplikationen. Keine Gefahr, daß er eine wundervolle Beziehung zerstört, indem er zu einem zieht.«

Das ist ja alles ganz schön, aber menschliche Wesen sind komische Geschöpfe, wie mehr als eine Person im Laufe von Jahrhunderten festgestellt hat. Eine Frau sagt sich: »Verheiratete Männer: keine Verpflichtung, keine Aufregungen, keine Gefahr, daß es ernst wird, wenn man nichts anderes als seinen Spaß haben möchte — das ist das richtige für mich«; und dann begegnet sie diesem sehr sympathischen verheirateten Mann, der sie nicht an der Nase herumführt oder jemals behauptet, seine Frau verstehe ihn nicht, und sie denkt: Verdammt, das ist er! Sie sagt allen ihren Freundinnen, daß sie weiß, was sie tut, daß sie in diese Sache mit weit offenen Augen hineingeht, daß man ihr nicht vorhalten kann, sie verletze jemanden oder zerstöre das Heim anderer. Wie kann eine Frau verletzt sein, wenn sie gar nicht weiß, was vorgeht? Wie kann sein Heim zerstört werden, wenn sie nicht einmal weiß, wo er wohnt? Dann merkt diese Frau, daß sie ganz gereizt wird, wenn er sie »Süße« nennt. Sie weiß, daß er ein vielbeschäftigter Mann ist mit einer Frau, die abends gerne Backgammon spielt, und mit Kindern, die es gerne haben, wenn er in die Schule kommt, um sie bei irgendwelchen Vorführungen zu erleben. Aber sie gerät trotzdem außer sich, wenn er eine Verabredung absagt. Sie wird auf seine Frau eifersüchtig. »Sie hat dich die ganze Zeit«, jammert sie, »alles, was ich möchte, ist, meinen Geburtstag mit dir zu verbringen. Ist das zuviel verlangt?«

Sie wird hysterisch, wenn sie herausfindet, daß die ganzen Geschenke von ihr in der untersten Schublade seines Büroschreibtischs eingeschlossen sind. »Das ist alles, was ich für dich bin?« schreit sie. »Gerade etwas, was man in der untersten Schublade verschließen kann?« Sie vergißt, daß sie es war, die gesagt hat: »Es gibt nichts, was ich mehr hasse als Abhängigkeit und Besitzgier. Aus diesem Grund werde ich auch nie heiraten«, und beginnt von all den Kindern zu reden, die sie nie kriegen wird, wenn sie in dieser Engpaßbeziehung bleibt. Man muß nämlich an drei Dinge denken, wenn es um menschliche Verhaltensweisen geht: 1. Die Menschen sind nie konsequent; 2. niemand außer einem Einfaltspinsel glaubt, daß Theorie und Praxis jemals miteinander zu vereinbaren wären; 3. die Logik zischt aus dem Fenster, wenn Begierde und/oder Liebe durch die Tür getänzelt kommen. Und man muß an drei Dinge denken, wenn es um verheiratete Männer geht: 1. Die Chancen, daß er seine Frau verläßt, sind nur unwesentlich größer als diejenigen, daß die Regenwälder gerettet werden; 2. wenn er seine Frau verläßt, ist es ziemlich unwahrscheinlich, daß er bei Ihnen enden wird; 3. wenn er bei Ihnen endet, werden Sie seine Frau, und dann wissen Sie schon, was Sie zu erwarten haben.

Eine Geschichte als Warnung. Vor einigen Jahren verliebte sich — keiner von uns verstand so recht, warum — meine Freundin Jenny in einen Mann aus ihrem Büro. Einen verheirateten Mann mit vier kleinen Kindern. Laut Jenny war dieser Mann nicht nur brillant (eine Eigenschaft, die sie bewunderte), sondern es steckte auch eine brodelnde Sinnlichkeit in ihm, die geschickt dadurch getarnt war, daß er wie ein Hobbit aussah. Es begann damit, daß sie bei Konferenzen miteinander füßelten. Dann verzogen sie sich zu keuschen berufsmäßigen Mittagessen in der Geschäftsführerkantine, wo er den Wein wählte und sie nach ihrer Meinung über das Weltgeschehen befragte. Sie begannen in Bars außerhalb der Stadt zu gehen, in denen von weit her kommende Lastwagenfahrer einkehrten, und hielten Händchen über dem Tisch, während Robert Gordon aus der Musikbox *It's only make believe* sang. Im Auto fanden sie sich dann wie die Teenager. »Bei ihm fühle ich mich so jung«, sagte sie. »Sie gibt mir das Gefühl wieder, ein Junge zu sein«, sagte er. Nach etlichen Fehlstarts (ein Treffen wurde wegen seiner Schuldgefühle abgesagt, ein Treffen wurde wegen des starken Nasenblutens seiner Tochter abgesagt) lud sie ihn schließlich zu sich zum Essen ein. Sie kaufte zwei handgeblasene Sektgläser und zwei Flaschen Champagner, um den Anlaß gebührend zu begehen. Sie bezahlte ein Vermögen für ein Kleid, das nur ein Hauch war. Es haute ihn um. Bald waren sie natürlich beide wahnsinnig, rasend und hoffnungslos verliebt. Er sagte, daß sie die einzige Frau sei, bei der er sich je wirklich lebendig gefühlt habe. Er sagte, es sei so, als habe sie einen Zauber gebrochen. Er könne nie wieder in sein langweiliges, sich dahinläpperndes Leben von vorher zurückkehren. Er könne nicht weiter ein Leben in Lüge führen. Er erzählte alles seiner Frau. Seine Frau hatte ebenfalls das Empfinden, als sei ein Zauber gebrochen. Sie erinnerte ihn an ihre fünfzehn gemeinsamen Jahre, ihre Kinder, ihre Pläne. Sie brachte ihn dazu, mit ihr zur Familienberatung zu gehen. Jedesmal wenn sie im Büro anrief und eine Frau am Telefon war, brach sie in Tränen aus. Jenny war verletzt, weil er mehr Anstrengungen zu unternehmen schien, seine Ehe zu retten, die schon vierzehn Jahre tot war, als eine neue ins Auge zu fassen. Sie war wütend, weil, obwohl er ständig auf dem Sprung war, seine Frau zu verlassen, immer irgend etwas passierte, das ihn daran hinderte (das Jüngste hatte Windpocken, seine Frau drohte sich umzubringen, ein Kind hatte Geburtstag, es war Weihnachten, es war Ostern, es war sein Geburtstag, er konnte keine Wohnung finden, seine Frau hatte seine ganze Kleidung der Heilsarmee gegeben). Und schließlich, als ihre Freunde des Mitleids mit ihrem ewigen Unglücklichsein müde waren, beschloß sie, gebrochen und untergewichtig, ein oder zwei Jahre lang nach Australien zu gehen. In ihrer Abwesenheit verließ ihr Liebhaber Weib und Kinder und zog mit einer dreiundzwanzigjährigen Designerin namens Aire zusammen. Inzwischen ist er bei seiner dritten Ehe angelangt. Jenny hat ihre erste noch nicht begonnen.

Die kürzlich Geschiedenen

Wie sich leicht aus Jennys Geschichte ableiten läßt, sind erst kürzlich geschiedene Männer nicht weniger kompliziert als Männer, die man noch nicht auf die Couch des Psychiaters gebracht hat. Der kürzlich geschiedene Mann ist, besonders wenn, wie es oft geschieht, die Scheidung nicht nur seine Idee war, sondern eher wie eine Überraschung über ihn hereinbrach (»Ich hatte ja keine Ahnung, daß sie so unglücklich war«), verletzlich, verwirrt und meist nicht ganz sicher, in welcher Richtung es weitergeht. Er wird in Ihren Armen zusammensinken wie eine Stoffpuppe auf einem Stuhl, glücklich und erleichtert, jemanden zu finden, der ihn für attraktiv und interessant hält, jemanden, der mitempfindet und ihn stützt, jemanden, der unkritisch ist und sich ein Bein ausreißt, um seine Lieblingsspeisen zuzubereiten, kurz jemanden, der nicht seine Frau ist. Und Sie denken: wunderbar. Er ist reif, ist erfahren, hat Fehler gemacht und aus ihnen gelernt, und er ist ungebunden. In drei Punkten allein liegen Sie falsch (reif wird gewöhnlich mehr mit Käse als mit Männern assoziiert; wenige von uns lernen aus ihren Fehlern mehr, als sie beim nächsten Mal, wenn wir sie machen, wiederzuerkennen; und Leute, die gerade aus einer ernsthaften Verbindung kommen, sind nie ungebunden). Eine Kette ist nur so fest wie ihr schwächstes Glied, und das schließt die Liebeskette mit ein. Und wenn es um die Liebeskette geht, ist kein Glied schwächer als ein Mann, der sich zurückgewiesen und verlassen fühlt, dessen ganzes Leben durcheinandergewirbelt ist. Vielleicht wünscht er sich einen Felsen, auf dem er sein Zelt aufschlagen möchte, aber zugleich möchte er wohl auch seine Männlichkeit geltend machen und beweisen, wie begehrenswert er ist. So verabredet er sich mit jeder Frau, derer er habhaft werden kann. Und zur selben Zeit regt sich vielleicht in seinem tief erschütterten Herzen voller Erinnerungen an das erste Mal, als er seine Exfrau geküßt hat, und die Art, wie sie am Anfang ihrer Ehe während der intimen Momente mit piepsigen Stimmen miteinander redeten, die nie ausgesprochene Hoffnung, daß er und seine Frau sich eines Tages (wenn sie seine Stimme am Telefon ertragen kann, ohne sofort den Hörer aufzuknallen, zum Beispiel) versöhnen werden. Kraft, Geduld und Entschlossenheit sind natürlich nicht immer genug, um den Sieg über einen Mann zu erringen, bei dem das Parfum seiner Exfrau die gleichen Gefühle auslöst wie einstmals das Apfelkompott seiner Mutter.

Der andere Nachteil bei kürzlich (und auch nicht ganz so kürzlich) geschiedenen Männern ist, daß sie häufig Kinder haben. Nicht daß ich etwas gegen Kinder als gesellschaftliche Gruppe hätte. Aber wenn man wie viele Leute glaubt, daß eine Beziehung nicht von selbst entsteht, daß man daran arbeiten und sich darum kümmern muß, wenn sie etwas Dauerhaftes werden soll, genauso, wie man eine Pflanze pflegen muß, dann ist ein solches Unterfangen mit einem Mann, der Kinder hat, so, als versuchte man einen Zitronenbaum wachsen zu lassen, indem man ihn draußen im Schnee anpflanzt und immer wieder drauftritt, wenn er mit der Spitze aus dem Boden lugt.

Die Schwierigkeit mit Kindern ist eine doppelte.

Zunächst einmal ist er, ein Er oder eine Sie, da. Natürlich hängen die meisten Kinder, besonders jüngere, eher an der Mutter; viel mehr, als sie je an Ihnen hängen werden. Selbst wenn ein Dad mitten in der Nacht von einer Mum mit einem Schießeisen aus dem Haus getrieben wurde, weil sie es nicht eine Stunde länger ertragen konnte, daß er die Küche staubsaugte, bevor er schlafen ging, denkt das Kind daran, wie es und Mum in ihrem einsamen, widerhallenden Heim mit dem leeren Platz am Tisch dasitzen und Kartoffelbrei essen und sich dabei ertappen, daß sie Dinge sagen wie: »Oh, das würde Daddy wohl auch mögen!« oder: »Ob Daddy dieses Programm wohl auch sieht, du weißt, wie sehr er die Schleiereulen liebt.« Dann wird es an Sie und Dad denken, wie sie immer zusammen in der Diele kichern und zum Abendessen angelieferte Pizza und Sushi essen, und das Kind wird es Ihnen ankreiden. Sie schenken dem Sohn etwas, und er sagt zu Ihnen, daß seine Mutter ihm schon so etwas geschenkt hat, aber noch schöner, Sie führen die Tochter am Nachmittag aus, und sie vergißt, Ihnen zu sagen, daß sie allergisch auf Bananen reagiert, und erbricht alles beim Tee. Sie brüllen das Kind an, weil es seinen Reis in die Luft schnickt, und es sagt Ihnen, Sie sollen sich um Ihren eigenen Kram kümmern, Sie seien nicht seine Mutter. Sie verbringen zwei Tage mit Einkaufen und dem Zubereiten einer Mahlzeit, die sein Herz vor Freude hüpfen lassen und freundliche Gefühle für Sie in ihm wecken wird, doch statt zu sagen: »Wow, richtige auf Hickoryholz gegrillte Hamburger, selbstgemachte Chips, geröstete Maiskolben, selbstgebackener Schokoladenkuchen mit Pfefferminzeis«, sagt es: »Uh, was ist denn das für 'n Fraß? Die Mami macht mir immer *nouvelle cuisine*.« Ein Kind wird Dinge sagen wie: »Meine Mutter ist nicht so fett wie du.« oder: »Welche Farbe haben deine Haare eigentlich?« Das vom Scheidungstrauma gestörte Kind kann nicht schlafen, wenn es beim Vater ist, und wandert mitten in der Nacht immer auf leisen Sohlen, so wie Ameisen, ins Schlafzimmer, um bei Daddy zu schlafen, etwas, das für Sie dann schnell genug aufhört. Wenn ein Kind Sie schließlich mag und meint, so übel seien Sie gar nicht und Ihr Schokoladenkuchen mache viele andere Fehler wett, wird das Kind Sie behandeln wie seine Mutter. Die Tochter denkt sich nichts dabei, wenn sie Sie morgens um fünf mit dem Hinweis weckt, morgen sei Fotografiertag für die Schulband, und sie habe keine saubere weiße Bluse. Sie wird Ihren Seidenrock benutzen, um den Hund abzutrocknen. Sie wird all die für Gäste zurückgelegten Chips aufessen. Zum zweiten ist da die Mutter des Kindes. Jedesmal wenn Sie aufsehen und merken, daß das Kind Sie anstarrt, wissen Sie, daß das Kind sich Ihr Aussehen und Ihr Verhalten für den Bericht zu Hause einprägt — du müßtest sehen, wie sie morgens aussieht, sie weiß nicht einmal, wie man Sportschuhe schnürt, sie schmiert sich Dreck ins Haar, sie brüllt ihn ständig an. Jedesmal wenn Sie aufsehen und merken, daß das Kind Sie anstarrt, wissen Sie, daß in Wirklichkeit die Mutter des Kindes Sie abschätzt und überlegt, was er überhaupt an Ihnen findet. Meine Freundin Eliza hatte einmal eine vielversprechende Beziehung mit einem kürzlich geschiedenen Mann, der zu Hause nicht nur seine Frau, zwei Meerschweinchen und einen russischen Wolfshund zurückgelassen hatte, sondern auch noch einen kleinen Jungen. In diesem Fall war gar nicht der Junge das Problem. Er war reizend, benahm sich gut, zurückhaltend und konnte alle bis auf seinen Stiefvater gut leiden. Aber immer wenn er kam, wurde eine Liste von seinen Sachen angefertigt und auf seinen Koffer geklebt. »Jimmy hat bei sich: sieben Paar Socken, sieben Unterhosen, einen dicken blauen Pullover, drei weiße und zwei blaue T-Shirts, ein weißes Hemd, zwei Flanell-hemden, ein grünes und ein blaues Rugby-Hemd, einen ge-streiften Schlafanzug, zwei Paar Jeans und eine Ausgehhose, ei-nen Morgenmantel (neu), ein Paar Turnschuhe, ein Paar feste Schuhe und ein braunes Sweatshirt. Bitte beim Wiederein-packen alles nachprüfen.« Wenn ein Socken fehlte, war Mum eine halbe Stunde später, nachdem er zurückgekehrt war, am Telefon und wollte wissen, was mit dem zweiten blauen Socken passiert war. Im Koffer steckte auch ein drei Seiten lan-ges Dokument mit Hinweisen, was Jimmy in jener Woche es-sen und nicht essen konnte, welche physischen und verhaltens-bedingten Probleme er in letzter Zeit hatte (zum Beispiel schloß ein denkwürdiges Memorandum die Information mit ein, daß Jimmy zwei Tage lang keine Darmtätigkeit hatte, man wüßte es also zu schätzen, wenn Eliza ihm nicht zuviel Käse geben würde) und wie die Analyse seiner Mutter vom letzten Besuch lautete (nie allzu positiv). »Es war wie die Kinder auf die Gestapo einstimmen«, erinnerte sich Eliza später. »Einmal habe ich drei Stunden damit verbracht, das ganze Haus auf den Kopf zu stellen, weil ich die siebte Unterhose suchte — ich habe sogar den Teppich aufgerollt, obwohl nur der Himmel wissen konnte, wie die daruntergelangt sein sollte —, nur um vierzig Minuten später, nachdem er den Zug verpaßt hatte, her-auszufinden, daß die siebte Unterhose diejenige war, die er an-hatte.« Überflüssig zu erklären, daß, so gerne sie Vater und Sohn auch hatte, diese Art Druck sich schließlich als zuviel für Eliza erwies.

Nicht, wie man vielleicht vermuten könnte, »Überge-
schnappte Jäger«, sondern »Überzeugte Junggesellen«. Dies
hat im Gegensatz zu alten Jungfern nichts Pejoratives. Wenn
jemand zu einem sagt: »Warum kommen Sie nicht am Freitag
zum Essen rüber und lernen Luke kennen? Sie müssen mich
daran erinnern, daß ich von ihm erzähle. Er ist der überzeugte Junggeselle mit all den Plastiken auf seinem Rasen«,
kommt einem nicht gleich der Gedanke, uhuhu, der ist wahrscheinlich ein trockener, ausgemergelter, strähniger Kauz
oder ein enger Verwandter der Bösen Hexen vom Westen, was
sind das für Plastiken, Gartenzwerge? Man stellt sich nicht sofort eine langweilige alte Tucke vor, die entweder jungfräulich
oder homosexuell ist. Jemanden, der seine abgeschnittenen
Fingernägelreste aufhebt oder auf dem Boden schläft, während seine fünfzehn Katzen auf dem Bett schlafen. Natürlich
nicht. Wenn auch das einzige positive Rollenvorbild für eine
alte Jungfer, das man finden kann, Miss Marple darstellt, so
verhält es sich mit überzeugten Junggesellen ganz anders.
Man denkt dabei an Superman oder Sam Spade oder Indiana
Jones oder James Bond. Man denkt, juppie, das klingt aufregend. Denn es ist einer der faszinierenden Aspekte unserer
Kultur und unserer Sprache, daß Begriffe, die der Beschreibung derselben Verfassung bei den verschiedenen Geschlech-
tern dienen, solch auseinanderklaffende Bedeutungen haben
können. So lautet der Begriff für einen Mann, der wenig an-
brennen läßt, »Casanova« oder »toller Liebhaber« oder »Ste-
her«, und der Begriff für eine Frau, die (vermutlich) die sexuellen Freuden etwas mehr genießt, als man allgemein für angemessen hält, lautet »Schlampe« oder »Nymphomanin« oder
»Hure«. Der Begriff für eine Frau, die entschlossen für sich

selbst sorgt und das erreicht, was sie sich vornimmt, und nicht zuläßt, daß ihr ein Mensch, eine Sache oder vorübergehende Sentimentalität in die Quere kommen, ist ein »Biest«, wogegen ein Mann, der ähnliche Eigenschaften aufweist, ein »guter Geschäftsmann« ist. Eine Frau, die ihren Mann und ihre Kinder verläßt, um sich in der Welt umzusehen, und wunderbare Abenteuer und unvergeßliche Erlebnisse hat, ist eine »kaltherzige und selbstsüchtige Kuh«, aber ein Mann, den das häusliche Leben kribbelig macht und der beschließt, seinen Ranzen zu packen und umherzustreifen, ist ein »Einzelgänger«. Und wenn eine Frau nie geheiratet hat, ist gleich die »ewige Verliererin« dran, wobei der Begriff für einen Mann, der nie geheiratet hat, nahelegt, daß ihn Entschlußkraft und Eigenständigkeit auszeichnen, er ein »ewiger Sieger« ist, ein Mensch, der alles im Übermaß bekommen hat.

Nach modernen Vorstellungen sind beim überzeugten Junggesellen klar zwei Typen zu unterscheiden. Der erste ist Indiana Jones. Er ist attraktiv (vielleicht sogar verheerend gutaussehend), intelligent, zynisch, aber nett, hat viel Sinn für Humor und Ironie, ist stark und abenteuerlustig, hat einen interessanten Beruf und zeichnet sich ebenso durch Muskeln wie durch Integrität aus. Die Frauen lieben ihn, und er liebt sie — aber nicht allzu lang. »Oh«, pflegt seine Schwester ihren Freundinnen gegenüber zu seufzen, »wenn Indiana nur die richtige Frau finden würde. Manchmal denke ich, er kommt nie zur Ruhe. Er wird als alter Mann enden, ohne je die Freuden des Familienlebens gekannt zu haben. Sobald er ein nettes Mädchen kennengelernt hat, das ihn wirklich liebt, packt es ihn, und er macht einer anderen Frau den Hof.«

Der zweite Typ ist Milo Bright. Milo wohnt gleich neben meiner Mutter bei seiner Mutter. Er ist auf eine unauffällige Weise attraktiv (vielleicht nicht von der Art, die einem den Atem nimmt, aber er hat so was Nettes an sich, ein bißchen wie ein ansprechender Vanillepudding), intelligent genug, um Premierminister oder Präsident der Vereinigten Staaten zu werden, stark genug, um das Sofa zu verrücken, unternehmungslustig genug, um mehrere Male nach Griechenland in den Urlaub gefahren zu sein, mit einem Beruf, der nicht weniger interessant ist als die meisten, er ist nicht Mr. Body, aber man hat ihn unter der Dusche *I did it my way* singen hören. Frauen mögen Milo — er ist höflich und aufmerksam und hilfsbereit und ungebunden —, und Milo mag sie. Aber obwohl er, wie meine Mutter behauptet, im Laufe der Jahre ein oder zwei Freundinnen gehabt hat (wenn auch keine aus wirklichem Mrs.-Schlau-Stoff gemacht war) und obwohl er in seiner Trunkenheit am Silvesterabend einen schmissigen Witz losgelassen haben soll (so daß man auf die Idee kommen mochte, daß in Milo mehr stecken könnte als seine höflichen »Guten Morgen« und seine Bemerkungen über die Mülleimerkollektionen), hat es Milo nie wirklich geschafft, das Haus seiner Ahnen zu verlassen. »Oh«, pflegte seine Schwester zu seufzen, »wenn Milo doch nur Miss Richtig finden würde. Er ist so ein netter Kerl, und über die venezianische Politik im 16. Jahrhundert weiß er mehr als irgend jemand, dem ich je begegnet bin, und man sehe nur, wie wunderbar er war, als unsere Mutter ihre Operation hatte ... Aber manchmal mache ich mir wirklich Sorgen, daß er nie eine Familie gründet. Er wird als einer von diesen alten Männern enden, die man zum mittäglichen Weihnachtsessen einlädt, weil sie allen so leid tun, weil sie nie eine eigene Familie hatten. Aber offenbar begegnet er nie jemand wirklich Besonderem. Jedesmal wenn man denkt, die ist aber nett, vielleicht kommt jetzt etwas in Gang, ist sie weg und heiratet einen anderen, und Milo kauft ihr eine Vase als Hochzeitsgeschenk.«

Es gibt eine einfache Regel für beide Typen des überzeugten Junggesellen. Und die lautet: Wenn ein Mann ein Mittdreißiger ist und nie mit einer Frau gelebt oder eine längere Beziehung hatte (und besonders, wenn er nie von zu Hause weggegangen ist, wobei die Jahre an der Universität und ein paar Nächte mit den Pfadfindern nicht zählen), ist es sehr wahrscheinlich, daß er nicht wirklich interessiert ist. Es gibt halt solche Männer (und ich freue mich, hinzufügen zu können, es gibt auch solche Frauen).

»Oh, einen Augenblick, bitte«, sagen Sie. »Das stimmt nicht ganz. Oft ist es nur eine Frage der Zeit. Was ist zum Beispiel mit Jorge Luis Borges?«

Was ist mit ihm? Es ist natürlich eine Tatsache, daß Señor Borges bei seiner Mutter lebte (die schließlich eine sehr alte Frau war), solange sie lebte, und dann heiratete, als er in den Achtzigern war (es war keine lange Ehe). Alles, was ich dazu sagen kann: Wenn Sie einen Achtzigjährigen heiraten (es sei denn, natürlich, Sie sind auch achtzig und haben ein halbes Jahrhundert darauf gewartet, die bis dahin nicht zum Zuge gekommene Liebe zu vollziehen), ist es nicht allzu wahrscheinlich, daß Sie aus den üblichen Gründen heiraten (um jemanden um sich zu haben, der mit den Baufirmen umgehen, der Tennis spielen und Ihnen einen Orgasmus verschaffen kann, indem er Ihnen ins Ohr bläst).

»Okay«, sagen Sie, »okay. Aber was ist mit Ihrer Freundin Alice?« Bei Alices Geschichte gibt es zwei Sichtweisen. 1. Sie ist die Ausnahme, die die Regel bestätigt. 2. Das Glück war ihr hold. Alice lernte Tony zwei Wochen vor ihrem vierzigsten Geburtstag kennen. Er war zweiundvierzig Jahre alt, hatte eine gute Stellung, sein eigenes Haus (obwohl er zu jener Zeit keinen Herd hatte), eine ständige Freundin, die ihn heiraten wollte, war gut zu seiner Mutter und nach den üblichen Maßstäben ein netter Kerl, ein unaufregender Banjospieler und hatte keine Exfrauen in seiner Vergangenheit lauern. Er war nicht einmal je verlobt gewesen. Alice und Tony gingen einmal zusammen aus (sie hatten sich im Tennisclub kennengelernt, irgendwie hatte sie es geschafft, ihn mit ihrem Ball zu treffen). Wie sie sich erinnert, war es ein sehr angenehmer Abend, und dann rief er zwei Tage später wieder an, um ihr zu sagen, daß er ja gern wieder mit ihr ausgegangen wäre, aber im Augenblick gehe es nicht, da seine Tante unerwartet aufgetaucht sei. Na klar, dachte Alice, seine Tante. Wie sich herausstellte, hatte er wirklich gerade seine Tante bei sich (ich habe ja gesagt, daß er ein netter Kerl ist), und als sie wieder nach Dublin fuhr, rief er Alice an, und ihre darauffolgende Verabredung dauerte zwei Tage. Das war im Juli. Im August waren sie verheiratet. »Ich verstehe einfach nicht«, sagte Alice später zu ihm, »wieso du nicht vorher verheiratet warst.« Tony guckte überrascht. »Aber wie konnte ich?« fragte er. »Du warst mir ja noch nicht begegnet.«

Glück und Ausnahmen beiseite, überzeugte Junggesellen haben etwas mit verheirateten Männern gemeinsam. Und das ist die Fähigkeit, einen glauben zu machen, daß eine Sache passiert (er verläßt seine Frau, er steht kurz vor dem Heiratsantrag), wenn in Wirklichkeit etwas völlig anderes passiert (er verläßt seine Frau nicht, es ist ihm nicht einmal der Gedanke gekommen, einen Heiratsantrag zu machen). Und so verbringt man Jahre in dem Glauben, daß er nun jeden Augenblick vorschlagen wird, zusammenzuziehen oder gemeinsam nach einer größeren Wohnung zu suchen, aber nichts dergleichen. Wenn er bedrängt wird, hat er immer eine gute Entschuldigung, wenn nicht sogar einen echten Grund. »Nicht jetzt«, meint er, »ich bin gerade auf dem Weg nach Bolivien, um den Heiligen Gral zu suchen.« — »Nicht jetzt«, meint er, »Mutter hatte einen Rückfall, man kann sie jetzt nicht allein lassen.« — »Oh, Liebling«, meint er, »du weißt, wie sehr ich dich liebe. Wenn ich jemals heiraten werde, wirst du die Auserwählte sein, aber für diese Ring-Sache bin ich noch nicht soweit. Thailand steckt mir noch immer in den Knochen.« — »Oh, Liebste«, meint er, »du weißt, wie sehr ich an dir hänge, aber ich würde die Verantwortung für eine Familie nicht übernehmen wollen, solange ich mein Geld nicht besser angelegt habe.«

Priester

Wie aus der Gesellschaft Ausgestoßene üben Priester eine merkwürdige Faszination auf Frauen aus. Frauen haben natürlich keine andere Wahl, als an einer Herausforderung Gefallen zu finden — und was könnte eine größere Herausforderung sein (für die Phantasie und alles übrige) als ein Mann, der seit seinem vierzehnten Lebensjahr für alle Zeit auf seine Sexualität verzichtet hat? Wie bei der offenbar unendlich quälenden Frage, was ein Schotte unter seinem Kilt trägt, kann man nicht umhin, darüber nachzudenken, was für ein Herz unter dem Priesterrock schlägt.

Das Unerreichbare ist, wie wir alle wissen, ein mächtiges Aphrodisiakum. Der Mann, der lieb und hilfsbereit und immer zur Stelle ist, bereit, einen für die Weihnachtseinkäufe in die Stadt zu fahren, weil man seinen Wagen zur Reparatur gebracht hat, der auch gerne die Katze am Wochenende versorgt, selbst wenn es ihr gerade nicht sehr gutgeht und sie nur gedünsteten Fisch fressen kann, der abhängig ist wie ein Schoßhund, wird auch wie ein Schoßhund keine großen Leidenschaften entfachen. »Ach, Harry«, sagen Sie zu Ihren Freundinnen, »natürlich habe ich ihn gern, er ist einer der nettesten Männer der

Welt, aber wißt ihr, ich könnte ihn nie ernst nehmen. Ich meine, nicht *so.* Wißt ihr, ihn zu küssen wäre etwa so aufregend, wie das Kopfkissen zu küssen. Es wäre, wie sich mit Wasser zufriedenzugeben, wenn man hätte Champagner haben können.« Aber man stecke denselben Mann in einen schwarzen Anzug mit einem Hundehalsband, drücke ihm ein Kruzifix in die Hand und nenne ihn Pater, plötzlich hat er das Charisma eines Clint Eastwood. Jetzt, da man ihn nie haben können wird — jetzt, da es keine Möglichkeit geben wird, daß er Sie je in kopfloser Erregung in der Küche in die Ecke drängt, nachdem er den Boden neu gefliest hat, und Ihnen sagt, er wisse, Sie könnten ihn nie so lieben, wie er Sie liebt, Sie aber müßten wissen, daß seine Gefühle für Sie sich nie ändern werden, er werde immer für Sie dasein —, fangen Sie an, über ihn nachzudenken, wie Sie es vorher nie getan haben. Wie groß ist wohl sein Penis? Stimmt es, daß stille Wasser tief sind? Was empfindet er wirklich? Sehnt er sich nie nach der Liebe einer Frau? Wie würde es sein, in seinen Armen zu liegen? Zum Teil hat diese Phantasiererei über die Diener Gottes, wie ich vermute, nicht nur damit zu tun, daß sie unerreichbar sind, sondern zum Teil etwas mit der Tatsache, historisch gesehen, daß sie häufig so erreichbar waren wie Korn in Kansas. Es ist allgemein bekannt, daß Priester genau wie Engel immer schon eine Neigung zum Fallen hatten, eine Neigung, den fleischlichen Gelüsten nachzugeben (um sich dann mit Schuldgefühlen zu quälen) und zusammen mit dem Wort die Saat auszustreuen. Der Begriff »Missionarsstellung« läßt schließlich mehr als eine Deutung zu.

Mein Rat, was die Priester angeht, lautet folgendermaßen: In einer frostigen, freudlosen Winternacht sind sie für eine flüchtige Kaprice schon in Ordnung, aber für nichts weiter. Fangen Sie bloß nicht an, sich für die Blumenarrangements auf dem Altar anzubieten. Fangen Sie bloß nicht an, selbstgebackene Kuchen und Wein in der Pfarrei vorbeizubringen. Entweder machen Sie Karriere aus unerwiderter Liebe, oder Sie fahren mit einer der größten Selbsttäuschungen fort, seit die Indianer sich zueinander gewandt und gesagt haben: »Ja, mit diesen weißen Kerlen werden wir wohl zurechtkommen. Sie scheinen recht zivilisiert zu sein.« Denn wenn Sie über das »Ich möchte Ihnen für all Ihre Hilfe beim Essen zum St.-Patrick-Tag herzlich danken« hinausgelangen bis zu der Stufe »Miss Wishbone, seit ich Sie kenne, zweifle ich an meiner Berufung«, werden Sie bei neunundeinhalb von zehn Malen gegen etwas ankämpfen, das viel gewaltiger ist als Sie beide. Jahrhundertealte Traditionen und Tabus. Dekaden von Glauben und Praxis. Eine lebenslange Konditionierung. Gott. Selbst wenn die Leidenschaft ein williger Sklave ist, er die Kirche Ihretwegen verläßt und in Schottland Schafzüchter wird, kommt die Zeit, da er enttäuscht aussehende Engel in den Hügeln herumhängen sieht, die den Kopf über ihn schütteln und traurig die Stirn runzeln. Bald ziehen die Engel ins Haus mit ein. Jedesmal wenn er Sie berührt, taucht plötzlich einer von ihnen mit einem Ausdruck milder Mißbilligung im Gesicht auf. Er beginnt auf der Couch zu schlafen, wo er sich die ganze Nacht herumwälzt und im Schlaf das Sündenbekenntnis vor sich hin murmelt. Und eines Tages stehen Sie am Fenster und beobachten, wie er auf das Haus zugeht, und Ihnen wird klar, daß Sie nicht einen Mann voller Geheimnis und Zauber vor sich sehen, sondern einen plumpen Schafzüchter. Sie denken sich: Was, um alles in der Welt, habe ich nur in ihm gesehen?

Männer mit besonderen Tätigkeiten

Es gibt bestimmte Jobs, bei denen es auf Grund der Berufsrisiken (oder Nebeneinnahmen) dazugehört, daß Frauen regelmäßig in Liebe entbrennen. Kammerjäger, Versicherungsvertreter oder Parkwächter sind davon meist nicht betroffen, doch ist es ein weitverbreitetes Phänomen. Filmschauspieler, Rocksänger, Männer in Schlüsselpositionen beim Fernsehen, Medienpersönlichkeiten, Ärzte, Psychiater, Lehrer, Tierärzte, Rechtsanwälte, Diktatoren, Revolutionäre, Gerichtsreporter, Verbrecher. Sieht man von der Tatsache ab, daß Revolutionäre eher jung sterben und Diktatoren oft eine ungewisse Zukunft haben, so machen die meisten dieser Männer nicht mehr Probleme als der durchschnittliche Busfahrer oder Geschäftsführer. Ein oder zwei sollten jedoch mit ein paar warnenden Worten bedacht werden.

Ärzte: In Ärzte verliebt man sich besonders gern. (Sogar Gynäkologen, obwohl mir unerfindlich ist, wie jemand Chop Suey mit einem Mann essen möchte, der über ihre Periode besser Bescheid weiß als sie selbst.) Da stehen Sie also, krank oder verletzt, voller Furcht und wunderbedürftig, bedürftig eines ordentlichen mitfühlenden Rats oder eines wissenden, unsachlichen »Regen Sie sich nicht so auf, Miss Wishbone, benutzen Sie diese Creme ein oder zwei Tage, und Sie werden wieder so gut wie neu sein« — und da steht er. Ruhig, professionell, vertrauenerweckend, bereit, dem Schmerz ein Ende zu machen oder den Arm zu versorgen oder Sie mit einem freundlichen Lächeln und einem charmanten Scherz über die Krankenhauskost durch die Operation zu bringen. Es ist zweifellos ein kleiner Schritt von der Dankbarkeit zum Entflammt-Sein. Gerade danken Sie ihm noch für die winzigen Stiche, und im nächsten

Augenblick möchten Sie ihm die Knöchel lecken. Eine Frau sollte jedoch bedenken: Während sie ihren Arzt mit einem Herzen betrachtet, das vor Begierde und Sehnsucht zu klopfen beginnt, betrachtet er sie und sieht eine verstopfte Nebenhöhle oder eine geknickte Gebärmutter. Es kann ein sehr langer Weg sein von: »Tröpfeln Sie die Tropfen dreimal in die Augen, und kommen Sie in einer Woche wieder, wenn die Infektion nicht zurückgeht«, zu: »Miss Wishbone, als ich heute die eingewachsenen Nägel von jemandem operierte, hatte ich plötzlich Ihr Bild vor Augen, und ich überlegte, ob Sie nicht Lust hätten, an einem Abend zum Tanzen zu gehen.« Außerdem sieht man seinen Arzt selten, wenn man in bester Verfassung ist. Besuche sind meist kurz. Wenn Sie im Krankenhaus sind, weil Sie zu schwer gehoben und sich den Rücken verzerrt haben, können Sie Ihren Arzt vielleicht jeden Tag sehen, aber Sie werden keinesfalls in der Verfassung sein, tätig zu werden.

Janes Lösung dafür war, in der Zeit, als sie auf den neuen Arzt in der Praxis ein Auge geworfen hatte, eine Liste kleiner Wehwehchen zu entwickeln. Montags waren es Ohrenschmerzen. Am Mittwoch meinte sie, sie habe sich eine Rippe gebrochen. Am Freitag hatte sie einen Schwächeanfall. Am nächsten Morgen waren es anhaltende Kopfschmerzen. Jedesmal wenn sie in die Sprechstunde ging, bereitete sie sich einige Stunden darauf vor, so daß sie, statt wie eine »sonstige kranke Person« auszusehen, umwerfend aussah. Eine Zeitlang schien das gut zu funktionieren. Die Dame an der Rezeption wurde etwas schnippisch: »Oh, Sie schon wieder. Was haben Sie denn diesmal?« Aber der junge Dr. Farrel bewies ihr nichts anderes als Anteilnahme. »Sie scheinen im Augenblick aber auch wirklich alles, was gerade rumgeht, zu bekommen«, sagte er. »Nicht wirklich alles«, hauchte Jane. »Arbeiten Sie zuviel?« wollte er wissen. »Sie scheinen etwas am Boden zu sein.« Und dann, wie das Leben so spielt, erlitt Jane einen Unfall. Sie wurde tatsächlich zu Boden gerissen — durch einen Skateboard-Fahrer, als sie den Abfall hinaustrug. Trotz ihrer Proteste, sie müsse sich noch umziehen und ihre Haare machen, bevor sie zum Arzt gehen könne, bugsierte ihr Nachbar sie in ihr Auto und brachte sie zur Sprechstunde. Er ließ ihr nicht einmal die Zeit zum Schminken. »Er hat mich gar nicht erkannt«, sagte Jane. »Wie konnte er auch? Wie ich da in meinen alten Jeans und einem ausgebleichten Sweatshirt ankam, blaß und schlecht zurechtgemacht und mit einem blau werdenden Fuß. Ich hatte nie mehr den Mut, dorthin zurückzukehren.«

Lehrer: Lehrer sind daran gewöhnt, daß ihre Schülerinnen sich in sie verlieben, und wenn man dem Glauben schenken kann, was man alles hört und liest, sind sie ebenfalls daran gewöhnt, daß sie sich in ihre Schülerinnen verlieben. In der Oberschule für seinen Lehrer zu schwärmen heißt, daß man immer die Hausaufgaben für ihn macht, nach dem Unterricht zurückbleibt und ihm Fragen stellt, nie seine Stunde schwänzt und daß er immer seine Freundin erwähnt, wenn man ihn zu seinem Auto begleitet. Dabei läßt sich gut die Diskussion über die Drüsensekrete fortsetzen. Später jedoch kann sich die Schwärmerei für den Lehrer zu etwas Ernsthafterem entwickeln.

Affären zwischen Professor und Studentin sind nicht einfach zu beginnen und noch schwerer aufrechtzuerhalten. Also tragen Sie sich für ein Soziologieseminar ein, weil der Dozent aussieht wie William Hurt. Ja, und dann? Sie betreten den Unterrichtsraum und sehen so verführerisch wie möglich aus, setzen sich in die erste Reihe, so daß ihn immer ein Hauch Ihres Parfums anweht, wenn er an Ihrem Tisch vorbeikommt, und Sie bereiten sich sorgfältig auf jede Stunde vor, damit Sie häufig den Finger heben können. Doch wenn Sie nach der Stunde noch etwas herumlungern und es sich zufällig so ergibt, daß er zur selben Zeit denselben Gang hinuntergeht, wendet er sich bestimmt nicht mit den Worten an Sie: »Miss Wishbone, hätten Sie Lust, mit mir einen Kaffee trinken zu gehen? Ich glaube, wir hätten einiges zu besprechen«, sondern: »Miss Wishbone, sind Sie sicher, daß Sie das Kapitel über abnormes Verhalten verstanden haben?« Wenn sich wirklich etwas entwickelt, beginnen die eigentlichen Schwierigkeiten (besonders wenn die Existenz einer Ehefrau, was ja manchmal der Fall ist, die Angelegenheit noch kompliziert, einer Ehefrau, die die Kinder vom Arbeitszimmer fernhält und auf seinen Cholesterinspiegel aufpaßt). Da auch niemand außer Ihren sechs besten Freundinnen und seiner alten Freundin darüber Bescheid wissen darf, stehen Sie ständig unter dem Druck, so zu tun, als sei nichts. Das bedeutet, wenn Sie beide in der letzten Nacht über Ihre Schwester gestritten haben und Sie dann am nächsten Morgen in seiner Stunde erscheinen, müssen Sie sich so verhalten, als hätten Sie ihn nicht einen arroganten Dickschädel genannt und ihn im Badezimmer schlafen lassen. Wenn Sie eine Frage beantworten und er sarkastisch lächelt und sagt: »Ich glaube nicht, Miss Wishbone, daß es das ist, was Karl Marx mit Mehrwert gemeint hat«, können Sie nicht zurückzischen: »Nehmen Sie Ihren Mehrwert und stopfen Sie ihn sich in die Ohren. Wie kann ein Mann, der sich nicht einmal einen Hemdenknopf annähen kann, irgend jemand irgend etwas lehren?« Und wenn Sie miteinander sprechen, geht das mit viel höflichem Nicken im Gang und schnellen Grapschereien in in Sackgassen geparkten Autos einher; es bedeutet, die ganze Zeit umherzuschleichen und sich nichts anmerken zu lassen. Ein Techtelmechtel mit einem Ihrer Lehrer zu haben ist nicht viel anders, als eine Freundin von Michael Jackson zu sein; es ist nicht nur eine fortwährende Anspannung, sondern man kann auch mit niemandem darüber reden. Und die Leute werden manchmal ruhelos, wenn sie nicht alle ihre Freunde mit ihren Liebesgeschichten anöden können: »Habe ich dir jemals erzählt, wie süß das aussieht, wenn er einen orangefarbenen Strickhut beim Kochen trägt?« — »Hast du gewußt, daß er zehn Tage in Montana verbracht hat?« — »Habe ich dir das Bild von ihm nach seinem Sturz in den See gezeigt?« — »Hast du gewußt, daß die Times einmal einen Leserbrief von ihm abgedruckt hat?« Es ist auch nicht gerade zu empfehlen, sich eines Tages in der Bücherei an einen seiner Kommilitonen zu wenden und zu sagen: »Habe ich dir je davon erzählt, wie Mr. Taylor und ich miteinander schliefen und das Bett zusammengekracht ist?«

Auch sollte man nie davon ausgehen, daß ein Mann, nur weil er sich im Herbst in einen verliebt hat, solche Empfindungen auch noch nach der Weihnachtspause hegt. Genausowenig sollte man davon ausgehen, daß ein Mann, nur weil er seine Vorlesung über die Ritterlyrik durch eigene Wortgefechte untermalt, einen selbst weniger mundtot macht als die anderen Studenten. Auch ist nicht weniger unwahrscheinlich, daß er einen mit seinen schmalen Lippen anlächelt und sagt: »Blake, Miss Wishbone? Wie kommen Sie darauf, daß Sie in der Lage sind, Blake zu verstehen?« Wovon man ausgehen kann, ist, daß er einem am Dienstagabend vor dem Schlußexamen, den man schon für die Rockgruppe U2 vorgesehen hat, sagen wird, daß man es sich nicht leisten kann, nicht zu Hause zu bleiben und zu lernen. Er selbst wird mit jemand anderem ausgehen.

Geächtete: Lange bevor Robin Hood als erster die Schloßmauer hinaufkletterte, um Maid Marion zu retten, haben sich die Frauen schon in vom Gesetz Verfolgte verliebt. Es gibt nichts Aufregenderes, als sich mit einem Mann abzugeben, der so gefährlich sein könnte, daß er die Haut einer Frau zum Glühen bringt. Es gibt nichts Aufregenderes, als das Los mit jemandem zu teilen, der absolut nicht geeignet ist, den Geist und die Sinne einer Frau zu entflammen — mit einem Mann, der nicht nur von Ihrer Mutter, den Tanten, der Wäschereibesitzerin um die Ecke, sondern auch von Freunden abgelehnt wird. Wenn die Liebe der Eintopf ist, sind Gefahr, Aufregung und drohendes Unheil die Gewürze.

In der Legende sind Männer wie Dick Turpin und Jesse James und sogar (ziemlich unerklärlich) Billy the Kid Figuren der Romantik und Sehnsucht. In Filmen und Romanen sind solche Männer entweder durch eine feindliche Umgebung böse gemacht worden, oder sie entpuppen sich als jemand ganz anderer (als ein Spitzel, ein Prinz im Exil, der echte Held); jemand, der es wert ist, daß man ihn für sich haben will. Im wirklichen Leben jedoch ist die Wahrheit hierbei wie bei vielen anderen Dingen selten so amüsant wie der Anschein. Bei Geächteten sind die Probleme vorprogrammiert. Sie müssen unentwegt den Standort wechseln. Sie erscheinen nicht immer zum Abendessen, wie sie es versprochen haben. Man gewährt ihnen keine Hypotheken (außer natürlich, wenn es sich um Börsenmakler oder Regierungsmitglieder handelt).

Ich habe einmal einen sehr guten Freund im Gefängnis besucht. »Hallo«, sagte ich, nachdem die Präliminarien vorüber waren, »ich habe den Kerl da auf dem Weg hierher getroffen. Er meinte, er kennt dich. Er wirkt sehr nett.« — »Serena«, sagte mein Freund mit neugewonnener Geduld, »keiner von uns sitzt hier drinnen, weil er ein netter Kerl war.« Die Antwort darauf ist natürlich, daß genausowenig jemand von uns hier draußen ist, weil er ein netter Kerl ist. Aber da klingt etwas in seiner Ermahnung an, worüber es sich lohnt nachzudenken.

Ein Mann, der auf der Flucht ist, weil ihn sich korrupte CIA-Agenten geschnappt haben, um ihn davon abzuhalten, der Welt die Wahrheit zu berichten, ist unzweifelhaft ein Mann mit Engagement, Integrität und Idealen. Wenn Sie Zorro geliebt und seinem Ein-Mann-Krieg gegen die Behörden Beifall geklatscht haben, sehen Sie darin sicherlich eine große Attraktion. Oho, denken Sie, das ist der entfremdete Held meiner Träume. Das ist ein Mann, dem ich beistehen möchte in seinem Kampf. Ich kann uns jetzt beide sehen, wie wir kaum atmen in unserem rattenverseuchten Scheunen-Versteck, während unter uns die Feinde des Guten mit entsicherten Maschinenpistolen die Scheune absuchen. »Beunruhige dich nicht, Liebling«, sagen Ihnen seine Augen, »ich werde sie nicht gewinnen lassen.« Ihnen fällt auf, daß zwischen Harrison Ford und Kelly McGillis in *Witness* dieselbe elektrische Spannung knisterte wie zwischen Ihnen und Leonard. Was Sie vergessen haben, ist, daß Harrison Ford und Kelly McGillis ihren Nachmittag unerträglich schöner Leidenschaft hatten und er dann in die Stadt zurückfuhr und sie bei dem Farmer blieb. Was Sie vergessen haben, ist, daß Zorro keine Freundin hatte, Zorro brauchte nie den Rasen zu mähen oder beim Kochen zu helfen oder Angst zu haben, für beträchtliche Aufregung zu sorgen, wenn er um zwei Uhr morgens blutverschmiert nach Hause käme. Jesse James ging nicht zu Ihrer Freundin Fiona zum Abendessen und begann einen Streit über die Sicherheit von Atomabfall. Superman taucht vielleicht in kritischen Momenten auf, wenn Lois Lane ihn wirklich unbedingt braucht, aber er ist nicht der Mann, für den man ein Soufflé zubereitet. Billy the Kid war ein Psychopath.

Ich hatte einmal eine ernsthafte Beziehung mit einem absolut wunderbaren Mann, der sich vor ein oder zwei unterschiedlichen Gruppen von Leuten sozusagen versteckt hielt. Abgesehen davon, daß er für die Nachtschicht in einer Armaturenfabrik arbeiten mußte und deshalb nicht vorhanden war, wenn man das Fernsehen über hatte und nach einer anderen Beschäftigung suchte, war dieser Mann perfekt. Wenn Männer Steine wären, wäre er ein Diamant im Vergleich mit jedermanns Bergkristall gewesen. Er hatte viel Humor, er war gescheit, er konnte »breakdancen«, er machte die besten Mais-Tortillas östlich von Neu-Mexiko, er war ein wunderbarer und rücksichtsvoller Liebhaber, und sein Lieblingsfilm zu jeder Tages- und Nachtzeit war *His Girl Friday*. Was lief schief?

Es ist schwierig, sich auf einen bequemen Lebensstil einzurichten (selbst wenn es ein aufregender bequemer Lebensstil ist), wenn man bei jedem Telefonläuten mit der Polizei oder dem Krankenhaus rechnet, wenn man bei jedem Türklopfen einen Kerl erwartet, der wie ein Berater aus der Reagan-Regierung aussieht. Zunächst glaubt man, daß es in dem Kosmos nichts Romantischeres gibt als einen selbst und Watfords Antwort auf Ché Guevara, allein gegen die Welt, auf der Seite der Gerechtigkeit. Man stellt sich selbst als Prinzessin Leah in *Krieg der Sterne* vor, Schulter an Schulter mit seinem Mann (oder in ihrem Fall, Männern). Aber im echten Leben bekommt man kein Lasergewehr, geschweige denn eine Sprechrolle. Er sagt: »Das ist kein Leben für Sie, Miss Wishbone«, und man sagt: »Oh, doch, das ist es. Es macht mir nichts aus, mich jede Minute am Tag um dich zu sorgen. Es macht mir nichts aus, nicht kreditwürdig zu sein. Es macht mir nichts aus, nie meine Familie zu sehen. Na und? Dann geh ich halt nicht zur Hochzeit meiner Schwester. Sie wird früher oder später wahrscheinlich sowieso wieder heiraten. Es stört mich nicht, daß ich meinen Namen ändern mußte. Es ist mir egal, ob ich meine Haare mit chemischen Bleichmitteln zerstöre und nie zu hell erleuchteten Plätzen gehen kann. Es macht mir Spaß, mit Linsen und Es-

sensresten eine Mahlzeit zu zaubern. Worauf es allein ankommt, ist, daß wir zusammen sind.« Aber während die Tage
dahingehen, fangen beide an, sich zu fragen, ob sie lügen. Man
beginnt einander auf die Nerven zu fallen. Jedesmal wenn er
anfängt, auf das korrupte Establishment einzuhämmern und
zu betonen, wie sehr es an jedem einzelnen liegt, ihre, seine eigene Freiheit zu schützen, stellt man sich vor, daß man nun in
der Lage wäre, mit all seinen alten Freunden in ein Spezialitä-
tenrestaurant zu gehen und sich an gefüllten Chilis und Sangria
zu laben. Man versucht, sich daran zu erinnern, wie es war, zu
jemandes Haus hinüberzugehen, ohne in Entsetzen zu geraten, wenn ein Freund hereinspazierte und einen Blick auf den
Liebhaber würfe und sagte: »He, Sie kommen mir bekannt vor.
Kenne ich Sie nicht von irgendwoher?« Er beschuldigt einen,
genau wie die eigenen Eltern zu sein.
Geächtete sind wundervoll für die große Zwei-Wochen-Affäre
im Leben. Jene Art von Affäre, an die Sie sich später, wenn Sie
eine alte Frau sind und sich mit der Katze auf dem Schoß im
Schaukelstuhl am Feuer wiegen, mit einem geheimnisvollen
Lächeln erinnern, das ihre Enkelkinder auf die Palme bringt.
Aber wenn Sie jemanden für vierzig Jahre mit einer Mobilität
nach oben, Elternversammlungen, Camping-Ferien, fröhlichen Familienabenden und einen BMW wollen, sollten Sie
sich lieber an den Immobilienmakler halten.

Spione: Es bedarf kaum der Erwähnung, daß von allen in
Frage kommenden Partnern, die man vielleicht ins Auge faßt,
Spione sicherlich die kompliziertesten sind. Wenn Sie zu der
Sorte Frauen gehören, die meinen, daß die besten Beziehungen
solche sind, wo die Frau in dem einen Land und der Mann in
dem anderen ist, dann könnte sich der Spion als der perfekte
Partner erweisen. Ansonsten neigen Spione nicht nur dazu,

eine Menge Zeit von zu Hause weg zu verbringen, Ferien und Kindergeburtstage und jeglichen Gedenktag zu verpassen, sondern es ist auch noch gefährlich, sie zu kennen. Es ist ja alles schön und gut, wenn es für ihn einen Reiz bedeutet, sich schießenderweise aus einem Hubschrauber zu hängen, um die Bösewichter zu bezwingen, aber es bleibt nicht aus, daß Spione das geliebte Weib in ihre Abenteuer miteinbeziehen. Wenn man ihn kriegen will, entführt man Sie; man will, daß er mit seinem Tun aufhört, also bindet man Sie in einem verlassenen Lagerhaus am Stuhl fest. Es liegt in der Natur ihres Jobs — Entfremdung und Isolierung, die Einsamkeit schlecht beleuchteter osteuropäischer Hotelzimmer, die dunstgeschwängerten Cafés, wo der deutliche Geruch von gekochtem Kohl und Huhn an den Wänden hängt, die fortwährende Gefahr und Unsicherheit —, daß Spione immer ein paar Stunden Trost in den Armen schöner unschuldiger Töchter von im Gefängnis sitzenden Dissidenten und absprungbereiten Wissenschaftlern suchen. Um also praktisch zu werden: Was hat man zum Schluß davon? Man bekommt einen Mann, der nie zu Hause ist; der, wenn er zu Hause ist, so tut, als sei er jemand, der er gar nicht ist; der, wenn er nicht zu Hause ist, entweder aus dem Hinterhalt überfallen wird, wenn er über eine belebte Straße schlendert, von einem Gebäude herunterbaumelt, während ein Rohling ihm auf die Finger steigt, oder mit einer hinreißenden Frau im Bett liegt, die seine Martinis zwischen ihren Brüsten schüttelt. Da alles dagegen spricht, daß er lange genug lebt, um in Pension zu gehen, haben Sie nichts, worauf Sie sich freuen können, außer Sie sehen in Schwarz wirklich aufregend aus.

Staatsmänner: Oh, sicherlich, man entfaltet am Morgen die Zeitung und erblickt Mrs. Bush oder Mrs. Gorbatschow oder Denis Thatcher, die, teuer angezogen, attraktiv und glücklich aussehen, wobei ihnen ein Leibwächter über eine Schulter ragt, und man denkt sich, he, das wäre keine schlechte Art zu leben. Es wird von einem erwartet, daß man für Kleidung ein Vermögen ausgibt (oder auch nicht). Rockstars und Filmschauspieler kommen zum Essen. Alle halten einen für eine nette Person, weil man immer mit Waisenkindern und Behinderten und Flüchtlingen fotografiert wird. Man trinkt eine Menge Champagner, weil man immer Krankenhäuser und Büchereien und Krematorien und Raketenbasen einweiht. Man hat Bedienstete. Der Ehemann ist in der Nähe, aber nicht so nahe, daß man ihn zu fassen bekommt. Man kann mit der Königin Tee trinken. Na ja, schön und gut. Die Gattin eines Staatsmannes zu sein macht viel her (bestimmt sehr viel mehr, als die Gattin von jemandem zu sein, der Radkappen an einen Ford montiert), aber genau wie beim Stier-Reiten ist der Spaß nur halb so groß, wie es den Anschein hat. Man reist eine Menge, aber außer Krankenhäusern, singenden Kindern, marschierenden Soldaten oder Kriegerdenkmälern kriegt man gar nichts zu sehen. Die Garderobe ist teuer, aber sie besteht selten aus dem, was eine richtige Frau gerne tragen würde, wenn ihr größter, immer wiederkehrender Alptraum ist, daß sie plötzlich wie eine Freundin von Nancy Reagan aussieht.

Hinzu kommt, daß die meisten Staatsmänner, auch wenn Mr. Gorbatschow ein liebenswerter Mann zu sein scheint, eher etwas Langweilig-Pompöses an sich haben. Sie sind daran gewöhnt, auf Podien zu stehen und stundenlange Reden zu schwingen, während die Zeitungsreporter (die schon eine Abschrift auf dem Schoß liegen haben) über die Romane nachdenken, die sie gerne schreiben würden, und alle anderen in einen komaähnlichen Zustand versinken. Diesen Berichtstil nehmen jene Staatsmänner dann häufig gern mit nach Hause. Wenn Sie also sagen: »O Gott, Liebster, was sollen wir nur mit dem Holzwurm in jenem alten Schreibtisch im Arbeitszimmer machen?«, läßt er ein 45-Minuten-Geschwafel über »Vorbeugen ist besser als heilen« los und daß eine intelligente Person immer mehrere Möglichkeiten zur Verfügung hat, Freiheit sei das Wichtigste, das wir im Leben hätten und wofür man kämpfen müßte, und über Holz stehe auch viel in der Bibel. Da er daran gewöhnt ist, sich mit seinen entschlossenen Antworten nicht festzulegen, findet er das Unterbrechen eine schlimme Angewohnheit. Sie sagen: »Liebster, möchtest du am Sonntag Schinken oder Huhn zum Abendessen?«, und er antwortet, Schinken sei gut und Huhn sei gut, obgleich natürlich zuviel von jedem schlecht sei, und wie alle rechtschaffenen Menschen möchte er natürlich sicher sein, daß die Schweine und Hühner menschenwürdig behandelt wurden, wenn es auch traurigerweise nicht immer möglich sei, aber das sei natürlich niemandes Fehler, und er sei entzückt, wenn er am Sonntag Schinken zum Abendessen haben könnte, obwohl ihn auch das Huhn reizen würde.

Künstler: Wenn auch Maler, Musiker, Bildhauer, Töpfer und Romanschriftsteller im gesellschaftlichen Umfeld einer Frau ziemlich eindrucksvoll wirken können (»Ich sehe, Miss Wishbone, Sie haben sich mit einem abstrakten Expressionisten, zwei Pianisten, drei Dichtern und einem Schreiber phantastischer Romane getroffen, und einmal sind Sie mit Mark Knopfler Taxi gefahren. Das ist sehr interessant, wirklich sehr interessant. Offenbar sind Sie doch nicht so seicht und frivol, wie Ihre leuchtendpinkfarbenen Radlerhosen und Ihr tintenfarbenes, enges Top glauben machen möchten«), haben sie alle einen Fehler gemeinsam. Sie nehmen sich selbst sehr ernst. Ob sie Prosa schreiben, die den modernen Roman oder die Lyrik neu definiert, ob sie die Wände von Zerstörern bemalen oder

Miniaturkätzchen auf Muscheln, sie denken alle, daß das, was sie tun, wichtiger ist als das, was alle anderen tun. Okay, Ärzte tragen etwas zum Wohl der Menschheit bei, und Bauern und Feuerwehrleute sind ungemein notwendig, aber Ärzte, Feuerwehrleute und Bauern kümmern sich nur um den Körper, während Künstler sich natürlich mit der Seele befassen. Künstler sind etwas Besonderes. Künstler gehen über das Weltliche hinaus.

»Für mich ist das einleuchtend«, sagen Sie. »Wenn jemand sich selbst nicht ernst nimmt, wer wird es dann tun? So sollte man es sehen.«

Und das stimmt natürlich. Und es stimmt natürlich auch, daß die im wesentlichen abgeschiedene Natur ihrer Betätigung jene kreativen Typen ziemlich von sich selbst besessen werden läßt. Wenn man zehn Stunden mit dem Malen eines Himmels oder dem Spielen jenes verzwickten Mozart-Konzerts oder dem Suchen von etwas, das sich auf Eurytherm reimt, oder dem Singen von *Gloria* verbracht hat, wird man am Ende des Tages nicht aus dem Arbeitszimmer auftauchen und über steigende Zinsen oder Mona Hendersons Zahnprothesen diskutieren wollen.

Aber, möchte ich glauben, es ist nicht zuviel erwartet, daß nach etwa einer Stunde, wenn die wirkliche Welt (wo ein Gemälde einfach ein Bild und ein Gedicht ein bißchen weniger wichtig als die kürzlich herausgekommene Prince-Single und Mozart einfach ein weiterer toter Komponist ist) eine Chance hatte, sich zu behaupten, man in der Lage sein wird, seine Aufmerksamkeit auf etwas anderes zu verlagern als auf sich selbst. Künstler haben damit jedoch häufig große Mühe. Sie interessieren sich nur insoweit für andere Leute, als sie eine Beziehung zu ihnen haben (wie: »Bewundert sie mein Werk?«). Sie erwarten von allen anderen, daß sie sich dafür interessieren. Sie interessieren sich nur für äußere Ereignisse, wenn sie etwas mit ihnen zu tun haben. In anderen Häusern wird von den Gästen erwartet, daß sie den neuen Teppich oder die viktorianische Spielzeugkollektion oder die Kinder bewundern; im Künstlerhaus wird von den Gästen erwartet, daß sie dasitzen und auf die Darstellung von vier rosa Fröschen starren, die zehn heilige Minuten lang durch einen grüngelben Himmel schweben; und nicht irgend etwas Linkisches sagen wie: »Soll das irgendwas bedeuten?« oder »Mir gefällt die Arbeit von, wie heißt er gleich, Sie wissen schon, von dem Mann, der immer Schwimmbäder malt.« Romanschriftsteller unterlassen es gewöhnlich, ihre Manuskripte mit sich herumzuschleppen. Sie müssen sich deshalb darauf beschränken, ihre Freunde bei Wein und gesalzenen Kichererbsen (und dann schön zum Kaffee und türkischen Köstlichkeiten) mit einer Inhaltsübersicht von Buch vier, einem 50 000-Worte-Epos über das alte Malaya, zu unterhalten, das sie gerade schreiben. Dichter kennen keine solchen Einengungen. Dichter tauchen überall auf, von den Hochzeiten bis zu den Begräbnissen, mit der Weltgeschichte in jambischen Pentametern unterm Arm, und lassen bei der ersten Gesprächspause (während die Braut den Kuchen anschneidet, zum Beispiel) mit der ganzen Anmut der Königin einfließen, die gerade Weihnachtsgeschenke an die Kinder verteilt: »Wollen Sie, daß ich das Gedicht vorlese, an dem ich gerade arbeite?«, und sind schon bei der Widmung, bevor nur irgend jemand »nein« sagen kann.

Im Leben einer Frau gibt es eine Zeit, gewöhnlich um die Zwölf herum, da sie sich gerne ausmalt, wie es wäre, mit einem berühmten Dichter oder Maler oder (um etwas moderner zu sein) einem düsteren Rockstar verheiratet zu sein. Sie stellt es sich wundervoll vor. Alle diese Partys. All diese Aufmerksamkeit. Immer kommen die Leute auf einen zu und sagen: »Was

116

haben Sie für ein Glück!« und »Sie waren das Modell für die Johanna von Orléans, nicht wahr?« und »Ich habe gehört, daß er eine seiner Gitarren nach Ihnen benannt hat.« Sie stellt sich vor, daß es genauso ist, als sei sie selbst die Künstlerin, nur ohne sein Werk.

Machen Sie sich nichts vor. Denken Sie an Mrs. Picasso. Für die Frau, die sich mit einem Künstler einläßt, ist das Leben hart und nicht immer freundlich. Man erwartet von Ihnen Trost, Unterstützung, eine kritische Meinung (wenn Sie allerdings meinen, daß die Perspektive nicht stimmt oder die Bilder in dem Liebesgedicht abgedroschen wirken, sind Sie nichts als eine ungebildete Idiotin mit der Seele einer Zuckerpuppe), Ermutigung, Liebe und von Zeit zu Zeit Inspiration. (Lassen Sie sich von diesem Inspirationsgefasel nicht zu sehr beeindrucken. Schieben Sie jegliche Illusion beiseite, Sie könnten die Mona Lisa des neuen Zeitalters oder die geheimnisvolle Geliebte werden. Wozu Sie wahrscheinlich eher inspirieren werden, das ist ein schneller Sketch über eine übellaunige Frau oder ein Gedicht mit der Überschrift »Mary in der Küche zündet den Ofen an« oder der eingängige Refrain: »Ihre Zehen sind kalt, ihre Zehen sind kalt, sie ist hübsch anzusehen, aber ihre Zehen sind kalt.«) Man erwartet von Ihnen, daß Sie die ganze Nacht aufbleiben und den Roman zu Ende lesen, selbst wenn er mit seinen Freunden zu einer Party gegangen ist oder Sie bei Morgengrauen aufstehen müssen, um sich auf Ihre Rede vor den Vereinten Nationen vorzubereiten. (»Ich sage natürlich nicht, daß du das sofort lesen mußt«, meint er und legt den Text sorgfältig aufs Bett, und zwar direkt auf Ihren Spielanzug aus Kräuselkrepp. »Sie sind erwachsen, Miss Wishbone, ich glaube, ich brauche Ihnen nicht zu erklären, wo Ihre Prioritäten liegen sollten.«)

Nun folgt eine lange Geschichte, eine, die wahrscheinlich in ein anderes Buch gehört, aber ich bin einmal von einem Verfasser psychologischer Krimis fünf Tage lang in einem toskanischen Bauernhaus gefangengehalten worden. Er war ins Exil geschickt worden, damit er seinen Roman beende, und so war er von lauter Italienern umgeben, die eine andere Sprache sprachen und die ihn deshalb nicht ablenken konnten. Doch sechs Monate sprachlicher Isolierung stürzten Albert in eine solche Verwirrung, daß ich mich nur mitten in der Nacht durch das Badezimmer hinausstehlen und per Autostopp davonmachen konnte.

Und was meinen Sie, wer das Telefon des Künstlers beantwortet, seine Bewunderer unterhält, dafür sorgt, daß seine Rechnungen bezahlt werden, wer seine Brille und seine Lieblingsbürste ausfindig macht? Wer hilft ihm über das schriftstellerische Blockiertsein oder seinen Ärger mit der Plattengesellschaft hinweg? Und man glaube bloß nicht, daß er sich dafür an häuslichen Krisen interessiert zeige oder an Ihren Problemen oder denen Ihrer Freunde (außer sie können eine gute Geschichte abgeben). Er wird Sie zu den unmöglichsten Zeiten aufwecken und Ihnen eine Zeile vorlesen oder wissen wollen, wie Sie seine Bäume finden. Aber Sie kommen nach einem mörderischen Arbeitstag nach Hause, erschöpft und mit schmerzendem Kopf, und haben nur einen Wunsch: ein heißes Bad oder ein kaltes Glas Wein. Sie stapfen ins Wohnzimmer, um es voller Poeten vorzufinden, die sich über Ted Hughes die Köpfe heiß reden und sich fragen, wann es wohl Abendessen geben wird.

Wenn Ihre Freunde erfahren, daß Sie mit einem Künstler liiert sind, werden sie Dinge sagen wie: »Oh, ein Komponist/Bildhauer/Dichter/Trommler — er muß so sensibel sein.« Und das stimmt natürlich, er ist sensibel. So sensibel, daß er jede Änderung des Lichts oder der Stimmung oder eines Geräuschs bemerkt, wenn ihn gerade die Muse gepackt hat, und zu allen anderen Zeiten sensibel mit sich selbst. Bei Auseinandersetzungen, wer von Ihnen beiden sich einen freien Tag nehmen sollte, um mit dem Dachdecker zu reden oder seine Mutter zum Chiropraktiker zu begleiten, werden Sie nie den Sieg davontragen, da Ihre Zeit von unerheblicher Bedeutung ist, denn sie wird nicht zum Überschreiten des Weltlichen genutzt. Bei Auseinandersetzungen, wer einen Film richtig verstanden hat oder was sich zwischen Clive und Olivia bei der Party abspielte oder warum Sie die Schale mit Garnelencrackers nach ihm geworfen haben, obwohl er nichts anderes getan hat, als eine naheliegende Frage zu stellen, werden Sie immer verlieren, weil Sie eine Frau sind, die tizianroten Nagellack trägt, und er ein Genie.

Arbeitskollegen: Niemand, der *Das Apartment* gesehen hat, braucht auf die Gefahren hingewiesen zu werden, die damit verbunden sind, läßt man sich mit einem Arbeitskollegen ein.
Liebespaare wirken zerstörend auf den sanften Ablauf am Arbeitsplatz. Immer wieder verschwinden sie in leeren Räumen und/oder Notausgängen. Andere Kollegen sehen sich vor, allzu plötzlich einen Raum zu betreten, vor allem, wenn es früh am Morgen oder spät am Abend ist, wegen des großen Risikos, auf zwei Leute zu treffen, die sich normalerweise aufeinander als »Miss Marshall« und »Mr. Firmbank« beziehen und sich nun wie die Kaninchen unter dem Konferenztisch betätigen. Es ist schwierig, sich auf seine Ausführungen über die Anzahl von Flügelmuttern zu konzentrieren, die jährlich für Saudi-Arabien gebraucht werden, wenn Sie gerade darüber nachdenken, wie er immer »Oh, baby, oh!« ruft, sobald Sie ihn in die Schulter beißen.

Interessant ist an diesen Büroaffären, daß, ganz gleich, für wie geschickt und diskret Sie sich halten, jeder im Büro, wenn nicht im ganzen Gebäude, etwa vier Stunden vor Ihnen weiß, was im Gange ist. Sie wissen, wann Sie sich treffen. Sie wissen zu jedem Zeitpunkt, in welchem Stadium die Beziehung gerade ist. »Sie sind übers Wochenende weggefahren«, erzählt Sandra Inez am Montagmorgen, wenn sie die Abdeckung von den Computern nehmen. »Wohin?« fragt Inez. »Zu dem Haus seines Bruders am Meer.« — »Woher weißt du?« fragt Inez — »Ich habe ihn am Freitag telefonieren hören, und als er heute morgen ankam, klebte noch Seetang an seinen Schuhen.« — »Wow«, sagt Inez. »Das geht ja ziemlich schnell bei denen. Wie es wohl war...« — Sandra rollt die Augen. »O weh«, sagt sie. »Du solltest ihn sehen. Er sieht wie durch den Fleischwolf gedreht aus. Ich wette, seit Freitag morgen hat er nicht mehr geschlafen oder sich rasiert. ›Oh, Mr. Smothers‹, sagte ich zu ihm. ›Sie sehen aus, als hätten Sie wieder zuviel gearbeitet.‹« — »Und was hat er geantwortet?« fragt Inez. — »Er sagte: ›Ich weiß, Sandra, aber irgend jemand muß es ja tun.‹« Inez und Sandra brechen in ziemlich unkontrolliertes Lachen aus. »Und was ist mit Miss Wishbone?« fragt Inez, nachdem sie sich wieder etwas gefaßt hat. »Ich habe sie heute morgen noch nicht gesehen.« — Sandra kann vor lauter Lachen kaum antworten. »Oh, sie«, Sandra erstickt fast, »sie hat sich krank gemeldet.« Inez fällt beinah vom Stuhl.

Sie werden nicht nur wissen, wann Sie und Ihr Liebhaber einen Orgasmus haben, sie werden auch wissen, wann immer Sie Streit miteinander haben. »Halt dich heute fern von den beiden«, wird Inez Sandra warnen. — »Warum?« Sandra sieht von den Eingängen auf. »Was ist los?« — »Nichts mit ihm«, sagt Inez. »Es ging bei ihnen schlimm zu, weil er mit einigen Typen einen draufgemacht und vergessen hat, daß er mit ihr verabredet war.«

Sie wissen schon lange vor Ihnen, wenn die Beziehung ihrem Ende zugeht. »Hast du das gesehen?« fragt Sandra Inez an einem Freitagabend, als der Uhrzeiger sich auf fünf Uhr dreißig zubewegte. — »Bin ich blind?« möchte Inez wissen. »Seit er einmal seinen Papierkorb in Brand gesetzt hat, habe ich ihn nie wieder sich so schnell in Bewegung setzen sehen.« In dem Augenblick kommen Sie gerade vorbei und wirken so, als hätten Sie noch ein oder zwei kleine Dinge zu erledigen, bevor Sie fürs Wochenende nach Hause gehen, und machen eine Miene, als sei es Ihnen erst vor ein paar Minuten eingefallen, daß Mr. Smothers, falls er noch nicht nach Hause gegangen ist, noch ein oder zwei Fragen beantworten könnte. »Er ist schon weg«, sagt Sandra, als Sie an der Tür zu Mr. Smothers abrupt stehenbleiben und nicht zum erstenmal bemerken, wie sehr seine Ordnung, seine weißen Wände und das Chrom-Zubehör Sie an Ihr Badezimmer zu Hause erinnern. »Nach Hause gegangen?« meinen Sie, als sei es völlig unverständlich, wie ein Mann plötzlich seine Gewohnheiten geändert haben könnte, ein Mann, der seit sechs Monaten an keinem Freitagabend »nach Hause gegangen« ist, sondern im Büro herumgetrödelt hat, bis alle anderen gegangen waren, um sich dann mit Ihnen keuchend gegen die Aktenschränke zu drücken. »Ja«, sagt Inez und wechselt mit Sandra einen Blick, der nicht ohne schwesterliches Mitgefühl ist, »nach Hause gegangen.«

Ältere Männer: »Männer in meinem Alter sind so unreif«, sagen Sie. »Ich wünsche mir jemanden, der weiß, worum es im Leben geht. Ein älterer Mann wird nicht nur meinen tollen Charakter, meine bezaubernde Persönlichkeit und funkelnde Intelligenz bewundern, er wird auch für meine anderen Qualitäten dankbar sein. Meinen immer noch festen Körper, meine weiche Haut, mein ausgiebiges Training im klassischen

Ballett. Er wird nicht einfach stolz darauf sein, mit mir gesehen zu werden, er wird seinem glücklichen Stern danken. Das ist nicht ein Mann, der mir meine besten Jahre stehlen und mich dann wegen eines unbedarften Teenies namens Lilac verlassen wird.«

»Ich weiß, was Sie sagen werden«, werfen Sie ein. »Sie werden sagen, ich suche nach einer Vaterfigur.«

Tatsächlich wollte ich das gar nicht sagen. Selbst wenn es so wäre, ist nach einer Vaterfigur Ausschau zu halten nicht merkwürdiger als nach jemandem, der genau wie Sie ist, nur einen Penis hat, oder nach Zorro. Was ich sagen wollte, ist, daß alles, was Sie vorgebracht haben, einleuchtend ist. Es klingt alles sehr vernünftig. Der einzige Fehler, den ich in Ihren Argumenten finden kann, ist, daß die Beschreibung in Wirklichkeit auf die meisten älteren Männer zutrifft.

Huh?

Nach allem, was man dem Fernsehen und Filmen entnehmen kann, haben ältere Männer, die alles verloren haben — ihre brillante Karriere, ihre Familie, ihr Landhaus auf dem Hügel, ihre Wertpapiere, ihre Effekten und ausländischen Banknoten —, einen Status von Weisheit und Verständnis erreicht, den man meist den buddhistischen Mönchen zurechnet. Aber das ist es auch schon. In allen anderen Fällen ist der einzige Unterschied zwischen einem jüngeren und einem älteren Mann, daß ersterer noch seinen vollen Haarschopf hat und letzterer seine Hypotheken abbezahlt hat.

»Ach, kommen Sie«, sagen Sie. »Das kann ich nicht glauben. Sie wollen mir weismachen, daß ein Mann, der, sagen wir mal, mit fünfzig noch mitten im Leben steht, der wahrscheinlich eine Frau und Kinder hat oder hatte, einen ordentlichen Beruf hat und ziemlich genau weiß, wer er ist und was er erwarten kann, daß ein solcher Mann nicht der ideale Partner wäre?«

Ich bin natürlich erstaunt, daß Sie immer noch in Kategorien vom idealen Partner denken können. Aber ja, das ist genau das, was ich Ihnen weismachen möchte. Betrachten wir uns das einmal logisch. Wo kommen ältere Männer her? Natürlich kommen sie von jüngeren Männern. Und wie gelangen sie von ä nach j? Sie gelangen dorthin durch Beziehungen mit einer Reihe von Frauen, von Müttern und Schwestern bis zu Freundinnen und Ehefrauen, und alle zerren an ihnen herum, machen sich ihretwegen Sorgen und passen auf, daß sie zu ihrem Geburtstag ihren Kuchen und, wenn sie sich deprimiert fühlen, ihr Lieblingsessen bekommen. Wenn ein Mann mit zwanzig sich keine Scheibe Brot abschneiden oder sich kein Ei kochen kann, wird er mit fünfzig dazu auch nicht in der Lage sein und wahrscheinlich noch weniger meinen, daß er es sollte. Wenn ein Mann mit fünfundzwanzig ein anspruchsvoller, egozentrischer und egoistischer Mistkerl ist, wird er später nicht weniger anspruchsvoll, egozentrisch, egoistisch und mistig sein. Er ist nur nach all den Jahren der Praxis so geschickt, es als Charme und Weisheit zu verkleiden. Denn die Jahre, die schütteres Haar, schlechte Zähne, einen Verlust an Sehschärfe, Krampfadern und eine Aversion gegen zu scharf gewürzte Speisen mit sich bringen, bringen nicht selbstverständlich auch Scharfsinn und kosmisches Verständnis mit sich. Oder wie es meine Großmutter einmal ausgedrückt hat, das Kind ist dem Mann nicht nur ein Vater, es ist sein ständiger Begleiter.
Wenn der ältere Mann, an den Sie denken, Paul Newman ist, kann man Ihre Schwäche wenigstens völlig verstehen. Wenn es *nicht* Paul Newman ist, sollten Sie lange darüber nachdenken, bevor Sie etwas Dummes tun.

Jüngere Männer: Jüngere Männer erfreuen sich seit einiger Zeit wachsender Beliebtheit. Die Frauen, die immer alles ge-

glaubt haben, was man ihnen erzählte — daß es für eine phantastische Frau von fünfunddreißig unziemlich ist, mit einem gutaussehenden Mann von zwanzig gesehen zu werden, daß er an ihrem Geld interessiert ist oder an ihrem Apfelkompott, das sie genauso zubereitet wie seine Mutter, aber daß es völlig natürlich ist
für einen vernünftigen Mann von fünfunddreißig, mit einer aufregenden jungen Frau von neunzehn zu »gehen« —, beginnen zu
argwöhnen, daß ihnen ein weiterer Apfel gereicht worden ist. Sie
sehen sich die Männer ihres Alters an, und statt zu denken, oh,
ist der aber nett, wie sie es früher wohl getan hätten, fällt ihnen
nur ein, na ja, der ist wohl schon in Ordnung. Sie entdecken, daß
bei den Männern ihres eigenen Alters nicht nur Körper, Haare
und die Entschlossenheit, die Welt auf einem Floß zu umschif-
fen, geschwunden sind, sondern ebenso das Feuer. »Harry ist ja
ein netter Kerl und alles«, sagen sie, »aber — ich weiß, daß dies
merkwürdig klingt — er ist so alt. Er hat keine Lust, zum Tanzen
zu gehen. Er hat keine Lust, mit dem Windsurfen zu beginnen.
Er glaubt, daß man am Strand nichts anderes tut, als die jungen
Frauen beim Bräunen zu beobachten. Wir sind vielleicht gleich-
altrig, aber er sieht wie mein Vater aus. Ich habe keine Lust, her-
umzusitzen und ›Meine fünfundzwanzig Jahre bei General Motors‹ zu lesen, ich möchte mich amüsieren.«
Was für jüngere Männer spricht, sind ihre Jugend, Energie, Be-
geisterungsfähigkeit, Frische, Vitalität und eine optimistische
Lebenseinstellung (sie haben keine Angst, einen Herzinfarkt
zu kriegen, wenn sie mehr als ein Ei in der Woche essen). Das
macht sie jedoch nicht vollkommen. Was aber gegen sie
spricht, ist, daß sie sich doch eher mit gleichaltrigen Frauen
verabreden und daß sie keines Ihrer Lieblingslieder kennen.

Der ewige Miesepeter: Diese Kategorie sollte eigentlich gar
keiner Diskussion bedürfen, aber Frauen sind manchmal nicht

weniger merkwürdig als Männer. Selbst eine intelligente und erfahrene Frau, die das alles schon kennt und weiß, daß das Los einen Mann treffen kann, dem »Ich bestehe nur aus schlechten Nachrichten« überall anhaftet, macht nicht abrupt auf dem Absatz kehrt und stürmt davon in den nächsten Raum, um sich wieder an der Unterhaltung über Israel zu beteiligen. Statt dessen sagt sie: »Ich glaube nicht, daß wir uns schon begegnet sind. Mein Name ist Wishbone.« Sechs Jahre später, immer noch wund und voller Narben, nachdem sie sich schließlich in ein Zelt in der Wüste zurückgezogen hat, wo sie sicher sein kann, daß er sie nie finden, nie sternhagelvoll um drei Uhr morgens erscheinen, Gegenstände gegen das Fenster werfen und nach ihr brüllen wird, sie solle herunterkommen und gucken, was er ihr mitgebracht habe, kann sie sich nur fragen: »War ich verrückt? Wieso habe ich soviel Zeit mit diesem Schwachkopf verbracht?« Fragen, auf die weder der Wüstenwind noch sonst jemand eine Antwort hat.

Miesepetrige Männer sind keine Männer, die Probleme aufwerfen oder mit einem Extrasatz von Schwierigkeiten ankommen; es sind Männer, die man unter allen Umständen meiden sollte, bei dem Wort »Geh!« angefangen. Halten Sie nicht einmal inne, um die Farbe seiner Augen zu prüfen. Überlegen Sie keinen Augenblick, was für einen Umfang sein Hals hat. Denken Sie nicht bei sich, das wird sich geben, ist er erst einmal glücklich und in Sicherheit mit mir. Sagen Sie sich nicht, nun ja, jeder ist hin und wieder deprimiert, ich meine, wer wäre das nicht? Es wird ihm wieder gutgehen, sind wir erst einmal zusammengezogen und fühlt er sich wirklich geliebt. »Ach ja«, erzählen Sie Ihrer besten Freundin, »vor ein paar Jahren hatte er so ein kleines Drogenproblem, aber jetzt ist er in Ordnung.« — »Ja, ich weiß«, sagen Sie zu Ihrer Schwester, »ich habe schon gehört, er ist auch etwas gewalttätig. Aber das war er mit anderen Frauen. Bestimmt haben sie ihn dazu gebracht. Wirklich. Er ist solch ein netter Kerl. Er liebt mich. Ich weiß, er würde mich nie verletzen. Wir haben darüber gesprochen, und das hat er gesagt!«

Es ist jedoch ein weiterer interessanter Aspekt menschlichen Verhaltens, daß wir alle glauben, wir seien so anders und besonders, und wir könnten, wenn auch nicht den Lauf von Flüssen ändern, so doch auf die Entwicklung eines Charakters, einer Persönlichkeit einwirken. Wir denken, daß jemand auch entsprechend handeln wird, wenn er sagt, er liebt uns. Aber das stimmt nicht. Ein Mann, der wirklich ein Miesepeter ist — der also nicht gerade durch eine Pechsträhne geht, der nicht gerade nur mit ein paar Widrigkeiten zu kämpfen hat wie wir alle mal —, wird sich bestimmt nicht ändern, weil er jemanden hat, der jede Nacht bei ihm ist und der ihm auch noch eine Suppe kocht. Das Leben ist hart genug, ohne daß Sie sich auch noch vergewissern müssen, daß Sie festgefahren sind.

»He, einen Augenblick, bitte!« höre ich Sie rufen. »Wenn verheiratete Männer nicht zu kriegen sind, geschiedene, komplizierte, Priester, überzeugte Junggesellen und Geächtete ernste Probleme aufwerfen, Arbeitskollegen, Künstler, ältere und jüngere Männer ziemlich riskant und Männer mit Verhaltensstörungen und zwanghaften Neigungen nicht einmal eines Wortes würdig sind, ja, um Himmels willen, wer bleibt denn dann?«

Bruce Springsteen.

Auch mir ist klar, daß wir uns nicht alle mit Bruce Springsteen verabreden können. Er hat nicht nur schon eine Frau und eine Freundin, sondern er verbringt auch noch einige Zeit mit einer Band. Wenn also jemals eine Frau nach acht Uhr abends an einem Samstag aus einem anderen Grund aus dem Haus gehen sollte, als um die Sonntagszeitung oder einen Liter Milch zum Frühstück zu besorgen, wird sie zwischen unüberwindlichen Schwierigkeiten und begrenzten Möglichkeiten zu unterscheiden haben. Auf geht's!

Das »Woher weiß man, ob er einen Versuch wert ist?«-Quiz

Wählen Sie die Antwort, die am besten die Situation und Person beschreibt, auf die Sie am positivsten reagieren würden.

1. Sie gehen in eine Snackbar in der Nähe Ihres Büros, um schnell eine Suppe und eins der berühmten Vollwert-Sandwiches zu essen, und da setzt sich niemand anders neben sie als der nett aussehende Arzt vom Krankenhaus gegenüber. Sie haben ihn hier schon vorher gesehen, und einmal haben Sie sogar seiner Meinung über den Streichkäse mit Oliven auf Roggenbrot zugestimmt. Heute fragt er: »Sitzt hier niemand?« mit einem besonders charmanten Lächeln, und als er bemerkt, daß Sie beide dasselbe Essen gewählt haben, macht er einen kleinen Scherz über große Geister, die in dieselbe Richtung denken. Während Sie Ihre Suppe löffeln und Ihr Sandwich zu essen versuchen, ohne daß die Hälfte auf Ihren Schoß fällt, schwatzen Sie beide über dieses und jenes. Im Verlauf der Unterhaltung findet er heraus, daß Sie eine gutbezahlte Stellung haben und weder verheiratet noch verlobt sind, und Sie finden heraus, daß seine Frau und er seit einem halben Jahr getrennt leben, Sie wissen schon, wie das halt so geht im Leben. »O ja«, sagen Sie, »ich weiß.« Dann fahren Sie fort zu erzählen, wie sehr Sie der Bruch mit Ihrem Freund, mit dem Sie sechs Jahre zusam-

men waren, mitgenommen hat. »Selbst wenn es ganz freundschaftlich vonstatten geht und man immer noch gut Freund ist und all das, zehrt es an einem«, sagen Sie. »Henry sammelte Briefmarken, wissen Sie. Erst zwei Jahre später, nachdem er ausgezogen war, konnte ich morgens die Post hereinholen, ohne in Tränen auszubrechen.« Er sagt:

a) »Ich weiß genau, was Sie meinen. Meine Mutter versucht immer, mich mit Frauen aus ihrem Aerobic-Kurs zusammenzubringen, aber ich habe das Gefühl, ich bin noch nicht wieder soweit, für welche Beziehung auch immer. Wenn ich vom Arbeiten nach Hause komme, muß ich immer noch an mich halten, um nicht laut zu rufen: ›Schaaaaatz, ich bin daaa!‹«

b) Streift mit seinem Arm den Ihren, als er nach seinem Tee greift: »Und wie ist Ihnen jetzt zumute, wenn der Briefträger kommt?«

c) »Zumindest bin ich dankbar, daß ich keinen Zorn empfinde. Ich habe mich mit der Situation abgefunden, und ich sehe jetzt, daß wir uns auseinanderentwickelt haben. Wenigstens hat jetzt jeder von uns eine Gelegenheit, sein eigentliches Ich zu finden. Hätten Sie gern noch einen Orangensaft?«

2. Will (Maler) und Wanda (Schriftstellerin) geben eine Halloween-Party, wohin natürlich jeder verkleidet kommen muß. Im Gegensatz zu den meisten von uns veranstalten Will und Wanda wirklich gute Partys, vor allem deshalb, weil sie ein riesiges Haus, eine Menge aufgeschlossener,

witziger Freunde und eine große Plattensammlung haben. Da Sie schon mehrere Male bei einer Will-und-Wanda-Party waren und wissen, daß die meisten ihrer Freunde Künstlertypen mit hochgezüchtetem Ego und ausgeprägten Sex-Gelüsten sind, beschließen Sie, als etwas Unprovokatives zu gehen, als Kakaotasse. Mit einem sehr attraktiven, als Priester verkleideten Mann bringen Sie eine Unterhaltung über den Gorgonzola-Dip in Gang. Ihm gefällt Ihr Kostüm, Ihnen gefällt sein Lächeln. Er ist erstaunt, daß Sie Smokey Robinson ebenso mögen wie er. Sie wundern sich, daß ihn des Menschen Zerstörung seiner Umwelt genauso beunruhigt wie Sie. Es ist unglaublich, daß Kartoffelbrei mit Sauce und einem Zwiebelring drum herum Ihrer beider Lieblingsspeise ist. Sie haben ihn gänzlich für sich eingenommen, als Sie zur ersten boogietanzenden Kakaotasse werden, die er je gesehen hat. Während einer Musikpause fragen Sie ihn, was er tut, wenn er keine Kohlstrünke in vergammelten Käse stippt und sich als Priester verkleidet. Er

a) sagt: »Merkwürdig, daß Sie das fragen, denn ich bin fast immer als Priester verkleidet. Ich bin Wandas Bruder, Vater Burns. Hat sie nichts von mir erzählt? Sie hat mir natürlich von Ihnen erzählt, aber Sie sind noch netter, als sie Sie mir beschrieben hat.«

b) sagt: »Nun ja, bis vor acht Monaten war ich immer als Priester verkleidet, aber dann war ich mir nicht mehr sicher, ob ich nicht doch eine Familie und ein Zuhause wollte — ich konnte meine Gefühle als Mann mit denen als Priester nicht vereinbaren. Nun gebe ich benachteiligten Kindern in der Innenstadt Unterricht und suche nach einer ernsthaften Beziehung mit der richtigen Kakaotasse.«

129

c) erstickt an einer Möhre. Wenn Sie sein Leben durch Hämmern auf seine Brust gerettet haben und er sich genügend erholt hat, um Ihnen zu danken, sagt er: »Übrigens bin ich Priester. Ich bin ein alter Freund von Will. Ich hätte wohl auch als Mülleimer oder so etwas kommen können, aber dann hätten keine niedlichen Kakaotassen mit mir reden wollen. Kann ich Ihnen noch etwas Wein holen, Miss Wishbone, um Ihnen noch einmal zu danken, daß Sie mir das Leben gerettet haben?«

3. Sie sind immer noch auf Will und Wandas Party, aber inzwischen haben Sie entschieden, daß eine Kakaotasse vielleicht doch zuwenig provozierend ist, und so haben Sie die Tasse (Pappmaché) und die Stockrosen (Schaum) in den Raum mit den Mänteln geworfen und mischen sich unter die Menge in Ihren braunen Strumpfhosen und dem alten, gebrauchten Samtumhang, auf dem die Katze ihre Jungen zur Welt gebracht hat (es ist nicht einfach, Sachen zu finden, die als heiße Schokolade durchgehen könnten). Ein Mann, der mit einem karierten Flanellhemd und bauschigen schwarzen Hosen bekleidet ist und das Haar zu einem Pferdeschwanz zusammengebunden hat und bei dem ein vielsagender Terpentingeruch mit einem unleugbar sexy Aftershave wetteifert, fragt, ob man eine Patientin aus der geschlossenen Anstalt darstellen wolle. Man lacht, ha, ha. Sie fragen ihn, ob er den Sänger von der U2-Band darstelle. Er

a) hat gerade ein mit Avocadomus dick bestrichenes Schnittchen in der Hand und bricht in hilfloses Gekichere aus. »Daran hätte ich denken sollen«, keucht er schließlich.

b) sagt mit dem ganzen Humor eines russischen Zollbeamten: »Ich bin als ich selbst gekommen, etwas Besseres ist mir nicht eingefallen.« Wenn Sie auf diese wertvolle Information mit einer Hinwendung zu den Pizza-Crackers eingehen, fügt er hinzu: »Ich bin Künstler.«

c) sagt: »Wen?«

4. Ihre Schwester macht sich Sorgen, Sie könnten als ein altes Mädchen enden, ohne jemanden, der Ihnen zugetan ist, mit einer mageren Pension... wie Tante Alicia... Sie lädt Sie ein, mit ihr und ihrem Mann und einem Kollegen ins Theater zu gehen. Er sei ein phantastisch reicher und attraktiver Mann Anfang Vierzig mit einem silbernen Ferrari und etlichen Häusern überall in der Welt. Was selten passiert, wenn Ihre Schwester jemanden vor Ihnen aufbaut: Dieser Mann übertrifft alle Ihre Erwartungen. Er sieht gut aus, ist charmant, einfallsreich, amüsant, nachdenklich, rücksichtsvoll, intelligent und behandelt selbst den Platzanweiser, der die Taschenlampe auf seinen Fuß fallen läßt, als sei er jemand, und besteht darauf, Sie alle zum Essen einzuladen. Ihre Schwester und Ihr Schwager müssen wegen des Babysitters nach Hause und lassen Sie beide in einem fast leeren Restaurant allein. Bei flackerndem Kerzenlicht reden Sie intensiv miteinander. Nach dem dritten Brandy sagen Sie: »Wissen Sie, was ich nicht verstehen kann, Raoul?« Er sagt: »Nein, meine liebe Miss Wishbone. Was ist es, das Sie nicht verstehen können?« — »Ich kann nicht verstehen, daß Sie nicht geheiratet haben.« Er

a) sagt: »Ich auch nicht.«

b) blickt traurig und gedankenvoll auf seine eleganten Hände, an denen die Goldringe in dem romantischen Kerzenlicht verloren glänzen. »Ah«, seufzt er, »es ist nicht leicht, ein Milliardengeschäft aus dem Nichts aufzubauen. Es hat meine ganze Aufmerksamkeit und Energie in Anspruch genommen. Irgendwie war keine Zeit für die Liebe ... keine Zeit für eine Familie ...« Er zieht eine einzige samtene Blüte aus dem Strauß weißer Rosen auf dem Tisch: »Es ist unendlich einsam ganz oben, Miss Wishbone ...«

c) sagt: »Und ich kann nicht verstehen, warum Sie nie geheiratet haben.«

5. Ein neuer Mann wird eingestellt, über den man sich allgemein einig ist: »Er ist ein wirklich toller Hecht.« Die Arbeit bringt es mit sich, daß Sie eine Menge miteinander zu tun haben, und Sie müssen zugeben, daß er Sie wahrscheinlich die große Liebe Ihres Lebens, Zeke, vergessen lassen könnte. Er ging nach Indien, um den Menschen die Sonnenenergie zu bringen. Was ist schon dabei, wenn der tolle Hecht und Sie zusammenarbeiten? Überlegen Sie. Was ist schon dabei, wenn Sie schließlich um dieselbe Beförderung miteinander konkurrieren würden? Was ist dabei, wenn dieser Mann, obgleich Sie dieselbe Arbeit tun und ein höheres Dienstalter haben, nicht nur mehr Macht hat als Sie, sondern auch schon auf der Liste für einen Geschäftswagen steht? Was ist dabei, wenn er mit allen Frauen im Büro flirtet? Sie flirten alle mit ihm. Sie beschließen, daß es Zeit für einen kleinen direkten Vorstoß ist. Eines Nachmittags sind Sie in seinem Büro, und nachdem Sie Ihre ganze Energie in den Monatsbericht gelegt haben, sagen Sie: »Wissen Sie,

Matt, ich habe überlegt, es wäre doch nett, wenn wir einmal mittags zusammen essen könnten.« Er sagt:

a) »Ja, sicher, das wäre prima. Ich war so damit beschäftigt, mich einzuarbeiten, daß ich gar keine Zeit hatte, mir Freunde zu suchen. Aber ich fände es schön, wenn Sie einer werden könnten.«

b) »Wie wäre es mit Freitag? Jemand hat mir gesagt, es gebe ein phantastisches italienisches Restaurant nicht allzu weit entfernt... Bestimmt hätte niemand etwas dagegen, wenn wir etwas später zurückkommen würden.«

c) »Ich bin schon ziemlich ausgebucht diese Woche. Vielleicht gegen Ende des Monats? Oder vielleicht hätten Sie Lust auf einen kleinen Drink abends?«

Falls Sie »a« als die Antwort gewählt haben, auf die Sie am positivsten reagieren, dann sind Sie eine Person mit einem gut funktionierenden Kopf und klaren Prioritäten. Natürlich stimmt auch, was Jane sagt, daß jemand, der vor allem »a« wählt, keine ausgeprägte Entschlußkraft hat, wischiwaschi ist, Unternehmensgeist vermissen läßt und keine Gelegenheit, falls sie sich bietet, beim Schopf ergreift, um sich rückwärts übers Klavier biegen und sich unsterbliche Liebe versichern zu lassen. Jane meint, daß es nicht nur Eisen gibt, das man schmieden sollte, solange es heiß ist. »Wirklich, Serena«, sagt Jane mit jenem leicht anmaßenden Ton, den sie manchmal anschlägt, »du ermutigst die Leute, nach Sicherheit zu streben und in ihrem Trott steckenzubleiben. Machst du dich über mich lustig, oder was?« Ich mache mich nicht lustig. Denn selbst wenn bei den a)-Antworten die Chancen für eine Liebesbeziehung gering sind, stehen die Chancen gut, daß sich eine richtige Freundschaft entwickeln kann. Und wir wissen alle, welche Kategorie — Liebhaber oder Freunde — die längere Lebensdauer hat. Wie Großmutter Lucy, auf ihre Weise keine ganz unbedeutende Dichterin, einmal aus Anlaß einer ziemlich viel Staub aufwirbelnden Trennung ihrer Enkelin von ihrem Mann schrieb (die Enkelin ging bei einer Weihnachtsparty auf besagten Ehemann und seine neue Liebe mit einem elektrischen Messer los): »Männer sind wankelmütig und flatterhaft, nur wahre Freunde geben dir Kraft.« Wenn Sie eine »a«-Person sind, haben Sie ziemlich reine Motive, und Sie bringen in den Menschen mühelos das Anständige und Empfindsame zum Vorschein.

Wenn die b)-Antworten Ihnen mehr zugesagt haben, sind Sie nicht nur eine hoffnungslose Romantikerin mit begrenzter Urteilskraft und ohne zuverlässiges Frühwarnsystem, Sie werden auch noch die nächsten zehn Jahre Ihres Lebens damit verbringen, bis in die Puppen aufzubleiben und mit Frank-Sinatra-Platten um die Wette zu heulen. »Ach, komm, Serena«, sagt Jane. »Wovon redest du? Ich dachte, die ›b‹ seien die Stärksten. Sie wüßten, worum es geht. Sie seien reif für einen kräftigen Frontalangriff.« Das haben die Deutschen von der Ostfront auch geglaubt.

Wenn »c« Ihr Buchstabe war, haben Sie klare romantische Neigungen und sind wahrscheinlich keine mißtrauische Natur. Aber Sie haben wenigstens einen halbwegs funktionierenden Selbsterhaltungstrieb. Sie gehen nicht auf das Offensichtliche los, sondern lassen sich zu den Schatten treiben, um zu sehen, was passieren wird. Es steckt ein kleiner Anflug von Jane Fforbes-Smythe' Rücksichtslosigkeit in Ihnen, aber immer noch genügend Vorsicht, um sich nach allen Seiten abzusichern.

8

Sie begegnen einem gutaussehenden Prinzen, aber sobald Sie ihn küssen, verwandelt er sich in einen Frosch

Die Leute sagen immer zu mir: »Ich versteh's nicht, Serena. Was läuft schief? Ich lerne diesen wirklich netten Typen kennen, wir fangen an, über unsere Arbeit und unsere Freunde und über Filme zu reden, die wir gesehen haben; wir haben uns mehrere Male verabredet, und wir kommen blendend miteinander aus, weißt du, lachen über dieselben Dinge, mögen dieselbe Musik und können unsere Teller miteinander teilen, weil er die Chips mag und ich die Pickles. Wir werden ein Liebespaar, und — das ist noch wunderbarer — wir veranstalten Kissenschlachten und Raufereien um Sliptrophäen, und wir lieben uns so leidenschaftlich, daß die Drucke von ›Kraniche im Morgengrauen‹ von der Wand fallen. Und dann, sobald offenkundig wird, daß das, was wir miteinander haben, etwas Ernstes ist, geht eine Änderung mit ihm vor.«

Manchmal sind es Änderungen in Kleinigkeiten. Wo er zunächst voller Rücksicht war — er rief an, wenn er später kam, entschuldigte sich, wenn er das, was er versprochen hatte, nicht ausgeführt hatte, fragte einen, ob man Innereien mag, bevor er mit der Zubereitung des Abendessens begann —, fängt er plötzlich an, nachlässig zu werden. Er kommt drei Stunden zu spät zu Ihrer Party, und wenn er da ist, behauptet er, er sei im Kino eingeschlafen. Er wird im Büro aufgehalten, und es fällt ihm erst drei Stunden später ein anzurufen, wenn das Soufflé sich längst in einen Pfannkuchen verwandelt hat und Sie zu Bett gegangen sind. Er beschließt, übers Wochenende wegzufahren, ohne Bescheid zu sagen. Er lädt sechs Leute zum Essen ein und erwartet, daß Sie kochen.

Manchmal sind Änderungen auch einschneidender. Der Mann, der Sie, als Sie zum erstenmal miteinander ausgingen, mit seiner Sanftheit beeindruckte, verwandelt sich in ein Geschöpf, das schreit und brüllt und mit der Faust gegen die Wand hämmert, wenn das Steak zu durchgebraten ist oder jemand den Orangensaftbehälter auf die Zeitung gestellt hat, mit der er sich gerade befaßt.

Der Mann, der zu Beginn so viel Verständnis für Ihre Probleme mit der Mutter, der Schwester und dem letzten Freund zeigte, fängt an Dinge zu sagen wie: »Oh, deine Mutter ist in Ordnung. Du bist diejenige, die kindisch ist.« Oder: »Ich verstehe nicht, warum du dich so aufregen mußt, nur weil deine Schwester dich Weihnachten nicht zum Essen eingeladen hat. Es gibt kein Gesetz, das besagt, daß sie dich auch einladen muß.« Oder: »Bist du sicher, daß du ihn nicht dazu herausgefordert hast, den Fernseher durch das Fenster zu werfen?«

Der Mann, der Sie einmal »die sexyste, aufregendste Frau, die ich je gekannt habe« genannt hat, fängt an, sich über Ihre äußere Erscheinung lustig zu machen. »Sehen wir den Dingen ins Auge, Miss Wishbone«, lächelt er und drückt Sie leicht, damit Sie wissen, er macht eher Spaß, »deine Hüften sind für Liebesgriffe, was die Coca-Cola-Gesellschaft für spritzige Drinks ist ... Ach, komm schon, Liebling«, meint er, »ich wollte dich nicht kritisieren. Ich mag deine Brüste sehr.«

Der Mann, der sein ganzes Leben lang nach einer Frau mit Ih-

136

rer Intelligenz und Ihrem Charakter gesucht hat, beginnt, Sie in der Öffentlichkeit zurechtzuweisen. »Um alles in der Welt, fragen Sie nicht Miss Wishbone nach Ihrer Meinung über Buñuel«, sagt er, als die Unterhaltung bei einer Essenseinladung jene gefährliche Kurve erreicht, wenn die Leute zuviel getrunken und zuwenig zu sagen haben, »ihr Lieblingsfilm bleibt für alle Zeiten *Bambi*.«

Der Mann, der sich in seinem Leben nichts sehnlicher wünschte, als Sie so glücklich wie möglich zu machen, beginnt alles, worum sie ihn bitten, als eine Last zu empfinden. »Dir beim Streichen der Küche helfen? Zum Küche-Streichen habe ich keine Zeit, Miss Wishbone. Ich muß Akt III beenden.« — »Sie zum Arzt fahren, Miss Wishbone? Ich kann nicht von der Arbeit abhauen, um dich zum Arzt zu bringen. Nimm ein Taxi, wenn du meinst, du schaffst es nicht, mit dem Gipsverband in den Bus einzusteigen.«

Bei den ersten Malen denken Sie, es muß etwas mit Ihnen zu tun haben. Sie denken, nun ja, vielleicht war meine Bemerkung über Richard Nixon ja wirklich etwas töricht. Sie denken, nun ja, vielleicht lache ich ja wirklich wie ein Pferd. Sie denken, was, wenn nun wirklich jeder weiß, daß ich wegen der Größe meiner Nase empfindlich bin. Sie können es nicht glauben, zum Teufel, noch vor einer Minute hatte er als erstes meine Zigeunerkleidung und mein ansteckendes Lachen so attraktiv gefunden, wieso empfindet er sie jetzt als peinlich und als eine gesellschaftliche Belastung? Sie denken, vielleicht hat Roger ja recht, und die Bluse ist wirklich etwas zu kurz. Sie entschuldigen sich bei den Gästen und gehen zur Toilette, um sich aus jedem Winkel im Spiegel zu betrachten, und fragen sich, ob Sie schon anfangen, wie Ihre Mutter auszusehen. Obwohl Sie sich genau erinnern, wie Sie gesagt haben: »Du denkst daran, nicht wahr, mich um zwanzig Uhr dreißig abzuholen,

Schatz?«, werden Sie sich selbst überzeugen, daß Sie im Irrtum sind und daß er — ganz allein zu Hause mit nichts zu essen als etwas kaltem Fleisch und Käse und voller Sorge, wo Sie so spät am Abend bei einem Schneesturm sein könnten — es ist, der gelitten hat; und nicht Sie, die Sie dann schließlich zu Fuß nach Hause gegangen sind.

Schließlich geht Ihnen ein Licht auf, daß das alles tatsächlich gar nichts mit Ihnen zu tun hat. Sie waren nicht zu Beginn gescheit und haben über Nacht an IQ verloren. Sie sind ihm nicht begegnet, als Sie eine tolle, schwungvolle Person waren, und haben sich dann ein paar Wochen später in eine träge Schlampe verwandelt. Bevor Sie ihm begegnet sind, hatte es keine Bedeutung, daß Sie Rindergulasch nicht wie seine Mutter zubereiten konnten, und auch jetzt hat es keine Bedeutung. Wenn man darüber nachdenkt, erkennt man, daß mit Ausnahme von Ozzie Nelson und Robert Young viele Männer die Frauen, die sie lieben, so behandeln, als verstünden sie nicht, wo sie herkämen, und diese Männer sind zu weichherzig, als daß sie sie zum Gehen auffordern würden. Wenn man darüber nachdenkt, erkennt man, daß das hier ein klassisches Beispiel für das Hure-Madonna-Syndrom ist. Ein Mann fühlt sich zu Ihnen hingezogen, weil Sie den winzigen Funken von Wildheit, Sinnlichkeit und Verrücktheit in Brand setzen, der noch in seiner Seele glüht, aber begraben ist unter den Jahren gesellschaftlicher Anpassung, den Verantwortlichkeiten und Erfordernissen seines Jobs und unter seinen Hoffnungen. Er meint nämlich, wenn er das Rauchen aufgebe, nur an Wochenenden Alkohol trinke und das Geld richtig anlege, werde er sich bequem mit sechzig pensionieren lassen und noch ein paar Jahre vor sich haben, in denen er Golfspielen lernen und alles lesen könnte, was P. G. Wodehouse geschrieben hat. Aber hat er Sie erst einmal erobert, sind Sie nicht mehr die gefährliche Versucherin, die ihn auf dem Badezimmerboden liebt und sich hinter ihn stellt, um ihn auf den Rücken zu küssen, während er am Telefon hängt und mit seiner Mutter die Verdauungsprobleme der Katze diskutiert. Sie werden die Frau, die er zu offiziellen Anlässen, Partys von Freunden und dem Erntedankfest-Essen bei seiner Schwester mitbringt. Er möchte nicht, daß Sie seine Glut schüren, er möchte, daß Sie das häusliche Feuer am Brennen halten, möglichst so angezogen, daß es auch seiner Mutter gefallen würde. Und sind Sie erst einmal sein und unter seiner Aufsicht, scheint er es für seine Pflicht zu halten, die Versäumnisse und Irrtümer in Ihrer Erziehung wettzumachen und Sie 989mal am Tag darauf hinzuweisen, wann Sie im Unrecht sind und er im Recht.

In *My Fair Lady* stellt Henry Higgins die musikalische Frage: »Warum kann eine Frau nicht so sein wie ein Mann?« Und es ist auch eine sehr gute Frage, denn wie wir alle wissen, sind Männer logisch und rational, praktisch und vernunftbegabt. Sie sind physisch stärker und unerschrockener als ihre weiblichen Pendants. Sie sind aufrichtig unemotional, hassen Geschwätz und Verleumdungen und würden auch nicht im Traum daran denken, sich die ganze Nacht im Schlafzimmer einzuschließen, nur weil jemand, der ihnen nahesteht, ihren Geburtstag vergessen hat.

Die Logik und die Rationalität der Männer sind natürlich augenscheinlich. Wer außer einem logischen und rationalen Geschöpf würde seinen Planeten an den Rand der Zerstörung bringen? Wer außer einem praktischen und vernunftbegabten Wesen würde das Land verwüsten, die Meere verseuchen und die Luft verschmutzen? Wer außer dem Feind von Emotionalität und Sentimentalität würde den Völkermord erfinden? Millionen von Frauen, Kindern und kleinen Pelztieren können die physische Kraft und die Unerschrockenheit der Männer bezeugen.

Ihre uneingeschränkte Wahrhaftigkeit (»O Gott, Jeanette, du hast aber zugelegt.« — »Bester Schatz, ich schwöre, ich zieh aus!«), ihre eindrucksvolle Reife (Chruschtschow, der bei den Vereinten Nationen auf den Tisch haute, Nixon, der sich die Tränen aus den Augen wischte, als er verkündete, daß die Medien ihn nicht mehr die Dinge von allen Seiten betrachten lassen wollten, Benny Lightfood, der sechs Tage lang schmollte, als er herausfand, daß seine Frau, die er vor vier Jahren verlassen hatte, sich wieder verheiratet hatte, ihr Widerwille gegen Geschwätz und Verleumdung sind gut belegt.

Wenn man auch nachempfinden kann, daß auf den Männern eine große Last liegt, wenn sie eine immer kleiner werdende Welt mit verschwommenen Denkern teilen müssen, die zum Spielball ihrer Intuitionen und Gefühle werden, gibt es doch Zeiten, da man nicht umhin kann zu überlegen, daß Professor Higgins' Frage neu gestellt werden könnte. Sie sehen sich die Nachrichten an und verbringen die nächste Stunde damit, sich von einem Kriegs- oder Hungersnot-Schauplatz zum nächsten zu bewegen. Sie schlagen die Zeitung auf und werden mit Geschichten über junge Mädchen unterhalten, die auf ihrem Nachhauseweg verschwunden sind, über Kinder, die in Gräben vergewaltigt worden sind, das Bombardieren von Kirchen und Krankenhäusern und Schulen. Sie rufen Ihre beste Freundin an, um sich aufzuheitern, und sie erzählt Ihnen, wie die ältere Frau von nebenan wegen fünf Pfund im Geldbeutel und einer Flasche Sherry ausgeraubt wurde. Sie rufen Ihre Freundin an, die meist zum Lachen aufgelegt ist, und sie kommt Ihnen mit der Geschichte über den Mann von gegenüber, der seinen Hund die Treppe hinuntergeworfen hat, weil er wütend auf seine Frau war. Bei solchen Gelegenheiten denkt man dann über eine neue Formulierung von Henrys Frage nach. Zum Beispiel könnte sie lauten: »Warum kann ein Mann nicht so sein wie eine Frau?« Oder sogar: »Was für ein Evolutionsvorteil könnte darin liegen, daß die halbe Spezies programmiert ist, sich so zu verhalten, daß sie Paviane mit einem Schimpfwort bedenkt?«

Warum ist es so schwierig für Männer und Frauen, einander zu verstehen?

Ich weiß es nicht.

Wir besuchen (in den meisten Fällen) dieselben Schulen, wir sehen dieselben Fernsehprogramme, wir sehen dieselben Filme, wir sprechen dieselbe Sprache, und doch ist es oft so, als bewohnten wir parallele Welten. Sie sprechen mit ihm, er spricht mit Ihnen; Sie beobachten, wie seine Lippen sich bewegen, er beobachtet die Ihren; Sie sagen: »Die Kartoffeln sind nicht durch.« Und er weiß genau, wovon Sie sprechen, die Kartoffeln hätten noch weitere sieben Minuten in der Pfanne benötigt. »Du hast recht«, antwortet er, »die Kartoffeln sind nicht durch.« Da können wir miteinander kommunizieren, denken Sie bei sich.

Und dann packen Sie etwas an, das ein klein wenig komplizierter ist. Sie sagen: »Herrje, war das eine schreckliche Arbeitswoche, und dann die ganze Aufregung wegen des gestohlenen Lorbeerbaums meiner Mutter und die Qual, ob der Computerfritze nun Annie einladen würde oder nicht, und dazu muß ich meine Rede für die Preisverleihung fertigkriegen — ich bin erledigt. Ich habe mich wirklich so darauf gefreut, dich an diesem Wochenende zu sehen, Mortimer, aber ich befürchte, wir müssen es verschieben. Ich möchte es langsam angehen lassen, ein bißchen rumtrödeln, vielleicht meine Rede noch einmal abtippen und mir peruanische Flötenmusik anhören. Können wir uns nicht für Montag verabreden?« Und Mortimer — der begreift, wie hart man die ganze Woche gearbeitet hat, und der begreift, wie viele Stunden man bis spät in die Nacht damit zugebracht hat, der Mutter zu versichern, daß die Polizei sich bei gestohlenen Lorbeerbäumen sehr bewährt hat, und der einsieht, daß es für Annie schön wäre, nach sieben Jahren endlich eine Verabredung zu haben, der einem mehrere Male gesagt hat, wie stolz er sei, daß man den Journalistenpreis gewonnen habe — lauscht Ihren Worten und denkt, daß Sie gesagt haben, Sie hätten wichtigere Dinge zu tun, als zu einem Curryessen mit ihm zu gehen. Mortimer, der die Hochzeit Ihres Bruders versäumt hat, weil er mit einem Kunden zum Fußballspiel gehen mußte, hat zwischendurch, während Sie sprachen, seine Hms und Ahs und sein »Oh, ich weiß« von sich gegeben. Für ihn haben Sie gesagt, daß Sie ihn nicht sehen wollen, wahrscheinlich weil Sie eine andere Verabredung haben. »Na ja, klar«, sagt er. »Ich verstehe, was für eine vielbeschäftigte Frau du bist, Miss Wishbone. Vielleicht rufe ich Annie an und gucke, ob sie zu irgend etwas Lust hat. Ich hab dir doch erzählt, nicht wahr, daß da mal etwas zwischen uns war?« Oder er sagt gar nichts und taucht um elf Uhr fünfundvierzig, wenn Sie gerade mit Lockenwicklern im Haar und einer Packung auf dem Gesicht und einer Schüssel Chips neben sich vor dem Fernseher kauern, mit einer Flasche Wein und einem Steifen auf, offensichtlich erfreut, Sie allein vorzufinden.

Beim Umgang mit Männern ist die erste Regel, daran zu denken, daß alles, was ihnen passiert, wichtig ist. Wenn ein Mann krank ist, ist er wirklich krank. Obwohl das einzige Mal, da er Sie während Ihres einwöchigen Krankenhausaufenthalts besucht hat, eine halbe Stunde an dem Abend war, als sein Darts-Wettkampf abgesagt worden war, wird von Ihnen erwar-

tet, mit einem Packen Zeitschriften und einem Topf Suppe hin-
überzustürzen, wenn er 38 Grad Fieber hat. Wenn Sie Ihre Stellung verlieren, ist das halt der Lauf der Welt. Sie können immer aufs Tippen ausweichen. Aber wenn er seine Stellung verliert, steht die Welt still. Wenn ein Mann verletzt oder beleidigt
worden ist, ist er unentwegt verletzt und beleidigt worden und
wird den Kummer mit ins Grab nehmen, wogegen Sie kindisch sind, weil Sie es seiner Mutter verübeln, daß sie Sie immer noch Audrey nennt — so hieß seine erste Frau.

»Frauen«, sagt Onkel Konrad immer, »halten sich gern für sensibel, weil sie ganz rührselig werden, wenn sie Kätzchen oder
Babys sehen und sie sich immer noch an das Kleid erinnern,
das sie am ersten Schultag trugen. Das ist alles Quatsch«, fährt
Onkel Konrad fort. »Es sind die Männer, die die wunderbare
Musik komponieren und die aufwühlenden Gedichte und die
bewegenden Theaterstücke schreiben und Kunst für die Ewig-
keit schaffen. Es sind die Männer, die wirklich Geist haben.
Männer sind empfindsame Geschöpfe.« Und wer würde das
leugnen? Obwohl Frauen leicht in Aufregung geraten, wenn
ihre Söhne zu den Soldaten geschickt werden oder jemand eine
Bemerkung über die Klumpen im Kartoffelbrei macht, sollte
der weiche Unterbauch der Männer nicht vergessen werden.
Auch ihre Gefühle können verletzt werden.

Man nehme Annabelles Geschichte. Annabelle und Pete hatten etliche Jahre zusammengelebt. In vielerlei Hinsicht hatten
sie eine gute Beziehung, wenn auch wie bei so vielen anderen
mit ihren Aufs und Abs. Eines Tages schlenderten Annabelle
und Pete die Straße hinunter und überlegten, welchen Film sie
sich angucken sollten, als sie bei einem Ausstellungsraum für
Fernsehapparate ankamen. Dort war auf vier verschiedenen
Bildschirmen und in besserer als lebensechter Farbe Kelly
McGillis zu sehen. Pete blieb eine Sekunde stehen, vergaß völ-

lig, was er alles gegen Filme mit Untertiteln hatte, war wie angewurzelt. Zu Annabelle gewandt, sagte er nicht ohne einen schnippischen Unterton: »Annabelle, warum kannst du nicht wie Kelly McGillis aussehen?« Wenn das auch eine Frage war, die Annabelle sich bei mehr als einer Gelegenheit selbst gestellt hatte, so war sie doch etwas vor den Kopf gestoßen, daß dies gerade von einem Mann kam, der so gern mit ihr unter die Dusche ging. »Nun, Pete«, antwortete Annabelle, und für jemanden mit einem beschränkten Verstand dachte sie ungewöhnlich schnell, »wenn ich wie Kelly McGillis aussähe, würde ich bestimmt nicht mit dir leben.« Pete reagierte auf diesen Hinweis, als habe ihn ein ebenso scharfes wie schweres Instrument durchbohrt. »Wie kannst du nur so etwas zu mir sagen?« protestierte er. »Du weißt doch, wie sensibel ich bin.« Das waren die letzten Worte für die nächsten anderthalb Wochen. Dann erst waren seine Gefühle geheilt.

Und Männer können natürlich nie die weibliche Eifersucht verstehen. »Frauen«, sagen sie und rollen ihre durchdringenden Augen, »man spricht bei einer Party ein paar Minuten lang mit einer sehr netten Frau, die einen Rat für ihre Autoversicherung braucht, oder man nimmt im Auto eines der Mädchen aus dem Büro mit, das zufällig den Lippenstift auf dem Rücksitz des Autos liegenläßt, und die Hölle ist los.«

Einmal ist mein Freund Bob bei unserem Freitagabend-Softball-Spiel mit einem dicken blauen Auge aufgetaucht. »Was ist denn mit dir passiert? Vergeltungsmaßregel eines deiner Kunden?« — »Nein«, sagte Bob, wand sich und lächelte zugleich, »Wendy hat versucht, mich mit der Messinglampe zu erschlagen, die uns ihre Großmutter zur Hochzeit geschenkt hat.« — »Oh, mein Gott«, sagte ich, echt schockiert. »Wie ist das passiert?« — Er wand sich erneut. »Sie hat mich mit einer anderen Frau ertappt.« Bob ließ sich weiter über Wendys verwirrendes und frustrierendes Benehmen aus. Schließlich waren sie doch zehn Jahre zusammengewesen, und das wonnevoll glücklich; sie wußte, daß es nie eine andere für ihn geben würde; das war einfach nur eine dieser physischen Angelegenheiten, die nicht zählen, die keine Bedeutung haben, die nicht mitzunehmen dumm wäre; er dachte, sie würde es verstehen; er dachte, hätte er sie gefragt, hätte sie geantwortet: »Klar, Bob, amüsier dich gut. Meinst du, sie möchte zum Abendessen bleiben?« Warum sind Frauen so irrational und unlogisch? Warum können sie nicht verstehen, daß Männer ihren Freiraum brauchen?

Keine Frau, die ihre Sinne beisammen hat, billigt Eifersucht. Eifersucht ist eine negative, zerstörerische Emotion. Männer sagen zu Frauen: »Ooooh, es gibt nichts, was ich mehr hasse als eine besitzergreifende und eifersüchtige Frau. Es ist so kindlich. Es ist so niederziehend. Die Liebe kann nur in einer offenen, auf Vertrauen aufgebauten Beziehung existieren.« Und Frauen erwidern: »Du hast recht, ich werde bestimmt nicht eifersüchtig sein, es ist altmodisch und macht einen nicht attraktiver.«

Aber es gibt zwei Arten von Eifersucht. Es gibt die abstrakte Eifersucht, die mehr oder weniger aus keinerlei Anlaß entsteht — er kommt eine Stunde später von der Arbeit nach Hause, und man hat ihn sofort im Verdacht, eine Affäre zu haben. Abstrakte Eifersucht ist nicht nur ein Zeichen von Wahnsinn, sondern sie wird auch jedermann in der Umgebung zum Wahnsinn treiben. Echte Eifersucht gründet sich nicht auf persönliche Wahnvorstellungen und in der Kindheit erlittene Unsicherheit, weil die Eltern immer zu beschäftigt waren, um ein Bett für die Barbie-Puppe zu bauen, sondern auf der einfachen und reichlich belegten Tatsache, daß Männer hinterlistig und unzuverlässig sind. Wenn eine Frau im Gesicht etwas rot anläuft und anfängt, in der Küche umherzustampfen und Gläser

145

hinunterzuschmeißen, weil ihr Mann die zu Ehren ihres fünfzehnten Hochzeitstages veranstaltete Party früher verlassen
hat, um Mary Wapshott nach Hause zu fahren, dann verübelt
sie Mary die Fahrt nicht wegen ihrer überlangen Beine und
ihrer an ungesalzene Butter erinnernde Haarfarbe. Sie tut es,
weil sie weiß, daß ihr Mann die Party nicht verlassen hätte, um
in einem Schneesturm zehn Meilen weit Sally Lipinski (die
normal lange Beine und Salz-und-Pfeffer-Haare und eine unglückselige Ähnlichkeit mit Marty Feldman hat und just in jenem Augenblick nach einem Taxi telefoniert) nach Hause zu
fahren. Und weil sie weiß, warum.

Vertraut uns, sagen die Männer, und dann bombardieren sie Po-
len, erschießen die Indianer, verkaufen Waffen an den Iran
oder machen sich mit Mary Wapshott auf und davon...

Die Eifersucht der Männer auf der anderen Seite gehört mehr
in den abstrakten Bereich. Frauen werden selten auf eine
Fremde zugehen und ihr einen Kinnhaken versetzen, weil sie
mit dem Freund der Erbosten spricht. Solches aber tut ein
Mann. Frauen werden selten die Ausflüge ihrer Männer zur
Bäckerei oder zum Getränkeladen mit der Stoppuhr messen,
weil sie meinen, er habe Böses im Sinn, nur weil er zwanzig
Minuten später kommt. Solches aber tut ein Mann. Frauen
werden selten das Telefon aus der Wand reißen, weil eine Frau
angerufen hat und John gern sprechen wollte. Aber...

Eine Frage, über die man einmal nachdenken sollte: Mißtrauen
Männer Frauen so sehr, weil sie wirklich glauben:

a) daß Frauen unfähig sind, sich in der Besenkammer schnell
   einmal umklammern zu lassen, ohne emotional beteiligt
   zu sein, daß sie, anders als Männer, nicht reif genug sind,
   um ihre Körper von ihren Gefühlen zu trennen, und somit
   ständig überwacht werden müssen?

b) daß Frauen so oberflächlich, schwach und sexuell unstet sind, daß sie sofort mit jedem Mann, der sie anspricht, ins Bett hüpfen müssen?

c) Oder mißtrauen Männer Frauen so sehr, weil sie sich selbst und ihr eigenes Verhalten so gut kennen, daß sie nicht glauben können, daß Frauen nicht genauso vorgehen?

Wie man mit Männern redet

Männer können von Prinzen in Kröten verwandelt werden, lange bevor das Küssen beginnt. Sie sitzen ihm am Tisch gegenüber und starren ihn mit beginnender Königsverehrung an, ganz gepackt vom Klang seiner Stimme und seinem lieblichen Lächeln und der Stetigkeit, mit der er seine Krone trägt, und ganz plötzlich sagen Sie etwas (»Nein, es war nicht rot, Helmut, es war grün«, oder: »Wirklich? Nun, ich habe meine Doktorarbeit über Camus geschrieben, und ich kann dir darin nicht zustimmen«, oder: »Ich weiß, das ist dein Job und alles, aber die Probleme, die mit der Planung eines Hotels verbunden sind, interessieren mich nun wirklich nicht«), und, puff, es gibt ein Rauchwölkchen, und Sie starren in ein Paar Glupschaugen. Aus diesem Grund und vielleicht weil es einige Zeit her ist, daß Sie die größere Nähe eines Mannes genossen haben, der kein Verwandter ist oder einem Dienstleistungsbetrieb angehört, brauchen Sie möglicherweise einen Auffrischungskurs, wie eine Frau ein Gespräch mit einem Mann anpacken sollte. »Ist es denn nicht genauso, wie wenn man mit jemand anderem spricht?« fragen Sie leicht überrascht.
Nicht ganz genau.
Es gehört mit zu der weiblichen Volksweisheit, daß Männer

gern über sich selbst reden. Sie wurde von Generation zu Generation weitergegeben, während die Frau Wasser holte oder das Feuer schürte oder die verwundeten Soldaten pflegte. Wenn sie nicht über sich selbst reden, ziehen sie es gewöhnlich vor, in Ruhe gelassen zu werden. Ein Mann hat es bestimmt nicht gern, stundenlang dazusitzen und zuzuhören, was eine Frau ihm über ihre Arbeit oder das Buch, das sie gerade liest, zu erzählen hat. Nach den üblichen Höflichkeitsnormen erzogen, interessieren sich die meisten Männer ein paar Minuten lang für Ihr neues Kleid und hören aufmerksam zu, wenn Sie ihm erklären, warum Sie zum Abendessen kein Huhn braten konnten. Aber hier hört gewöhnlich ihre Neugierde auf, was Ihre Person und Ihre Absichten betrifft.

Frauen ist natürlich seit langem eingeschärft worden, daß man einen Mann nur dazu bringt, sie zu mögen, wenn man ein Interesse für ihn bezeugt, das er nie für sie bezeugen wird. Seien Sie eine gute Zuhörerin. Fragen Sie ihn nach seiner Person. Versuchen Sie, seine Interessen herauszubekommen. Das waren die Ratschläge, die Mütter vor hundert Jahren an ihre Töchter weitergaben. Heute sind es die Ratschläge, die Mütter an ihre Töchter, Freundinnen an ihre Freundinnen, Leiterinnen von Single-Arbeitsgruppen an die Singles weitergeben.

»Ach, komm«, sagen Sie. »Ich spiele Schach wie ein Weltmeister, ich habe mir meinen eigenen Kleinbus gebaut, ich bin in einem Segelboot mit niemandem als meiner Katze an Bord um die ganze Welt gereist. Ich werde mich bestimmt nicht an irgendeinen Kerl im Büro wenden und ihn fragen, wo er seine Socken gekauft hat.«

Jane sagt, Sie werden es doch tun. Jane sagt, wenn Sie ehrlich sind und zugeben, daß Sie nicht für den Rest Ihres Lebens ein Single bleiben wollen, dann fangen Sie besser gleich an und verbessern Ihre Konversations- und Zuhörkünste.

»Es ist ja alles ganz schön und gut, wenn man weiß, wo man Männer kennenlernen kann«, sagt Jane. »Aber sind Sie erst einmal dort, müssen Sie auch wissen, was Sie sagen wollen. Seien Sie praktisch. Es ist unter Umständen eine Sache von Sekunden, in denen Sie sein Interesse wecken können.«

Es gibt Millionen von tollen Einleitungssätzen — Gesprächsanheizern —, die sich zum üblichen »Und was machen Sie beruflich, Joe?« wie die Neutronenbombe zu Vorderladern verhalten.

»Es muß schwierig sein, so attraktiv für Frauen zu sein.«

»Sie waren nicht zufällig 1984 in Bogotá?«

»Was ist das Beste, was Ihnen je passiert ist?«

»Wenn Ihre Augen grau statt braun wären, wären Sie absolut vollkommen.«

»Sind Sie nicht eine Zeitlang mit Prinzessin Caroline ausgegangen?«

»Sind Sie je am offenen Herzen operiert worden?«

An einem milden Sommertag sind Sie am Strand. Überall um Sie herum tummeln sich halbnackte Frauen, alle ohne Hüften, ohne Bäuche und Brüste, die an Wabbelbrötchen erinnern. Sie springen hierhin und dorthin und lachen, daß ihre Zähne gegen ihre sonnenbraune Haut leuchten. Das Sonnenlicht blitzt gegen ihre Sonnenbrillen wie Sterne. Auch am Strand mit der üblichen Ansammlung fettleibiger, mittelalterlicher, mit einem Lendenschurz bekleideter Männer und hagerer Jünglinge, deren Shorts immer so aussehen, als rutschten sie gleich herunter, und Väter, die kleine Kinder über den Schultern hängen haben, gibt es vielleicht ein oder zwei Männer, die offenbar allein sind. Sie scheinen auch den jungen Damen nicht wenig Aufmerksamkeit zu schenken, deren Badeanzüge nicht gerade den Lexikon-Definitionen von Kleidung entsprechen. Wie können Sie den Menschen mit Strohhut und farbenfroher Sonnenbrille dazu bringen, Ihnen einige Aufmerksamkeit zu schenken? Sie gehen einfach auf ihn zu und sagen: »Entschuldigung, könnte ich eine Minute lang Ihr Hirn in Anspruch nehmen? Ich habe mir überlegt, was Sie wohl nach Ihrer Pensionierung anfangen werden.« Er späht über den Brillenrand zu Ihnen herüber: »Sie sind Versicherungsvertreterin?« fragt er und klingt so verwirrt, wie er aussieht. »O nein«, antworten Sie. »Es ist einfach nur, daß ich immer daran gedacht habe, mich später am Meer niederzulassen. Sie nicht?«

Es hängt davon ab, wo Sie sich zu jenem Zeitpunkt befinden, aber meist ist es einfach genug, einen Mann dazu zu bringen, über sich selbst zu reden.

Wenn Sie gerade an einem Auto stehen, können Sie ihn fragen, was für ein Frostschutzmittel er benutzt. Wenn Sie in einer Bäckerei sind, können Sie ihn fragen, ob er lieber Roggenbrot mit oder ohne Körner ißt. (»Oh«, sagen Sie mit Ihrem hinreißenden Lächeln, »ich dachte, Sie sehen wie ein Körnermann aus. Was halten Sie von Sahnetorte?«) Wenn Sie auf einer Brücke sind, können Sie ihn fragen, warum diese nicht in der Mitte auseinanderkracht. Wichtig ist — wie Jane, meine Mutter, meine Großmutter und Urgroßmutter hervorheben würden —, daß Sie ihn etwas fragen, das ihm ein Überlegenheitsgefühl vermittelt. Es ist unnötig, ihn nur etwas über Dinge zu fragen, bei denen Sie sicher sind, daß er sie weiß. Die meisten Männer sagen Ihnen ihre Meinung unabhängig davon, ob sie etwas von der Sache verstehen oder nicht.

Wie bei Dr. Jekyll, nachdem er Mr. Hyde geschaffen hatte, ist es häufig leichter, einen Mann zum Reden als zum Wiederaufhören zu bringen. Ist er erst einmal im Gange und erzählt Ihnen von seinen Jahren auf der Landstraße als Reiseweckervertreter, so ist er nicht mehr zu bremsen. Und hat er erst einmal die relativ begrenzten Küsten der zweckbewußten Welt verlassen und das unbegrenzte Universum seiner selbst betreten, weiß man, daß das Bremssystem völlig versagt. Meine Freundin Jenny erzählt von einer Verabredung mit einem Mann, der sie in ein Schiffsrestaurant geführt hat. Um acht Uhr begann das Schiff den Fluß hinaufzufahren, und gegen eins oder zwei (»oder vier oder fünf«, sagte Jenny, »zum erstenmal hatte ich wirklich verstanden, was der Satz bedeutete: ›Und die Zeit stand still.‹«) kam es an seinem Liegeplatz wieder an. Es sollte romantisch sein, draußen auf dem Fluß: Die Sterne funkelten über einem, und eine Kapelle spielte sanfte Musik, es gab eine gutsortierte Bar, eine exzellente Weinliste und schönste Leckereien. »Es war wie eine Fahrt durch die Hölle«, sagte Jenny. »Wie oft kann man sich entschuldigen und ›Damen‹ aufsuchen? Und selbst wenn er mir die Geschichte glaubte, ich hätte die schwache Blase meiner Mutter geerbt, nehme ich an, daß einmal pro Stunde hart an der Grenze war. Ich meine, Serena, stell dir doch mal vor: Ich konnte nicht von Kopfschmerzen überfallen werden und nach Hause gehen. Ich konnte nicht durch die Hintertür entwischen und beim Kellner eine Nachricht hinterlassen.« Es war eine erste Verabredung, von (bedeutsam genug) Jane Fforbes-Smythe organisiert, die den fraglichen Herrn beim Kauf von Fischköder getroffen hatte. Er war zu groß für Jane, aber es entwickelte sich eine Freundschaft, und schließlich stellte Jane ihn Jenny vor. »Jedesmal wenn er innehielt, habe ich ihn nach etwas anderem über sich gefragt«, sagte Jenny. »Und welchen Pfannentyp bevorzugen Sie, Gus? Und wie groß ist normalerweise die Forelle, die Sie fischen? Würden Sie jemals jemanden absichtlich erschießen? Und dann begriff ich, daß ich ihn die nächsten fünf Stunden nichts mehr zu fragen brauchte. Er erzählte mir von der Farbe der Tapeten in seinem Zimmer, als er zehn war, und ich dachte, uh, oh, bald fängt er an und erzählt mir von seiner ersten Freundin, und kaum war mir der Gedanke durch den Kopf geschossen, begann er mir zu erzählen, wie er mit Sheila fischen gegangen war und ihren Angelhaken immer mit einem Köder ausrüsten mußte. Als wir bei Kaffee und Brandy anlangten, war ich soweit, die Tischdecke aufzuessen.«

TEIL II

Wie man Männer kennenlernt

9

Traditionelle Wege,
Männer kennenzulernen

Okay, Sie haben also genug vom Single-Dasein, haben alle großen Werke der Weltliteratur gelesen, und wenn Sie noch einen
Kurs in »Wie verbessere ich mich selbst?« besuchen, werden Sie
so umwerfend sein, daß es auf der Erde keinen Mann mehr
gibt, der es wert wäre, Ihre Reste zu essen.

Okay, Sie wissen also, daß es leichter ist, mit tropischen Pflanzen oder einem Papagei zusammenzuleben als mit Männern,
aber Sie haben beschlossen, diese Beschwerlichkeiten und Mü-
hen in Kauf zu nehmen, weil Sie dann ein Ohr haben, an dem
Sie abends knabbern können, wenn Sie vor Übermut platzen;
oder vielleicht weil Sie an den anderen Abenden nicht mehr
von einer Depression heimgesucht werden möchten, wenn Ihnen plötzlich klar wird, daß Sie die einzige unbemannte Person auf dieser Welt sind.

Okay, Sie wissen also, daß Sie ein paar verheerende Beziehungen hinter sich haben (Howard, den Sauberkeitsfanatiker, der
nicht schlafen konnte, wenn die Bettlaken nicht gebügelt waren; Stevie, den hoffnungslosen Romantiker, der sich an den
Tag Ihrer ersten Verabredung mit Blumen und Bloody Mary erinnerte, aber vergessen würde, die Miete zu bezahlen; Damon,

den Eigenbrötler, der wegging und fragte, wo man das Buch hingelegt habe, das er gerade las; Jack, den großen Liebhaber, bei dem sich herausstellte, daß er auch alle anderen liebte ...), aber Sie wollen das hinter sich lassen. Sie werden es nicht zulassen, daß sich die Vergangenheit auf Ihre Haltung gegenüber zukünftigen Männern auswirkt. Diesmal wird alles anders sein.

Aber bevor es anders sein kann, müssen Sie natürlich erst einmal jemanden kennenlernen.

Alle Expertinnen, von meiner Mutter bis zu Jane, sind sich darin einig, daß das einzige, das zwischen Ihnen und der Begegnung mit Ihrem Traummann steht, Sie selbst sind.

Meine Mutter, die seit Ewigkeiten die traditionellen Wege des Kennenlernens predigt, würde sagen, daß Sie nicht genügend Initiative ergreifen. Sie sind dickköpfig, genauso, wie Sie es als Kind waren, als Sie sich weigerten, für Mary Rooneys Geburtstagsfest die flachen Lackschuhe anzuziehen, weil Sie meinten, die anderen Mädchen würden (weil weniger altmodisch) Keilabsätze tragen. Es ist nichts dabei, dir etwas Hilfe von außen zu holen, sagt meine Mutter. Dazu sind Freunde und Familien da. Wenn Ihre Freundin Sally einen einzigen Bruder hat, der sich normal auf seinen Beinen fortbewegt und nie im Gefängnis war, warum sollten Sie ihn nicht kennenlernen? Wenn Mrs. Simpsons gutaussehender Neffe, der verwitwete Immobilienbaron, bei Mrs. Simpsons Geburtstagsparty sein wird, was ist dabei, wenn Sie auch erscheinen? Wenn Ihre Schwester einen Mann aus ihrem Büro kennt, der genau Ihr Typ und auch noch genau wie Sie Vegetarier ist, was könnte dagegen sprechen, daß Sie sich mit ihm auf ein Glas oder zu einem Kinobesuch treffen? Meinen Sie, Ihre Schwester würde Sie mit dem Ungeheuer, das Chicago verschlang, verkuppeln? Werden Sie sich darüber klar, nach welchem Typ Mann Sie suchen (Beruf, älter, jünger, sportlich, handwerklich geschickt, kreativ), und dann überlegen Sie, wo Sie ihn am wahrscheinlichsten finden können (natürlich immer dabei bedenkend, daß er einfach nur bei Lucindas Hochzeit auftauchen könnte, weil sein Auto gerade draußen zusammengebrochen ist oder er einstmals mit dem Bräutigam dieselbe Wohnung teilte).

Meine Mutter hat erfolgreich zwei Töchter, eine Nichte, das einzige Kind ihrer besten Freundin und die Helferin ihres Arztes mit ihren Methoden untergebracht. Jane kennt (oder hat davon gehört) etwa fünfhundert Leute, die ihre Idealpartner mit Hilfe moderner Mittel gefunden haben — und obwohl sie selbst nicht eine der Glücklichsten ist, war sie, so behauptet sie, mehr als einmal nahe daran. »Zumindest habe ich Rendezvous«, sagte Jane.

Die traditionellen Wege, Männer kennenzulernen, stammen aus der Zeit, als man in geschlossenen Gemeinschaften und großen Familien lebte. Sie beruhen auf persönlichen Kontakten, auf Leuten, die sich darauf verstehen, Sie mit jemandem zu verkuppeln, bei dem sie sich Ihrer Sympathie sicher sind. Sie beruhen auf dem Gedanken, daß die Leute, die sich in einer kleinen Welt begegnen, etliche Dinge miteinander gemein haben. Jane sagt, sie habe immer die Erfolgsquote meiner Mutter mit ihrer traditionellen Methode bewundert (und macht es ihr nicht zum Vorwurf, daß der einzige Mann, den sie für Jane fand, auf sie allergisch reagierte), aber dies geht halt nur so gut, wie es geht — und in diesen schlimmen Zeiten geht es gar nicht gut.

Wenn es mich auch selbst erstaunt, mich sagen zu hören, daß ich zumindest von einer Verabredung mit einem Unbekannten weiß, die in einer höchst glücklichen Ehe geendet hat, so bin ich, offen gestanden, der Meinung, daß jeder, der seine Sinne beisammen hat, sich lieber sonstwohin wünschte, als es so weit kommen zu lassen. Ich selbst bin (trotz der verzweifelten Anstrengungen meiner Mutter und Tante Beryls) in meinem ganzen Leben nur auf eine von anderen eingefädelte Verabredung mit einem Unbekannten eingegangen — es ist schon lange her, aber ich erinnere mich noch immer an jede Einzelheit, wie eine Frau sich bis zu ihrem Todestag daran erinnern wird, was jeder an jenem Nachmittag auf der Amsterdamer Fähre anhatte, tat und sagte, als Jack Shepard ihr erzählte, er wolle ihr die Ferien nicht durch eine vorherige Absage verderben, meine aber dennoch, daß sie wissen sollte, daß es aus zwischen ihnen sei. An so etwas erinnert man sich noch lange, nachdem die Besonderheiten viel schönerer Erfahrungen gänzlich aus dem Gedächtnis entschwunden sind.

Es gibt zwei Gründe, warum Verabredungen mit Unbekannten riskanter sind als Drachenfliegen. Zunächst einmal hängt, wie ein Rezept vom Koch, eine solche Verabredung vom Organisator ab.

»Ich begreife eigentlich nicht, warum das ein Problem sein sollte«, wenden Sie ein. Wenn jemand eine Verabredung für Sie arrangiert, ist es doch selbstverständlich, daß jene Person Sie gut genug kennen muß, um Ihre Neigungen und Interessen und was für Männer Ihnen gefallen, richtig einzuschätzen. So ist es doch, nicht wahr? Und zweifellos werden die meisten arrangierten Verabredungen so wie die meisten Morde von Leuten ausgeführt, die die Opfer ziemlich gut kennen. Und doch hat meine Mutter alles darangesetzt, mich mit einem Mann zusammenzubringen, der in einem Werbespot des Fernsehens ein Kaninchen gespielt hat (»Er arbeitete früher mit Olivier zusammen. Seine Mutter sagt, er sei ein brillanter Schauspieler.«); außerdem mit ihrem stellvertretenden Bankdirektor (»Er hat mir erzählt, daß er jedes Jahr aus reinem Vergnügen *Lucky Jim* liest, ist das nicht toll?«) und mit dem Mann, der kam, um Nachforschungen anzustellen, nachdem sie eine Fliegende Untertasse im Garten hatte landen sehen (»Es ist ein ganz vernünftiger Mann, Serena, gar nicht so, wie du denkst.«).

Jede Frau, die ein Abendessen arrangiert hat, damit ihre drei besten Freundinnen einander endlich kennenlernen können, hat schon herausgefunden, daß 1. ihre drei besten Freundinnen einander hassen werden; und daß 2. jede ihrer drei besten Freundinnen eine ganz andere Ansicht über sie selbst hat, so anders, daß sie mit einer ganz anderen Person befreundet sein könnte. Deshalb kommen Freundinnen, die den idealen Mann für Sie suchen, in neun von zehn Fällen mit dem letzten Mann auf Erden an, mit dem Sie je in einem Lift steckenbleiben möchten. Oh, sagen sie, Miss Wishbone hat soviel Sinn für Humor, wir müssen Chuck sagen, er soll sie anrufen. Chuck ist natürlich ein Clown, der Witze erzählt, die die Leute mit der Geschwindigkeit von fünf Knoten in der Minute amüsieren. Er redet mit ulkigen Stimmen auf den Kellner ein. Er hat eine Lache, bei der jeder um Sie herum lächelt, als hätte er eine Fliege verschluckt.

Oh, sagen sie, Miss Wishbone interessiert sich für den Orient? Wahrscheinlich würden sie und Reggie zusammenfinden, wie Feuer und Wasser sich verbinden. Wie sich herausstellt, hat Reggie den Spitznamen Bunny. Er verbrachte einige Jahre als Bankier in der Hochburg der chinesischen Kultur, Hongkong, und spricht einige Worte Kantonesisch, von denen aber eine Dame kein einziges in den Mund nehmen würde. Oh, sagen sie, ist Miss Wishbone nicht durch die ganze Welt nur mit einem Rucksack und ihrem unbezähmbaren Mut gereist? Würdest du also nicht denken, daß sie und Alex ein gutes Team abgeben würden? Alex ist ein Reiseveranstalter (was sonst?), der sich auf die Costa Brava spezialisiert hat. Was noch schlimmer ist, als wenn Ihre Freunde Sie mit dem Mann Ihrer Träume zusammenzubringen versuchen, ist, wenn die Verwandten ihn für Sie einfangen wollen. Wenigstens haben Ihre Freunde eine Vorstellung davon, was für ein Mensch Sie sind. Selbst wenn bei Ihnen im Alter von acht Jahren allein der Anblick eines Löffels Spinat auf dem Tellerrand gereicht hat, um Sie verstummen zu lassen, wissen Ihre Freunde, daß Sie dieses Gemüse heute in Aufläufen und in Pfannkuchen ausgesprochen gern essen. Auch wenn Sie sich zu Ihrem dreizehnten Geburtstag einen chemischen Experimentiersatz gewünscht haben, glauben Ihre Freunde nicht, daß Sie unbedingt daran interessiert sind, mit einem Chemiker auszugehen. Ihre Freunde wissen, daß Sie sexuelle Beziehungen hatten. Ihre Freunde wissen, daß nur vier Tequila-Sonnenaufgänge und ein Flaco-Jiménez-Lied genügen, um Sie dazu zu bringen, auf dem Tisch zu tanzen und den Chor auf spanisch mitzusingen. Wenn ein/e Freund/in nur *glaubt*, daß er oder sie besser als Sie selbst weiß, was am besten für Sie ist, nehmen Familien sich die Freiheit, es ganz genau zu *wissen*. »Ich weiß, Miss Wishbone war immer etwas wild«, sagte Mrs. Wishbone. »Ein bißchen bohemienhaft, wenn Sie wissen, was ich meine. Es gab da mal den Soziologieprofessor und den bärtigen Gitarristen, erinnern Sie sich? Und natürlich wird sie immer darauf bestehen, beweglich bleiben zu können und sich in großen Städten wie Rom und London und New York niederzulassen. Aber ich bin sicher, wenn sie erst einmal Jeffrey kennengelernt hat und sieht, wie erfolgreich sein Fotokopierzentrum ist und was für ein schönes Haus er hat, dann wird sie ihre Meinung ändern.«

Der zweite Grund, warum solche arrangierten Verabredungen meist weniger angenehm sind als eine Wurzelbehandlung, ist der Auserwählte selbst. — »Wo tun sie sie auf?« möchte meine Freundin Jenny wissen, die mehr arrangierte Verabredungen hinter sich hat, als ich bei Fortbildungskursen für Erwachsene gewesen bin. »Denkst du, da ist irgendwo ein Gewölbe, wo die Alltagswelt und normale Leute ausgeschlossen sind und wo man sie festhalten kann, bis sie gebraucht werden? So wie auf Eis gelegte Spermien?« — »Nein, nein«, sagte Liza, die drei Jahre mit ihrem Bruder nicht gesprochen hat, nachdem er sie zum Scherz mit einem Rocker zusammengebracht hatte. »Die meisten von diesen Kerlen sind bei Tageslicht völlig normal und durchschnittlich und vernünftig. Wenn man ihnen auf der Straße begegnet, würde man nicht denken, daß er sich jedesmal die Krawatte bekleckert, wenn er einen Teller Suppe ißt. Sie sprechen übers Wetter und welchen Schuhmacher sie haben und was sie meinen, wie es im Nahen Osten weitergehen wird, und sie helfen einem, die Lebensmittel im Auto zu verstauen, so daß ihre Freunde keinerlei Ahnung haben, wie sie wirklich sind. Nur weil man jemanden zwei Jahre lang jeden Tag am Arbeitsplatz sieht, heißt das nicht, daß man weiß, was er in seinem Eisschrank aufbewahrt oder unter seinem Bett. Erst wenn der Mond auftaucht und sie auf den Pfad einer möglichen Eroberung geraten, beginnen wie bei einem Werwolf die Haare zwischen den Zehen zu wachsen, und sie können nicht mehr aufhören, von ihren drei Jahren bei der Marine zu erzählen.«

Ein Telefon klingelt.

Sie: Hallo?

Er: Hallo. Kann ich bitte Darla Henning sprechen?

Sie: Am Apparat. Wer spricht da?

Er: Hallo? Darla? Darla, kennen Sie mich nicht? Mein Name
      ist Hal Bog. Ich bin ein Freund Ihrer Freunde Jane und
      John.

Sie   (leicht hypnotisiert durch den Rhythmus seiner Fragen):
      Ach, ja?

Er: Ja, wirklich. Hat Ihnen Jane nicht erzählt, daß ich anru-
      fen würde?

Sie   (bemüht, sich die vage und verschwommene Erinnerung
      ins Gedächtnis zurückzurufen, wie Jane ihren dritten
      Martini leerte und mit einem »Oh, ja, habe ich dir von
      dem neuen Typen erzählt, mit dem John arbeitet?«):
      O ja, Jane hat so etwas gesagt.

Er: Nun, da bin ich und rufe an.

Nach ein paar einleitenden Worten, während derer beide Par-
teien einige aufschlußreiche Informationen über sich selbst
vermitteln (er ist Atomphysiker, sie Professorin für mittelalter-
liche Geschichte, wegen ihrer Brotfeste berühmt; er liebt japa-
nisches Essen, sie liebt mexikanische Spezialitäten; er ist ein
großer Woody-Allen-Fan — »Sie meinen, Sie sind groß?« wit-
zelt sie, und er sagt: »Was?« —, sie liebt Frank Capra; er hat die
Sendung über Lappland nicht gesehen, aber sie). Sie kommen
überein, zusammen auszugehen.

Sie: Wie werde ich Sie erkennen?

Er   (sieht in den Spiegel in der Nähe seines Telefons und erkennt plötzlich, wie schwierig etwas zu beschreiben ist, das einem so vertraut ist): Mich erkennen?

Sie: Ja, Sie erkennen. Wie sehen Sie aus?

Er: Nun, irgendwie bin ich blond, graue Augen, kein Bart, kein Schnurrbart.

Sie: Aha.

Er: Ich bin nicht dick, aber auch nicht gerade dürr.

Sie: Gut. Irgendwie blond, graue Augen, keine Gesichtshaare, durchschnittliches Gewicht, sonst noch etwas? Bodybuilding? Ohrring? Narben? Tätowierung?

Er: Ja, da ist noch eine Sache.

Sie (hält den Atem an — sie hat sich immer eher einen Mann mit einer schwarzen Augenklappe oder sogar einem Haken statt einer linken Hand vorgestellt): Uhuhh.

Er: Ich sehe so aus, als sollte ich größer sein.

Darla erkennt Hal in der Sekunde, als sie die Bar betritt. Nicht nur, daß er tatsächlich so aussieht, als sollte er größer sein, sondern er ist der einzige Mann, der auf die Tür starrt, als sei er Aladin und warte darauf, daß irgend etwas mit der Lampe passiert. Sie versucht, dem Ausdruck seiner Augen zu entnehmen, ob ihr Anblick ihn erhebt, erleichtert oder ob er vor Enttäuschung wie betäubt ist. Sie überlegt, ob sie vielleicht besser Jeans angezogen oder ob sie sich etwas eleganter hätte kleiden sollen. Er hat einen Anzug an. Sie überlegt, ob der Kosakenrock und die Gauchohosen zu folkloristisch sind. Hal sieht wie ein Autovertreter aus. Sie versucht, ruhig und natürlich auszusehen und zur gleichen Zeit für sich auszumachen, ob sie erleichtert über seinen Anblick ist (sie ist bestimmt nicht erhoben) oder vor Enttäuschung fast betäubt (wenn er Autos verkauft hätte, wären es gebrauchte gewesen).

Er: Darla?

Sie (erkämpft sich einen Weg durch die dichtgedrängte Menge, wobei sie jemandem auf die Zehen tritt und im Verlauf des Ganzen ein halbes Glas Bier übergeschüttet bekommt): Hal. Endlich, hallo!

Er: Kann ich Ihnen etwas zu trinken bestellen? (Er trinkt seinen zweiten Whisky mit Soda aus und ist dankbar, als er sieht, daß seine Hand aufgehört hat zu zittern. Er fragt sich verzweifelt, was sie da eigentlich anhat.)

Sie: Das wäre wunderbar. Danke. Das wäre toll!

Er (winkt dem Barmann, der ihn nicht sehen kann, weil er zu klein ist): Wie heißt Ihr Gift?

Sie: Was trinken Sie? (Da sie großzügig ist, hat sie beschlossen, davon auszugehen, daß er normalerweise so nicht redet. Ihr ist zumute, als sitze sie im Pilotfilm einer neuen Unterhaltungsserie. In einem, der nicht ankommen wird.)

Er: Whisky mit Soda. Und Eis.

Sie (zieht nachdenklich die Nase kraus): Ich möchte ein Glas Weißwein.

Er (zum Barmann, der nur etwas in seine Richtung sieht): Ahem. Können wir bitte einen Whisky mit Soda und Eis und einen Weißwein haben? Trocken, Darla?

Sie (widersteht edelmütig der Versuchung, den sich anbietenden Witz zu machen): Ja, bitte, Hal.

Er: Entschuldigung, Entschuldigung, aber könnten wir einen Whisky mit Soda und Eis und einen trockenen Weißwein haben? (murmelt) Wenn es nicht zuviel Mühe kostet?

Sie: Es ist wirklich voll hier.

Er: Entschuldigung... Hören Sie... man möchte es nicht glauben, Darla, ich habe es hier noch nie so voll gesehen.

Sie (duckt sich, als ein Tablett mit Getränken über ihren

Kopf hinweggereicht wird): Nein, Hal, man möchte es wirklich nicht glauben. Himmel, ist das voll!

Er (stellt sich so unaufdringlich wie möglich auf die Zehenspitzen und ruft): Entschuldigung, aber könnten Sie uns hier vielleicht bedienen? Wir warten schon einige Zeit.

Schließlich bekommen sie ihre Getränke. Es gibt natürlich keine freien Stühle oder Tische, und so drängen sie sich in eine Ecke in der Nähe der Tür. Keiner von ihnen hat bemerkt, wie kalt es an dem Abend ist. Obwohl die Musikbox auf der anderen Seite des Raumes steht, ist die Bar so voll, daß es schwierig ist, das eigene Wort zu verstehen, geschweige denn das von anderen.

Er: Nun, Darla, wie ist Ihr Wein?

Sie: Wie bitte?

Er: Ich fragte, wie ist Ihr Wein?

Sie: Oh, gut, Hal, sehr gut. (Er schmeckt wie Krötenpipi, etwas, das sie kennt, da sie fünf Brüder hat.)

Er: Also, Darla, Sie haben's mit dem Mittelalter, was? Das muß sehr interessant sein.

Sie: Ja, Hal, das ist es wirklich. Mich interessiert besonders das Verhältnis zwischen Wissenschaft und Religion. Ich glaube, daß wir viel daraus lernen können, was für uns heute relevant ist.

Er: Es macht Ihnen Spaß, anderen etwas beizubringen, ja?

Sie: Beibringen?

Er: Nun, ja, ich habe das auch schon gemacht. Aber ich bin im Laboratorium glücklicher.

Sie: Ihre Arbeit muß unglaublich faszinierend sein, Hal.

Er (das hört er): Das ist es, Darla, wirklich. Wissen Sie viel über Quantenmechanik?

Sie (kann nicht an sich halten): Nein, Hal, bestimmt nicht.

Er: Na ja, ich will versuchen, es für einen Laien — oder eine Laiin — verständlich zu machen. Stellen Sie sich vor, wenn Sie können...

Bis Hal damit fertig ist, alles über Schrödingers Katze zu erklären, ist es zu spät, ins Kino zu gehen, und es ist zu spät, ins Restaurant zu gehen. Sie tun es trotzdem, aber bis sie beim Restaurant ankommen, fällt niemandem mehr etwas ein, was er sagen könnte. Obwohl er schon leicht beschwipst ist, war Hal aufgefallen, daß Darlas Aufmerksamkeit abzuschweifen begann, als er ihr die erstaunliche Geschichte über Heisenbergs Heuschnupfen erzählte. Darla überlegt, warum sie nicht zu Hause ist und sich *Eine entheiratete Frau* auf Video anguckt und sich die Haare macht.

Er (während sie sich unter einen Feigenbaum von fast biblischen Ausmaßen setzen): Das ist das beste italienische Restaurant in der Stadt, Darla. Wissen Sie, wen ich hier schon hab' essen sehen? Was meinen Sie? Dustin Hoffman? John Cleese? Dr. Edward Cruickshank?

Sie: Edward Wer?

Er: Edward Cruickshank, der Elementarteilchen-Physiker. Habe ich Ihnen erzählt, daß ich früher einmal mit ihm in Princeton gearbeitet habe?

Sie: Nein, nein, überraschenderweise haben Sie mir das nicht erzählt.

Trotz der ungewohnten alkoholischen Verzerrung kann er immer noch sagen, daß sich dieser Abend wie ein Ferientag in einem schwarzen Loch vor ihnen ausbreitet. Er ist es nicht gewöhnt, sich mit Nicht-Kollegen zu unterhalten, schon gar nicht mit Kolleginnen, die gekleidet sind wie Komparsinnen in *Iwan der Schreckliche*. Er ist an Frauen gewöhnt, die sich für ihn interessieren, ihm Fragen stellen, bei seinen Antworten ehrfürchtig dreinblicken und seine Meinung über Gott und die Welt wissen wollen. Sie hat Angst, auf ihre Uhr zu sehen, denn sie könnte in Tränen ausbrechen. Das Bestellen selbst dauert zwanzig Minuten, weil Hal mit der Gründlichkeit und Neugierde eines Wissenschaftlers vor dem Kellner alles, was er bestellt, auf seine Frische hin prüfen muß. (»Und die Mozzarella, ist die frisch?« — »Ja, Sir, natürlich.« — »Und das Basilikum, es ist doch frisch?« — »Natürlich, Signore. Der Chef pflanzt sie selbst.« — »Und wie steht es mit dem Kalbfleisch?« — »Ist erst heute morgen geschlachtet worden.«)

Er (bricht ein Stück Brot durch und riecht daran): Also, Darla. Waren Sie je in Italien?

Sie: Ja, Hal, ich war da schon.

Er: Florenz?

Sie: Ja, ich war in Florenz.

Er: Ich mag Florenz.

Sie: Ich auch.

Er: Venedig?

Sie: O ja. Ich liebe Venedig. Es ist meine Lieblingsstadt. Ich habe da mehr als ein Jahr gelebt.

Er: Ein Jahr? Oh, wirklich? Ich verstehe nicht, wie Sie das aushalten konnten, ich weiß, daß jeder ausflippt bei Venedig, aber ich muß sagen, daß ich es nun einmal ziemlich klaustrophobisch fand.

Sie: Wirklich?

Er: Ja. Es ist hübsch, sicherlich, aber so vollgepackt. Ich kann nicht glauben, daß Sie es nicht klaustrophobisch fanden.

Sie: Nun, ich war damals jung und nicht sehr anspruchsvoll. Bestimmt hätte ich es klaustrophobisch gefunden, wenn ich mit Ihnen dort gewesen wäre.

Er (entspannt sich beim ersten Kompliment des Abends): Herr Ober! Noch eine Flasche Wein, bitte!

Mit dem Essen geht es langsam. Hal läßt die *insalata tricolore* zurückgehen, weil die Tomaten überreif sind. Hal läßt die *picata* zurückgehen, weil das Kalbfleisch verkocht ist. Hal läßt den Kaffee zurückgehen. Darla versucht, dem Kellner telepathische Botschaften des Mitempfindens zukommen zu lassen. Aber der Art, wie er spottet: »Und der Zucker, Signore, erscheint der Ihnen frisch genug?«, entnimmt sie, daß sie ihn nicht erreichen. Beim Nachtisch fängt er an, ihr von seiner stürmischen und verhängnisvollen Affäre mit Lorna zu erzählen, der Test-Tuben-Vertreterin und großen Liebe seines Lebens.

Er (hat seinen Stuhl herumgeschoben, so daß sie zusammen die Bilder betrachten können, die er in seiner Brieftasche aufbewahrt): Und das sind ich und Lorna am Strand. Sie können sehen, wie glücklich wir an jenem Tag waren.

Sie: Sie ist sehr hübsch.

Er: Sie ist schön.

Sie: Und wo wurde dies aufgenommen?

Er: Das ist der Universitätsparkplatz.

Sie: Oh, und das ist der Universitätsparkplatz mit niemandem drauf.

Er: Das war, nachdem sie weggefahren war. Es war das letzte Mal, daß ich sie je gesehen habe.

Sie (reicht ihm die Serviette, die, da sie den größten Teil des Abends auf dem Boden verbrachte, immer noch sauber ist)

168

Er: Meinen Sie, ich hätte ihr nachlaufen und Sie zur Vernunft bringen sollen? Die letzte Frau, mit der ich ausging, meinte, ich hätte das tun sollen. Aber sie schien so unerbittlich — ich meine Lorna, nicht die Frau, die meinte, ich hätte ihr nachlaufen sollen —, daß ich einfach nicht wußte, was ich tun sollte. Ich hatte sie vorher nie heftig gesehen.

Sie (reicht ihm eine Serviette von dem Tisch hinter ihnen)

Darla bringt Hal mit einem Taxi nach Hause. Sie bringt ihn auch zur Tür.

Er: Nun, gute Nacht, Darla. Vielen Dank für einen sehr netten Abend. Sie waren sehr hilfreich. Sie sind ein guter Freund.

Sie: Oh, das ist schon in Ordnung. Ich hatte einen sehr… uhh… interessanten Abend.

Er: Ich rufe Sie an.

Sie: Oh, habe ich Ihnen das nicht erzählt? Ich bin auf dem Weg nach Jerusalem, um Forschungen über die Kreuzzüge anzustellen. Ich rufe Sie an, wenn ich wieder da bin. Grüßen Sie Jane und John von mir.

Dies ist eine strenge und beherzigenswerte Regel, wenn eine arrangierte Verabredung auf Sie zukommt: Wenn Sie nicht absolut, über jeden Zweifel erhaben, überzeugt sind, daß Mrs. Springsteen, der Ihre Tante Betty bei ihrer Einkaufstour nach Atlanta City über den Weg lief, nur den einen Sohn hat, dessen Name Bruce lautet und der Gitarre spielt, gehen Sie nicht hin.

Die Mutter, die Verwandten, die Freundin der Mutter, die die Hüftoperation hatte

Bei all den Verabredungen und möglichen Bräutigamen, die Ihnen besorgte Verwandte und Freunde von besorgten Verwandten unterschieben wollen, denken Sie so unwillkürlich an die erwähnten Arrangements, daß es für Sie wahrscheinlich unglaubwürdig klingt, wenn Ihre Mutter behauptet, sie würde nie bei Arrangements von Verabredungen mitmachen.

»Was?« sagt die Mutter und dreht sich vom Ofen mit einem Blick des Entsetzens im mütterlichen Auge um. »Du gehst zu einer arrangierten Verabredung? Du gehst mit einem Mann aus, den du nicht kennst? Der jedermann sein könnte? Der ein Sex-Besessener sein könnte? Der einer dieser Männer sein könnte, der dich mit deinen Strumpfhosen erwürgt und dann mit deinem Lippenstift ›Ha, ha‹ auf den Badezimmerspiegel schreibt? Was ist nur in dich gefahren? Haben wir dich so erzogen? War das der Sinn der Ballett- und Geigenstunden und der Zahnspange?« — »Mutter«, sagen Sie, »ich weiß, ich bin ihm noch nicht begegnet, aber es ist nicht so, als wäre er ein gänzlich Fremder. Er ist schließlich der Vetter von Angela Murgotroyd. Ich kenne Angela, seit wir fünf waren. Ich glaube nicht, daß sie mich ermutigen würde, mit ihrem Lieblingsverwandten auszugehen, wenn sie meinte, er liebe es, sich wie ein Schulmädchen aufzutakeln und mit einem Übungsbuch einen Klaps auf den Hintern zu kriegen.«

Die Mutter rümpft die Nase. »Zu meiner Zeit«, lügt sie, »war so etwas undenkbar. Eine Frau ging nicht mit irgend jemandem. Männer sind wie Schellfisch, man kann nicht vorsichtig genug sein.«

Bis es soweit und der Tag der Verabredung mit Angelas Vetter da ist, haben Sie ein paar heftige Telefonanrufe von allen Seiten der weiblichen Verwandtschaft über sich ergehen lassen, ebenso von Mutters bester Freundin, Maureen (deren einzige Tochter mit einem Taxifahrer durchgebrannt ist. Er hat ihr ein Kind gemacht und ist dann zu seiner Frau zurückgekehrt). Ihre Schwester erinnert sich an die Zeit, als Angela Sie dazu brachte, ihr beim Stehlen von *Freude am Sex* aus der Buchhandlung zu helfen. Sie waren es dann, die ertappt wurde, weil Ihnen das Buch aus der Jacke direkt vor den Kassentisch fiel. »Vertraust du einer solchen Person?« bedrängt Ihre Schwester Sie. Ihre Großmutter erinnert sich eines berühmten Mordfalls, an dem ein Murgotroyd Anfang des neunzehnten Jahrhunderts beteiligt war. »Wie kannst du sicher sein, daß sie nicht verwandt sind?« möchte sie wissen. Ihre Tante hat nicht vergessen, daß Angela in Goa mit einem argentinischen Hippie gelebt hat, der Leuchtkleider entwarf und ein kleines Nebeneinkommen durch festgelegtes Vermögen hatte.

Und doch sind das dieselben Leute, die einem ständig Männer aller Altersstufen, Größen, Hautfarben und aller Schichten anbieten. Männliche Verwandte nehmen, Gott sei Dank, selten an solchen Aktivitäten teil — außer man kommt aus einem Kulturkreis, wo es Tradition ist, daß der Vater die Ehe arrangiert, wenn man sechs ist. Ist das der Fall, liest man dieses Buch nicht. Normalerweise lieben es Väter genauso wenig, in das Sturm-und-Drang-Leben ihrer Töchter hineingezogen wie über die Einzelheiten eines Spirale-Einsatzes informiert oder gebeten zu werden, unterwegs zu halten und eine Schachtel Tampons zu besorgen. Gelegentlich bieten Brüder einen Freund oder Klassenkameraden oder sonstigen Kumpel an, der ein Familienfoto gesehen hat und meinte, man »sehe nicht schlecht aus«, aber im ganzen können sie, wenn sie jung sind, sich nicht vorstellen, warum irgend jemand erpicht darauf sein sollte, mit ihrer Schwester auszugehen. Wenn sie älter sind, können sie es immer noch nicht. Aber Ihre Mutter muß nur neben einer Frau im Bus sitzen, die einen Sohn in Ihrem Alter hat, und bis sie am Ziel angelangt ist, hat sie Sie vergeben.

Von einem bestimmten Standpunkt aus ist dieses starke Interesse von Müttern, Schwestern, Großmüttern, Tanten und selbst engen Cousinen, die Kinder mit jedem, dem sie begegnen, zu verkuppeln, ein Ärgernis.

Es bedeutet einmal, daß man bei einem Familientreffen nie in Sicherheit ist. Mit Lametta, Ringelbändern und Einwickelpapier voller Schneeflocken und Nikoläuse behangen, hat man schon dem vierten Glas Champagner zugesprochen und ist sehr zufrieden mit sich, weil man ohne Schwanken alle Geschenke ausgepackt hat, als man plötzlich die Schwester mit glockenheller Stimme sagen hört: »Oh, Mum, habe ich dir schon erzählt, wer mir neulich über den Weg gelaufen ist?«

Sofort meldet sich bei einem das Frühwarnsystem, und man überlegt, ob man nicht besser gleich zum Whisky übergeht. Man schaut herum, um zu sehen, ob der Vater in der Nähe des Tisches mit den Flaschen steht, und merkt, daß er das Zimmer verlassen hat.

»Derek«, sagt die Schwester fast singend. »Derek Hamilton.«

»Derek Hamilton?« fragt die Mutter in verwundertem Ton, als ob sie nicht die Frau mit dem Gedächtnis eines Industriecomputers wäre.

»Ja, Derek Hamilton«, sagt die Schwester und sieht schnell zu einem herüber, um sich zu vergewissern, daß man nicht dem Vater gefolgt ist. »Du erinnerst dich doch an ihn? Groß, dunkelhaarig, sieht einfach hinreißend aus. Hat blendend in Oxford abgeschlossen. Kapitän des Kricket-Teams. Hat ein Stipendium für Medizin in Harvard bekommen. War auf dem Titel von NEWSWEEK wegen der Sanierung eines Elendsviertels, die er in Angriff genommen hat, oder irgend so was. Erinnerst du dich?«

Die ganze Zeit über haben Mutter und Schwester keinerlei Blickkontakt aufgenommen.

»Du meinst nicht den Derek Hamilton, der immer so lieb mit Miss Wishbone war, oder?« fragt die Mutter.

Man blickt verzweifelt zur Tür, aber, Gott sei's geklagt, Tante Beryl steht in ihrer ganzen Breite davor und hält ein Tablett mit Käsestangen und schinkenumwickelten Datteln wie einen Schild vor sich. »Ach ja, der war das doch!« piepst Tante Beryl in den Raum und lächelt einen aufmunternd an.

»Nun, was weißt du denn davon?« sagt die Mutter. »Stell dir vor, nach all den Jahren. Wie geht es Derek?«

»Oh, wunderbar, wunderbar«, begeistert sich die Schwester. Und dann wird ihre Stimme etwas leiser und weicher, als hätte sie eine tragische Nachricht zu überbringen und allen Weihnachten zu vermasseln.

Man knallt sein Glas hin und langt nach der Flasche. Es ist keine Zeit, aufzustehen und sich den Whisky zu holen.

»Aber natürlich sehr einsam«, meint die Schwester. »Er ist gerade erst in dieses Land wieder zurückgekommen, und seine Familie ist über den ganzen Globus verstreut, und er war so in seine Karriere vertieft, weißt du, daß er keine Möglichkeit hatte, zu heiraten und eine eigene Familie zu gründen.«

Ihre Augen, wie die Augen der Tante, der Großmutter und der Mutter sind auf einen geheftet, während man den widerspenstigen Korken mit den Zähnen herauszuziehen versucht.

»Oh, der arme Mann«, sagt die Mutter. »Und er war immer so nett. Freundlich und rücksichtsvoll, findest du nicht auch, Beryl?«

»O ja«, sagt Beryl, »der Inbegriff von Rücksichtnahme. Findest du nicht auch, Mutter?«

»Er war ganz in Ordnung«, sagt die Großmutter, »mir lag allerdings nie etwas an seinem Onkel. Dem einen, den sie nach Kanada schicken mußten.«

Einige Sekunden lang tritt Stille ein, während die engsten weiblichen Verwandten einen anlächeln mit abschätzenden und erwartungsvollen Blicken. Der Korken springt heraus.

»Er hat nach dir gefragt«, sagt die Schwester; obwohl man bewußt nicht zu ihr hinsieht, weiß man irgendwie, daß sie nicht zur Mutter spricht.

»Oh«, sagt die Mutter.

»Hm«, sagt Tante Beryl.

»Das ist aber nett«, sagt die Großmutter.

»Er wollte wissen, ob du je geheiratet hast«, sagt die Schwester.

Man selbst hat eine etwas andere Erinnerung an Derek Hamilton als die übrige Familie. Selbst wenn er blendend in Oxford abgeschlossen hat und, wie man sich erinnert, Kapitän des Kricket-Teams war und er ein Stipendium für Harvard bekommen hat und man auch nicht daran zweifelt, daß er auf dem Newsweek-Titel war — das waren Henry Kissinger und Idi Amin auch. Derek Hamilton hat das gute Aussehen, das einen an Nazi-Offiziere denken läßt. Man kann sich nicht vorstellen, daß er in einem Elendsviertel etwas anderes täte, als Hausbesitzer zu sein. Man trinkt hastig einen Schluck Champagner, und dann sagt man folgendes: »Derek Hamilton war eines der aufgeblasensten, eingebildetsten, anmaßendsten, hirnlosesten Geschöpfe, die ich je das Unglück hatte kennenzulernen, und wenn irgend jemand wissen will, warum ich nie geheiratet habe, braucht er sich nur die beiden Verabredungen anzusehen, die ich mit ihm hatte.«

Die Schwester hält ihr Glas hin, um es sich wieder füllen zu lassen. »Nun ja«, sagt sie mit der gleichen Stimme wie einst, als sie einem kundtat, daß die Eltern einen ins Waisenhaus stecken wollten, weil man zwei Nächte hintereinander in der Unterwäsche geschlafen hatte: »Ich hoffe, du bist nicht zu betrunken und hast deine negative Einstellung im Griff, ich habe ihn nämlich zufälligerweise zum Abendessen eingeladen, und wahrscheinlich ist er es jetzt gerade, der vor der Tür steht.«

Von einem bestimmten Gesichtspunkt aus grenzt die mütterliche Fähigkeit, Männer bei kurzen Zugreisen, Einkaufsbummeln, Notbesuchen im Waschsalon oder beim Zahnarzt aufzutun, nicht gerade ans Wunderbare. Wie kommt es, daß Sie — intelligent, lebendig, attraktiv und von einer schmelzenden Sinnlichkeit, die nur mit stärkster Willensanstrengung unter Kontrolle gehalten werden kann — sechs Stunden auf einer gedrängten, alkoholseligen, sexuell aktiven Party verbringen und mit einem ungemein interessierten Gesichtsausdruck intensiv den sehr langen und sehr verworrenen Beschreibungen zu lauschen vermögen über weggelaufene Ehefrauen, die richtige Art, Aale zu räuchern, über Reisen nach Schweden zum Aufspüren von Ufos, das Telefonsystem in Thailand und über fröhliches Mitmachen beim Disco- oder Hip-hop-Tanzen, ohne nach Rock 'n' Roll zu verlangen, und dann ist der einzige Mann, den Sie kennenlernen, ein Besucher aus Paraguay, der kein Englisch spricht. Aber Ihre Mutter — die auf ihre Weise sicherlich die Leute bezaubern kann und eine Frau mit vielen Qualitäten ist, jedoch eher etwas Matronenhaftes, Kleines und Rundliches an sich hat und ein- oder zweimal für ein Kuscheltierchen gehalten wurde —, diese Mutter braucht nur mit ihrem Einkaufsbummel beim Käsestand an einen anderen zu stoßen, und schon hat sie die Adresse, Telefonnummer und das Polaroidfoto eines alleinstehenden Fernsehproduzenten um die Dreißig, der sich nichts sehnlicher wünscht (so die Mutter), als die Frau seiner Träume zu finden und sich irgendwo mit genügend Land niederzulassen, um ein Pony für die Kinder anschaffen zu können.

Abgesehen davon, daß Ihre Mutter, Schwestern, Großmütter, Cousinen und Vettern und Tanten und deren Sympathisanten als Ehemakler agieren, bieten sie einen natürlichen unermüdlichen Rückhalt. Anders als Ihre beste Freundin wird Ihre Mutter nicht um zehn Uhr an einem Krisenabend mit einer Flasche Wein, einer Schüssel selbstgemachter grüner Sauce und einem Karton voller Chips und dem *Tootsie*-Video herumhampeln, um Sie aufzuheitern, aber Ihre Mutter (anders als Ihre beste Freundin, die ihre Aufmerksamkeit manchmal ihren eigenen Lebensproblemen widmen muß) wird auch nie nachlassen in ihren Bemühungen um Sie. Sie — alleinstehend und in einem Alter, in dem man Sie, wären Sie Olivenöl, nicht mehr *vergine*, also jungfräulich, nennen könnte —, Sie sind ihr Problem.

»Geh zu der Hochzeit«, sagt sie. »Es macht nichts, wenn du das cremefarbene Kleid und den kleinen blauen Hut mit den Wachtelfedern schon auf den letzten drei Hochzeiten getragen hast, du triffst nie denselben Mann zweimal, wer wird sich noch daran erinnern?«

»Nimm an dem Firmenausflug teil«, rät sie. »Man weiß nie, wer plötzlich auftaucht. Du hast hübsche Beine. Du hast eine Gelegenheit, sie zu zeigen.«

Sie achtet darauf, daß keine ihrer anderen Töchter ein Abendessen organisiert, bei dem ein alleinstehender Mann mit gutem Charakter zugegen sein wird, ohne daß Sie dabei sind. Sie achtet auf Ihre Figur. (»Noch ein Stück Schokoladenkuchen, Miss Wishbone? Meinst du, Jamie Lee Curtis hat diesen Körper, weil sie sich beim Abendessen zweimal von dem Hammelfleischgericht nimmt und dann zum Nachtisch einen halben Schokoladenkuchen vertilgt?«)

Sie achtet darauf, daß Ihnen auf keinen Fall wegen des Ungeschicks einer Telefongesellschaft ein wichtiger Telefonanruf entgeht. (»Mich hat heute morgen ein Telefontechniker aus dem Bett geholt, der behauptete, jemand habe einen Fehler in der Leitung gemeldet. Das warst nicht zufällig du, Mutter, oder?«)

Ihre Mutter wird Sie zu einem weit geringeren Preis als dem für ein Jahresabonnement von allen wichtigen Frauenzeitschriften in allen Bereichen des Lebens beraten, in denen Sie vielleicht Schwächen aufweisen. (»Ich weiß nicht, wie du mit deinem Charakter je einen Mann finden willst.« — »Meinst du, daß je ein Mann mit einer Frau leben will, die siebzehn Gummienten in ihrem Bad hat?«)

All dies ist, wie ich schon hervorgehoben habe, ein Überbleibsel aus früheren Zeiten, als Großfamilien in einer Hütte zusammenlebten und wichtige Lebensentscheidungen nicht dem Schicksal überlassen, sondern von den Älteren getroffen wurden. Eines Abends würde eben die Mutter, wenn man gerade dabei wäre, unter die stinkige alte Bärenhaut zu kriechen, mit einem jungen Mann im Schlepptau ankommen und so etwas sagen wie: »Miss Wishbone, das ist Tuhuana, vielleicht hast du ihn hier schon irgendwo gesehen. Er ist jung und tapfer, hat ein paar Narben und noch die meisten seiner Zähne. Als Geschenk für unseren Stamm hat er einen Elch und vier Speere mitgebracht, und von nun an bist du seine Frau. Sei fruchtbar!«

Es ist eigentlich gar nicht so schlecht, wenn man sich überlegt, daß hier in den privaten Bereichen des enthemmten zwanzigsten Jahrhunderts noch einige Überbleibsel dieser alten Traditionen fortleben. Auch sollte man, gemäß keiner geringeren Autorität als der Janes, diese Methode, Männer kennenzulernen, nicht allzusehr verspotten. So, wie es ganz gelegentlich einen blauen Mohn oder einen Doppelregenbogen gibt, so wie mitten in einem schauerlichen Krieg ein Augenblick des Friedens eintritt, wenn die Männer auf beiden Seiten die Arme sinken lassen und sich brüderlich vereinen, um »Stille Nacht, Heilige Nacht« zu singen und Schokolade miteinander zu teilen, so wie Blumen in der Wüste blühen und jemand mit einer riesigen Nase sich der sexuellen Ausstrahlung einer Marlene Dietrich erfreuen mag, genauso werden nicht alle Männer, denen Ihre Mutter über den Weg läuft, Kandidaten für das Walhalla der Lahmen sein.

»Sei dir darüber klar«, sagt Jane, »sogar Dustin Hoffman hat eine Mutter.«

Ihre Freunde

So geschieht es: Man telefoniert eines Abends mit der besten Freundin. Nachdem man sich über die neuesten Ereignisse im Leben eines jeden (sie ist gerade in den Aufsichtsrat gewählt worden, Sie hat man gerade gebeten, ein Drehbuch für Robert Redford zu schreiben, in ihrer Toilette fließt heißes Wasser, Ihr Multimix ist unter merkwürdigen Umständen explodiert) und das Leben der Freunde (Angie redet davon, Ben erneut zu verlassen, Sue macht eine Diät, Alicia überlegt sich, ob es nicht zu spät ist, wieder zur Schule zu gehen, Paula hatte ein Rendezvous mit Bono, aber es war ihr Yoga-Abend, deshalb ist sie nicht hingegangen) ausgelassen und über die Filme diskutiert hat, die man vor kurzem gesehen, auch die Theaterstücke, die man besucht, und die guten Bücher, die man gelesen hat, sagt sie: »Also muß man vier Eßlöffel Koriander in die Sauce tun, ja?« Man selbst sagt: »Ja, gehäufte«, und sie sagt: »Fein. Oh, fast hätte ich es vergessen: Ich möchte, daß du jemanden kennenlernst.«

Bei den ersten Malen, wenn diese kleine Szene sich abspielt, spürt man ein Aufwallen mädchenhafter Erregung. Sie sind natürlich interessiert, voller Hoffnung sogar. Wer kennt Sie denn besser als Ihre beste Freundin? Schließlich begeistert sie sich für Katherine-Hepburn-Filme, silberne Armreife, Bohneneintopf, Crazy Horse, Beethoven, Emmy Lou Harris, fließende Kleider, schwarze Strümpfe mit Naht und Männer, die Unterhemden tragen — genauso wie man selbst. Es ist also unmöglich, daß sie einem je einen Schwachkopf vorstellen könnte, oder?

Leider ist das, wie es bei den arrangierten Verabredungen schon zur Sprache gekommen ist, überhaupt nicht unmöglich. Und wenn man sich einmal überlegt, wie häufig man schon über den Freund/Ehemann/Geliebten einer anderen gesagt hat: »Ich meine, er ist ja so ganz nett und so, aber ich verstehe nicht, was sie an ihm findet. Wenn ich noch einmal hingehe und er erzählt mir wieder den Witz über den baskischen Fischer oder spielt das Woodie-Guthrie-Album, werde ich, das schwöre ich, auf ihn einprügeln«, wird einem bewußt, daß man solches in Verbindung mit jeder guten Freundin gesagt hat, ausgenommen vielleicht einer; oder daß man etwas Ähnliches geäußert wie: »Nein, an ihm ist nicht viel dran (aussehen tut er nicht überwältigend), und er hat diese unglückselige Angewohnheit mit den Zähnen, aber man kann sehen, daß Marilyn nach Derek wirklich jemand Verläßlichen und Stabilen brauchte. Ich meine, ich kann mir nicht vorstellen, mich vor Lachen mit ihm zu kugeln, aber er ist ruhig und hat das Abendessen zubereitet.« Wie viele Male hat man nicht schon gesagt: »Gott weiß, was sie an diesem Widerling findet.« Wie viele Male: »Das geht nicht gut.« Und die Freundinnen haben natürlich die gleichen Dinge über einen selbst gesagt. »Was macht Miss Wishbone nur mit diesem toten Vogel?« Trotz allem setzen die Freundinnen ihre Versuche fort. Auch wenn sie selbst mit Männern zusammenleben, die keineswegs einem

Ideal entsprechen und einen heimlich um die Freiheit und Unabhängigkeit beneiden. »Glückliche Miss Wishbone«, sagen sie zu sich selbst, »wenn sie vom Arbeiten oder einem angenehmen Abend mit Freunden nach Hause kommt, kann sie die Schuhe von sich schleudern, sich mit einem Gin und Tonic und Knabberzeug auf ein Sofa fallen lassen. Die Katze wird dicht neben ihr schnurren. Sie kann sich alles im Fernsehen angucken, was sie will. Sie braucht keine drei Stunden lang Interesse für die Schwankungen des internationalen Börsenmarktes zu heucheln, bis sie ins Bett gehen darf. Wenn sie ins Bett geht, braucht sie keine Viertelstunde mit einem Penis Verstecken zu spielen, bis sie wirklich einschlafen kann.« Ganz gleich, wie unbefriedigt das eigene Leben zu Hause ist, sie spähen immer nach einem möglichen Partner für Sie, vielleicht einfach, weil sie es leid sind, sich selber ständig in Klageliedern zu ergehen, und Ihnen gern einmal diesen Part überlassen würden?

Wenn die beste Freundin sagt: »Komm doch am Donnerstag zum Abendessen rüber, ich habe da jemanden, den du unbedingt kennenlernen mußt«, sollte man sich an eines erinnern: nie die Hoffnungen hochschnellen zu lassen. Erinnern Sie sich, wie sie eine Sonnwendparty improvisierte, damit Sie diesen großen Kerl kennenlernen konnten, der sich als ein Manisch-Depressiver entpuppte und Sie mit in seine Wohnung nahm, um Ihnen all die Löcher zu zeigen, die er in die Wände geschlagen hatte? Erinnern Sie sich, an wie vielen gebrochenen Herzen Sie gelitten haben, bis Sie es ihr klarmachen konnten? Gehen Sie nicht mit der Vorstellung hin, ich werde jetzt einem Mann begegnen, der wie Robert de Niro aussieht und *Girls from Texas* spielen kann, sondern nur, ich bekomme ein Essen umsonst, und mit etwas Glück wird sie den Schokoladenkuchen backen, den ich so gern mag. Denken Sie immer daran, daß Gottes Wege seltsam sind und Sie nie wissen können, was kommt. Sie könnten auch wirklich Glück haben.

Als Beispiel eine Geschichte über meine Freundin Lana. Lanas Freundin Joan lud sie eines Abends zum Essen ein. Joan sagte nicht nur: »Warte, bis du diesen Mann kennenlernst. Ich schwöre bei Gott, daß ihr wie geschaffen füreinander seid«, sondern auch: »Zieh die Schuhe mit den Knöchelriemchen an und den Minitaftrock mit dem dunkelroten Oberteil.« Selbiges tat Lana. Obwohl sie nur zu Joan und Waldo ging, um Spaghetti mit Pesto-Sauce zu essen, warf sie sich in Schale, als ginge sie mit Prince zur Emmy-Preisverleihung. Sie ließ sich die Beine enthaaren. Sie gab das Jahresgehalt eines bolivianischen Bauern für einen Haarschnitt und Dauerwellen aus. Sie ging zum Zahnarzt und ließ sich die Zähne säubern. Als die Zeugen Jehovas an der Tür klingelten, übte sie sich darin, intensiv und interessiert zuzuhören, statt plötzlich einen Schrei auszustoßen, daß etwas auf dem Herd anbrenne, und ihnen die Tür ins Gesicht zu knallen.

Lana war regelrecht aufgeregt. Das würde es sein. Schließlich war Joan nicht nur mit einem wirklich wunderbaren Mann verheiratet, sondern man hatte sie bisher auch nie als Kupplerin agieren sehen. Was wahrscheinlich ein ebenso gutes Zeichen war, wie Lana schon vor dem ersten Gang richtig erkannte. Lana saß steif auf der Couch mit ihrem Cocktail in der Hand und dem Lächeln einer Stewardeß auf dem Gesicht, während Alistair, »alle meine Freunde nennen mich Dash«, amüsante Anekdoten über seine Karriere als Drehbuchautor erzählte. So hatte Lana genügend Zeit, darüber nachzudenken, was Joan wirklich von ihr hielt, wenn dies der Mann war, von dem Joan meinte, daß er nur für Lana geschaffen worden sei. Denn Dash war, wenn auch nicht unattraktiv, ein Ego auf Beinen. Dash war überall gewesen, hatte alles gesehen und wußte alles. Er war in Alaska verschollen gewesen, war über den Atlantik gesegelt, hatte das Amazonasgebiet in einem Schlauchboot erforscht, ein Baby aus einem brennenden Gebäude gerettet, in Burma als buddhistischer Mönch gelebt, war mit einer Prinzessin verheiratet gewesen, ebenso mit einer Rauschgiftsüchtigen, hinkte von einer Verletzung, die er sich zugezogen hatte, als er das Leben eines Kindes bei einem Erdbeben in Südamerika gerettet hatte. Dash kannte Marlon und George und Robert und Bette und Martin und Michael und Daryl und Liz und Jane. Es war erstaunlich, meinte Lana, daß er so viel über alle diese Leute zu wissen schien, wenn er doch kaum eine Sekunde mit dem eigenen Reden aussetzte und niemand anderen ein Wort über sich sagen ließ. Man konnte aber auch nicht sagen, daß er so charmant wie ein gebrauchtes Kondom war. Er war interessant. Sein Leben (wenn er es lebte und nicht, wenn er darüber redete) war aufregend. Er war ein phantasievoller Erzähler mit einem offenbar grenzenlosen Fundus an unglaublichen Geschichten. »Ich glaube dir nicht«, zischte Joan Lana in der Küche an. »Wie meinst du das, er sei langweilig? Er ist der faszinierendste Mann, dem ich je begegnet bin. Zum Teufel noch mal, Lana, dieser Mann ist mit Roseanna Arquette ausgegangen. Mit Madonna geht er zu Partys. Er hat sich mit einigen der berühmtesten Leute der Welt betrunken. Jede Frau, die ihre Sinne beisammen hat, würde für ein einziges Rendezvous mit Dash die nächsten sechs Jahre auf weitere Verabredungen verzichten.« — »Bestens«, sagte Lana. »Laß mich hier mit Waldo, und du kannst mit Dash nach Hause gehen.« — »Sei nicht lächerlich«, schnauzte Joan sie an und drückte ihr den Schokoladenpudding in die Hand. »Wenn er etwas anmaßend wirkt, dann wahrscheinlich, weil er nervös und schüchtern ist. Er weiß, daß du hier bist, um ihn kennenzulernen, und er möchte einen guten Eindruck machen. Gib ihm eine Chance.«

Also gab Lana Dash eine Chance. Als er ihr anbot, sie nach Hause zu fahren, lächelte sie auf eine Weise, wie man es tut, wenn die Katze etwas Schlaues angestellt hat, und sagte: »Oh, Dash, das wäre wunderbar ... Ich kann Ihnen nicht genug danken.« Sie gab ihm eine Chance, und fünfzehn Minuten von der Dreißig-Minuten-Fahrt erzählte er ihr von all den Filmen, die er davor bewahrt hatte, finanzielle Flops oder/und Kritiker-Desaster zu werden. »Die Leute wollen immer wissen, warum ich nicht unter die Schauspieler gehe«, sagte Dash. »Erst letzte Woche wollte Jeff Bridges wissen, warum ich nie an Regie gedacht habe. Aber ich gehöre wohl mit zu den Kerlen, die lieber hinter der Bühne bleiben.« Als der Benzintank leer war, sagte Dash: »Ich war wohl immer zu bescheiden für Dinge solcher Art.« Es regnete. Die nächste Tankstelle war Meilen entfernt. Es war spät, und auf der Straße, wo sie standen, war der Verkehr alles andere als lebhaft. Sie liefen zu Fuß. Lana sagte, sie hielt es für besser, mit Dash vier Meilen durch einen Sturm zu wandern und sich etwas von ihm über die Zeit erzählen zu lassen, als er in Argentinien eine Ranch hatte, als allein in dem Auto auf einer einsamen Straße zu warten, obgleich dies beileibe keine einfache Entscheidung war. Als sie bei der Tankstelle ankamen, war Lana in ihrem Taft-Mini, trägerlosem Oberteil und ihrer Stola völlig durchgeweicht. Ihr Make-up war nur noch eine Erinnerung, die Haare klatschten ihr am Kopf, und die Schuhe lösten sich auf. Ihre Beine waren weich, aber irgendwie blau. Der in der Nacht diensthabende Tankwart bot ihr einen Pullover und einen Rock an, die er für Notfälle bereithielt. »Sie sehen toll aus«, meinte er, als sie aus dem Hinterzimmer herauskam. Er lächelte sie bewundernd an. »Ich behaupte immer, man kann erst sagen, ob eine Frau wirklich schön ist, wenn sie gut in Drillich und in Flanell aussieht.« Er gab ihr ein Handtuch zum Haaretrocknen. Er erzählte ihr einen Witz über einen platten Reifen, bei dem sie brüllte vor Lachen. Er überließ sie der Obhut der Tankstelle, während er mit Benzin und Dash zum Auto zurückfuhr. Er kam als erster zurück. Er raste in die Tankstelle, stürmte aus dem Auto und rannte ins Büro. »Ist der Kerl Ihr Mann?« fragte er Lana. — »Machen Sie Witze?« — »Ihr Verlobter?« — »Nein.« — »Ihr Freund?« — »Ich habe ihn gerade erst kennengelernt«, sagte Lana. »Wir haben uns kaum die Hände geschüttelt.« — »Redet der viel!« sagte ihr neuer Freund. »Das tut er«, sagte Lana. »Warum bleiben Sie nicht hier, bis mein Dienst vorbei ist? Ich fahre Sie dann nach Hause.« Und so hat Lana Brian kennengelernt, die große Liebe ihres Lebens. Bis sieben Uhr morgens tranken sie Sodawasser zusammen und spielten Backgammon und erzählten einander lustige Geschichten. Dann fuhr Brian sie nach Hause, und eine Woche später zog er bei ihr ein. »Ich werde Joan nie genug danken können«, sagt Lana heute.

10

Moderne Wege, Männer kennenzulernen

Scharfsinnig, wie Sie sind, haben Sie dem vorangegangenen Kapitel entnommen, daß die altmodischen, traditionellen Wege zum Kennenlernen von Männern im wesentlichen passiv sind. Sicherlich, man muß aktiv genug sein, um den Telefonhörer aufzunehmen oder sich am Mittwoch zum Essen bei Martha May hinüberzubemühen, aber davon abgesehen, erfordern sie ziemlich wenig persönliche Initiative. Sie sind lediglich Teil der Kausalkette, die das Leben ausmacht (man ist am Ort »a«, wenn »b« passiert, und deshalb kommt man mit »c« in Kontakt — es sieht wie ein Plan aus, ist es aber nicht. Wenn man in »d« gewesen wäre, als gerade »b« passierte, wäre man mit »y« in Kontakt gekommen, und das hätte ebenfalls wie ein Plan ausgesehen). Aber jetzt ist das System zusammengebrochen. Wir gehen zu den Abendessen und gesellschaftlichen Veranstaltungen, zu denen wir eingeladen werden, aber wir begegnen dort niemandem. Wir lassen uns sanft dahintreiben, mit der Brise im Rücken, und erst Jahre später entdecken wir, daß wir uns auf hoher See verirrt haben.

»Das ist das neue Zeitalter«, sagt Jane. »Du kannst diese Dinge nicht dem Zufall überlassen. Wenn du wirklich einen Mann finden willst, mußt du aktiv werden. Der Vogel am frühen Morgen schnappt den Wurm, weil er mit blinkenden Äuglein darauf lauert, daß der kleine Wurm seinen Kopf herausstreckt und nicht zurück in sein wohliges Nest schlüpft. Entwickle Phantasie! Sei erfinderisch! Wage etwas! Bedenke immer, je mehr Ortswechsel man vornimmt, desto größer sind die Erfolgsaussichten.«

»Das klingt mir nach einer Menge Arbeit.«

»Es ist eine Menge Arbeit, Serena«, sagt Jane. »Glaubst du nicht, daß sie sich lohnt? Glaubst du nicht, daß ein lebenslängliches Glück mit jemand Wunderbarem ein bißchen Anstrengung von deiner Seite lohnt?«

»Na ja, aber ich dachte, ich hätte schon so viel Arbeit hineingesteckt, um die umwerfende Person zu werden, die ich heute bin. Alle die Fertigkeiten, die ich gelernt habe, die Schärfe meines Verstandes, meine ausgedehnten Kenntnisse über den Kriminalroman, meine Fähigkeit, kniehohe Stiefel in Sekundenschnelle mit einer Hand zu schnüren, mein Selbstvertrauen, meine Selbständigkeit, meine Vertrautheit mit Dübeln. Wozu war das alles gut?«

»Damit du etwas zu tun hattest, während du darauf wartetest, den richtigen Mann zu finden.«

»Aber klingt das alles nicht ein bißchen nach dem alten Stereotyp vom beutegierigen Weib?«

»Die Welt ist kalt und berechnend«, sagt Jane. »Meinst du, Bruce Springsteen stünde heute da, wo er ist, wenn er in seinem Zimmer geblieben wäre und seine Gitarre gespielt hätte? Meinst du, er hätte eines Tages nur aus dem Fenster zu gucken brauchen und er hätte 75 000 Leute in Mutters Garten entdeckt, die alle mit ihm ›The River‹ sangen?«

»Das alles klingt irgendwie plausibel«, sagt man selbst. »Sehen

wir doch nur, wohin uns der ganze Women's-Lib-Kram gebracht hat. Ich werde mir etwas Neues zum Anziehen kaufen,
bringe kastanienbraunen Glanz in mein Haar und lasse mir die
Nägel lackieren. Und was dann?«

Was man tun kann

Sind Sie es leid, darauf zu warten, daß das Telefon klingelt?
Langweilt es Sie, mit dem Computer Scrabble zu spielen?
Sind Sie dazu übergegangen, sich die Milch liefern zu lassen,
damit regelmäßig ein Mann an die Tür kommt? Fassen Sie
Mut! Es gibt einiges, das Sie tun können, bis die Verabredungen auf Sie einstürmen und Sie »nie mehr einsam« sagen können.

Computerbekanntschaften: Sie fahren mit der U-Bahn von
der Arbeit nach Hause. Es ist Freitag abend nach einer langen,
harten Woche. Sie sind müde. Draußen schneit es. Die U-Bahn
ist gedrängt voll und riecht nach schmutziger Wäsche. Sie haben nicht nur keinen Sitzplatz, sondern auch nichts zum Festhalten, so daß Sie jedesmal, wenn der Zug hält, anfährt oder
plötzlich in die Kurve geht, gegen andere Passagiere fliegen. Sie
befürchten, der Mann hinter Ihnen im Tweedmantel könnte
das ausnutzen. Oh, wie sehr sehnen Sie sich nach Hause! Und
plötzlich sehen Sie das Foto eines lächelnden Paares vor sich,
dessen Köpfe sich berühren. »Auch Sie können Liebe finden«,
verkündet die Anzeige. »Seit mehr als zwanzig Jahren«, heißt
es weiter, »beruht auf unserer Vermittlung der Beginn von vielen tausend Liebesgeschichten.« Sie lehnen sich nach vorne,
um das Kleingedruckte zu lesen, und stoßen aus Versehen mit
Ihrer Handtasche an die Frau, die unter dem Plakat sitzt. »Ent-

schuldigung«, sagen Sie, allerdings recht kühl. Offenbar haben Laurie und Bill beide ein ausgefülltes Leben geführt mit zahlreichen Freunden und erstaunlich vielen gemeinsamen Interessen, aber als Bill Laurie durch »Loveline« vorgestellt wurde, sagte er sofort zu sich selbst: »Halleluja! Endlich habe ich die Frau gefunden, die ich wirklich lieben kann.« — »Danke, ›Loveline‹, daß du uns zusammengebracht hast«, sagen sie. »Möchten Sie jemanden mit denselben Hoffnungen, Zielen und Interessen, die Sie auch haben, kennenlernen?« steht da weiter geschrieben. Ja, denkt man, würde ich gern. »Möchten Sie nicht jemanden lieben?« Natürlich, sagt man zu sich selbst, ohne zu merken, daß man die Lippen bewegt. Das Aussehen von Bill gefällt einem nicht so recht (er ist ein Suppenschlürfer, wenn Sie je einen gesehen haben), aber Laurie, die dasselbe Lächeln zeigt wie die Frau, die innerhalb von zwei Monaten ohne Hungern zehn Kilo verloren hat, scheint ihn sehr zu mögen. Ja, denkt man sich, es ist einfach. Ich fülle den Antrag aus, sie stecken ihn in ihren Computer und kommen mit einem halben Dutzend Männern an, die warmherzig sind, Bars hassen, ambivalente Gefühle gegenüber Kindern haben, genau wie ich, und ich brauche nichts anderes zu tun, als sie zu treffen. Was könnte leichter und logischer sein?

Jane sagt, daß nichts leichter und logischer ist. Ich sage dasselbe, was Tante Beryl zu dem Kellner gesagt hat, der ihr versicherte, daß der Lachs am Morgen frisch war: Ha!

Ich bin sicher, daß Laurie und Bill und Mavis und Arthur und Jude und Kevin und alle die anderen lächelnden Paare, die sich mit Hilfe des Elektronikwunders gefunden haben, so glücklich miteinander sind wie ein Hotdog mit seinem Brötchen. Aber wenn man so ihr Foto betrachtet — er in seinem pastellfarbenen Pullover und sie in ihrer schönen weißen Bluse mit einer Perlenkette —, tauchen einige Fragen auf, die man sich selbst stellen sollte, nicht nur: »Wenn es bei ihnen funktioniert, warum sollte es bei mir nicht funktionieren?« Man sollte sich fragen, warum alle diese Paar so aussehen, als wären sie schon mindestens fünfzehn Jahre verheiratet. Man sollte sich fragen, wie viele Jahre Laurie »Loveline« schon angehörte, wie viele Verabredungen sie über sich ergehen lassen mußte, mit schüchternen, warmherzigen Männern, die Musicals und Schafe mochten, wie viele Abendessen im Pizza-Schnellimbiß, wie viele verdammte Spaziergänge im Regen, bis zu den Knöcheln in Matsch und Schafskötteln, während er das ganze Stück von *Oklahoma* summte — und sie die Grippe bekam —, bis sie schließlich Bill begegnete. Man sollte sich fragen, was für eine Art von Leuten ihre Gefühle zueinander als reines kommerzielles Werkzeug benutzen lassen würden. Es ist schlimm genug, daß es einen Michael Jackson gibt, der uns Pepsi verkauft, aber der Gedanke, daß gewöhnliche Leute uns Liebe verkaufen, gehört zu den Dingen, die uns zynisch gegenüber der menschlichen Natur werden lassen.

»Serena«, sagt Jane, »du hast einen Anflug von Konservatismus in dir, der Mrs. Thatcher wachsweich erscheinen lassen würde. Es ist nichts Schlimmes an einem System, das sich darum kümmert, gleichgesinnte Leute zusammenzubringen. Es ist nichts Schlimmes an dem Wunsch, seine Liebe von der höchsten Bergspitze herunterzurufen... Stell dich nicht so an.«

Und man sollte auch bedenken, daß Übereinstimmung herzlich wenig mit Liebe zu tun hat. Nur weil Sie und Jim gern zu Partys gehen (hier stimmt bei Ihnen beiden etwas nicht), beide gern Pop-Musik hören und gern ins Kino gehen, Pferde und Kinder mögen und nichts mit einer Sahnesauce essen würden, heißt das leider nicht, daß Ihnen, wenn er lächelt, das Herz bis in die Fußspitzen rutscht.

Die Liebe ist nicht nur ein Feind von Schlaf, geistiger Gesundheit und rationalem Benehmen, sie ist auch ein Feind aller Logik. Um sein Herz zu verlieren, kann man nicht dieselben Kriterien anwenden, die man benutzt, um eine Wohngenossin oder jemanden zu finden, mit dem man in die Ferien fährt. Eines der glücklichsten Paare, die ich kenne, sind David und Pat. Sie haben so wenig gemeinsam, daß allein die Tatsache, daß sie sich je begegnet sind, von einigen als Gottesbeweis benutzt wurde.

Er ist ruhig, ernsthaft, konservativ und schüchtern. Sie ist laut, amüsiert sich gern, ist extravertiert und überschäumend. Er haßt die Menge. Sie meint, das Leben sei eine Party. Er zeigt in der Öffentlichkeit nie demonstrativ seine Zuneigung, sie grapscht ständig auf der Straße an ihm herum. Sie geht gern tanzen, er bleibt lieber zu Hause und sieht fern, während er mit Zahnseide seine Zähne bearbeitet. Niemand hätte ihnen mehr als drei Wochen zusammen gegeben, bis sie sich gegenseitig zum Wahnsinn getrieben hätten. Doch da sind sie, Jahre später, noch immer zusammen und noch immer verliebt. Durch sie wird sein Leben aufregend. Er gibt ihrem Leben Stabilität. Hätten sie den »Loveline«-Antrag ausgefüllt, wären sie einander nie begegnet. Er wäre mit einer fleischessenden Börsenmaklerin verkuppelt worden, deren höchster Genuß ein Essen gewesen wäre, bei dem jeder über den Preis von Schweineschwarten gesprochen hätte, und sie mit einem gitarrespielenden Aussteiger, der von Sonnenblumenkernen gelebt und sich an der Sterndeutung erfreut hätte.

Annoncen: Die Beliebtheit von Annoncen in eigener Sache ist wie die von abgefülltem Wasser in der letzten Dekade etwa raketengleich in die Höhe geschnellt. Es ist noch nicht so lange her, daß die meisten von uns ein langes, erfülltes Leben hinter sich bringen konnten, ohne jemals jemandem zu begegnen, der eine Bekanntschaftsannonce in die Zeitung gesetzt oder eine beantwortet hätte; jetzt sind solche Annoncen-Personen zumindestens ebenso oft anzutreffen wie Ex-Raucher. Sie laufen überall herum. Drehen Sie sich langsam und unauffällig nach der Frau neben sich um, sehen Sie zu der Frau Ihnen gegenüber hin, blicken Sie hinter sich zu dem Mädchen mit dem Strohhut und dem »Elvis lebt«-Button. Die Statistiken zeigen, daß mindestens eine von ihnen, vielleicht sogar alle, in den vergangenen anderthalb Jahren nach Liebe und Bindung unter den einsamen Herzen gesucht haben. Da sind Sie baff, was? Selbst der herzensbrechende Rotschopf im Büro, Mona mit den engen Röcken und dem lockenden Lächeln, hat es vier- oder fünfmal versucht.

Ein paar herausragende Theorien bieten sich sofort an, um die Beliebtheit der Heirats- und Bekanntschaftsanzeigen zu erklären. Wie ein Berg oder ein alles mitreißender Wasserfall sind sie da. Die Leute neigen dazu, alles zu glauben, was sie lesen. »Natürlich hat Freddie Starr den Hamster von jenem Mädchen gegessen«, sagen sie. »Ich hab es doch in der Zeitung gelesen.« Die moderne Lebensform macht es, wie wir schon herausgefunden haben, den Menschen schwer, andere kennenzulernen. Je mehr man sich einer Sache bedient, um so mehr wollen das andere Leute auch. »Alle diese vernünftig klingenden Leute setzen Annoncen in die Zeitung«, argumentiert man für sich selbst. »Irgend etwas muß doch daran sein.« Und die Leute spielen gern. Eine Spezies, die sich selbst davon überzeugen kann, daß, ganz gleich, wieviel Tod, Wahnsinn und Zerstörung sie verursacht, Gott sie immer retten wird, lebt gerne von der Hoffnung.

Wie ist das also mit den Annoncen? »Sie sind«, meint Jane, »wie Computer-Verabredungen, eine Art, mit Leuten in Kontakt zu kommen, mit denen man sonst nie Gelegenheit dazu hätte. Ich kann gar nicht aufzählen, wie viele wirklich nette Männer ich durch Annoncen kennengelernt habe.«

Einsames Ich sucht einsames Du für ein langes Duett. Ein großer gutaussehender Typ mit viel Sinn für Humor und einer kleinen Jacht würde gern zierliche attraktive Brünette kennenlernen, die ihm seine Crêpes Suzettes macht. Attraktive, selbständige, vielsprachige, berufstätige Frau, die die Oper, Gourmet-Essen, Regenspaziergänge und Reisen liebt, würde gern ähnlichen Mann kennenlernen, dessen erste Sprache die Liebe ist. Hinreißende Blondine mit viel Persönlichkeit und Sex-Appeal von ansprechendem Porschefahrer gesucht; er ist es leid, nach etwas Kaufbarem Ausschau zu halten und bei Mietbarem zu landen. Arzt, geschieden, der Segeln, klassische Musik, gutes Essen, tolle Bücher und Spaziergänge im Regen liebt, würde es gern mit aufregender Frau (25—35), die nicht dem Spiel verfallen ist, noch mal versuchen, bitte Foto senden. Ich gehöre nicht zu den Personen, die jemals eine Annonce in die Zeitung setzen oder beantworten würden. Würden Sie? Ehrlicher, sensibler Mann mit gutem Job und eigenem Haus möchte eine Familie mit einer Frau gründen, die mehr an Freundlichkeit und Hingabe interessiert ist als an billigen Vergnügungen. Kreative, fröhliche, mitempfindende Frau, die eine tolle Gefährtin und einfache Kirschkäsekuchen-Bäckerin ist, sucht ähnlichen Mann für Dauerbindung.

»Klingt mir ganz vernünftig!« sagen Sie.

Stimmt wahrscheinlich auch. Natürlich haben Sie bemerkt, daß keiner dieser Leute richtig einsam wirkt. Daß keiner dieser Leute einen verzweifelten Eindruck macht. Daß diese Leute sich alle ganz wunderbar anhören. Keine langweiligen Bürovorsteher, deren Hobby es ist, die Freiexemplare für Broschüren in den Sonntagszeitungen anzufordern. Keine Neurotiker, die mit Baseball-Schlägern unter den Kopfkissen schlafen oder bis zwölf zählen, bevor sie eine Gesellschaft betreten, keiner mit kurzen Beinen oder einem Wabbelbauch oder weniger Haaren, als er bei Erscheinen in dieser Welt hatte. Keiner, der unsensibel oder unaufrichtig ist; keiner, der am Morgen verschroben ist oder nicht die Wahrheit sagen könnte, wenn sein Leben davon abhinge; keiner, der Rambo liebt oder nicht in den Regen hinausgehen würde, wenn man ihm anböte, ihn in einem Panzer zu befördern.

»Sie meinen«, sagen Sie mit diesem Anflug von Schrecken in der Stimme, »Sie meinen, Sie glauben, daß die Leute lügen?«

Nein, natürlich nicht. Obwohl, wie meine Mutter immer schnell bei der Hand war hervorzuheben, nicht lügen nicht genau dasselbe ist, wie die Wahrheit sagen. Aber selbst wenn Sie sich der vollen Wahrheit über sich selbst bewußt wären, würden Sie sie nicht unbedingt in eine Annonce hineinpacken, von der Sie sich die Antwort einer netten, liebenswerten Person erwarten. Die Frau, die schreibt: Durchschnittlich aussehende Frau mit verlebtem Körper und so vielen grauen Haaren, daß sie an schmutzigen Schnee denkt, wenn sie in den Spiegel blickt, sucht lieben, freundlichen, zuverlässigen Mann, der ihr seine Liebe und Zuneigung schenkt und den ihre häufigen Depressionen, ihre Abneigung gegen Tiere und ihre Anfälle von sexuellem Desinteresse nicht stören. Wenn ich noch ein weiteres tiefgekühltes Abendessen mit einer Kerze in der Ginflasche zu mir nehmen muß, um das Gefühl zu haben, nicht allein zu sein, unternehme ich vielleicht etwas Dramatisches, wie mich irgendeinem Barry-Manilow-Fanklub anzuschließen. Wer rettet mich vor diesem Schicksal, das schlimmer ist als der Tod? Wer so denkt, sollte lieber gleich seinen Mitgliedsbeitrag beifügen, denn die Zahl sympathischer, standesgemäßer Männer mit viel Sinn für Humor und eigenem

Flugzeug, die sich zu einer Antwort aufschwingen, ist gering. Kein Mensch, der seinen Verstand beisammen hat, wird je auf eine Annonce antworten, die da lautet: Unattraktiver, jedoch interessant aussehender, schlampiger Kunstlehrer, der sich immer Geld von seinen Freunden leiht und wahnsinnig wird, wenn jemand an seine Sachen geht, sucht attraktive, lustige Frau mit guten Kochkenntnissen.

»Meine Freundin Martina hat ihren Mann durch eine Annonce kennengelernt«, sagt Jane. »Er war ein Stadt-Cowboy mit dem Herzen eines Jungen vom Land, suchte ein Mädchen, das ihm seine Wurzeln ins Gedächtnis zurückrufen und neue pflanzen würde. Erinnerst du dich?«

»Ich erinnere mich an den Zebra-Mann.«

»Wen?«

»Genau den.«

Meine Freundin Liza war, wie wir anderen auch, nicht die Person, die etwa auf solche Annoncen zurückgegriffen hätte. Aber eines Sonntagmorgens blätterte sie die Zeitungen durch, als ihr Auge auf eine Annonce fiel.

Frauen finden mich sympathisch und attraktiv. Männer finden mich intelligent und vertrauenswürdig. Meine Mutter findet mich überwältigend, ich habe alles, was ich brauche — Freunde, Geld, eine gute Stellung, ein tolles Leben —, alles außer dem besonderen Jemand. Ich suche eine Frau, die mit mir meine Liebe zu Rock 'n' Roll, Tom Wolfe und tiefgefrorenen Artischockenherzen teilt, ebenso meine Liebe zur Tierwelt.

O ja, dachte Liza, das ist er. Ohne Umschweife schrieb Liza ihre Antwort und fügte ein Bild von sich bei, auf dem sie mit einem Fuchswelpen im Arm, dessen Leben sie gerettet hatte, hinreißend aussah. Zwei Tage später rief er an. Seine Stimme war voll und tief, warm und humorvoll. Er fragte, ob ihre Beine wirklich so lang seien, wie sie auf dem Foto aussahen, oder ob sie sich auf etwas draufgestellt habe.

Sie verabredeten sich. Er war etwas klein für Liza, aber das ist Bruce Springsteen auch, also ließ sich sich davon nicht beeindrucken, besonders, da er ebenso gescheit wie charmant war. Er hatte wirklich eine interessante Arbeit, viele Freunde, ein angenehmes Leben und eine Mutter, die ihn seit der Wasserrohrinstallation für das Beste im Hause hielt. Liza und er gingen zusammen ins Kino. Sie gingen essen. Sie gingen tanzen. Ihr Blut wallte nicht auf wie ein Neonzeichen oder ähnliches, aber sie mochte ihn. Ihr schossen nie Gedanken durch den Kopf wie: Ist er ein bißchen zu ordentlich? Ein bißchen zu organisiert? Hat sein Lachen eine hysterische Komponente? Könnte dieser Mann ein als Liebhaber von Walen verkappter Psychopath sein? Er schien es wert zu sein, daß man ihn besser kennenlernte. Schließlich lud er sie zu sich nach Hause zum Abendessen ein. »Ich bereite das *Chili con carne*, und Sie sorgen für den Wein«, sagte er. Liza meinte: »Olé!«

»Wo kommen die Zebras her?«

Kommen wir noch hin. Nur Geduld!

Obwohl nebenbei beträchtliches Mitleid für einige gefährdete Tierarten zum Ausdruck gekommen war, hatte Liza sich an der Front des Tierlebens nicht verausgaben müssen. Sie war erleichtert. Ihren Erfahrungen nach werden Leute, die sich lautstark über die sich beängstigend verringernden Bestände der Tierwelt Sorgen machen, leicht zu ziemlichen Langweilern im Gespräch. Man sagt: »Oh, die armen Otter!«, und drei Stunden später rattert er immer noch Statistiken herunter und beschreibt Todeskämpfe. Aber bei Abe (so hieß er) war das alles nicht so. Er konnte an einer Tierhandlung vorbeigehen, ohne emotional zu werden. Er konnte »Zoo« und »Safaripark« sagen, ohne daß ihm fast die Stimme versagte. Er erging sich nicht unentwegt über Delphine, sobald man Thunfischsalat bestellte. Nur einmal, als sie ihn fragte, was sein Lieblingstier sei, verschleierten sich seine Augen, als er sagte: »Zebras!«

Die Stunde des Abendessens rückte näher. Liza beschloß, sich zurückhaltend in weite Hosen und ein Baumwollhemd zu werfen. Sie steckte ihr Haar auf, falls er es später herunternehmen wollte. Sie besprühte sich großzügig aus ihrem Vorrat für besondere Gelegenheiten mit »Poison«. Sie klingelte. Was nun passierte, ist in Lizas eigenen Worten nachzulesen: »Er begrüßte mich an der Tür und gab mir einen flüchtigen nachbarlichen Kuß auf die Wange. Ich konnte Bob Seger aus dem Wohnzimmer singen hören (nicht wirklich Bob Seger, Serena, von einer Platte natürlich). Irgendwie bemerkte ich so nebenbei, weißt du, daß an den Wänden in der Diele eine Menge Bilder mit Zebras hingen, habe dem aber keine besondere Aufmerksamkeit geschenkt. Ich bemerkte nicht einmal, daß der Teppich ein Muster hatte, das wie ein Zebrafell aussah. Ich folgte ihm in die Küche. Der Boden war schwarzweiß gefliest, wie bei meiner Mutter, aber ich war doch etwas überrascht, weil er alle Küchengeräte so angemalt hatte, daß sie wie Zebras aussahen. Die Schränke waren grün. Das Tischtuch war mit winzigen, nachdenklich aussehenden Zebras bedeckt. ›Oh, wie ist das hübsch!‹ sagte ich. Er darauf: ›Warten Sie, bis Sie das Badezimmer sehen.‹ So zog ich los, um mir das Badezimmer anzusehen. Er hatte die Wände mit Zebragruppen an einer Wasserstelle bemalt. Die Fußmatten, der Deckelbezug der Toilette und die Handtücher hatten alle Zebra-Drucke. Zebras hielten das Toilettenpapier fest. Ein Zebra umklammerte die Zahnbürsten. In der Badewanne lagen aufblasbare Zebras statt Enten. Ach, komm, Serena, die meisten Leute haben doch Enten, oder nicht? Ich ging in die Küche zurück, wo ein Teller von diesen wirklich tollen Nachos auf dem Tisch stand und ein Glas Wein auf mich wartete. Das Badezimmer machte mir nun weniger zu schaffen. ›Junge‹, sagte ich, ›Ihnen haben's die Zebras aber angetan!‹ Er meinte, das stimme. ›Sollen wir mit unseren Gläsern ins Wohnzimmer gehen?‹ fragte er. Ich antwortete wie ein Idiot: ›Klar.‹

Ich weiß wirklich nicht, ob ich ihm gerecht werde, wenn ich das Wohnzimmer beschreibe. Es war eine Art Kreuzung zwischen einer viktorianischen Jagdhütte und einem Park, der unter einem Motto stand. Alles in dem Wohnzimmer waren Zebras. Das Sofa, die Stühle, die Wände, sogar die Lampenschirme. Ein Zebrakopf hing über dem Kaminsims. Aber das war nicht das schlimmste, Serena. Bei weitem nicht. Das schlimmste war, daß es wirklich überall Zebras gab. Kleine Zebras, große Zebras, mittelgroße Zebras. Zebras aus Plastik, Zebras aus Pappmaché und Zebras aus Holz, Bronze-Zebras und Elfenbein-Zebras und ein Zebra, das von einem Karussell stammen mußte. Überflüssig zu erwähnen, daß ich auf einem Zebra-Tischchen ein Schachspiel mit Zebrafiguren entdeckte.« (Hier unterbrach ich, um zu fragen: »Was hast du zu ihm gesagt?«)

»Nun, ich setzte mich auf diesen Stuhl mit einem Bezug, der aussah wie ein Zebrakopf, und sagte: ›Ich nehme an, es ist recht leicht, für Sie Weihnachtsgeschenke zu besorgen.‹ Und dann sagte ich ihm, daß ich plötzlich meine Regel bekommen hätte und die Bauchkrämpfe unerträglich seien und ich auch nichts bei mir und ich Angst hätte, ich könnte die ganzen Tiere besudeln, und dann ging ich nach Hause.«

Und dabei wollen wir es bewenden lassen.

Wie man aus dem Haus geht: Vielleicht haben Sie mehrere Annoncen aufgegeben, und niemand hat geantwortet. Vielleicht haben Sie auf mehrere Annoncen geantwortet, und wenn Sie vielleicht auch zu einer Flasche Rotwein »Hausmarke« in einem nahe gelegenen Weinlokal führten, führten sie doch nicht zur Liebe. Vielleicht machen Sie sich allmählich Sorgen, weil all die Männer, die das Vermittlungsinstitut anbringt, eine auffallende Ähnlichkeit miteinander haben und nach Odol riechen. Vielleicht spielen Sie allmählich mit der Idee, in der »Loveline«-Annonce zu lügen und dem Computer einzugeben, Sie seien ein zwanzigjähriges, silberblondes Mannequin, das gern tanzt und Sport mit Körperkontakt und Männer liebt, die extravertiert und voller Energie sind. »Also«, sagen Sie. »Ich habe getan, was ich konnte. Ich nehme an, es ist wieder mal Ganz-allein-am-Telefon-Zeit.«

»Überhaupt nicht«, sagt Jane. »Sie haben noch nicht einmal angefangen.«

»Wie bitte?« fragen Sie.

»Nein. Das Motto jeder Frau, die in diesen Tagen der Entbehrung ernsthaft einen Mann finden will, muß lauten: Solange es noch einen einzigen alleinstehenden, heterosexuellen Mann auf diesem Planeten gibt, werde ich nicht ruhen, bis ich ihn gefunden habe.«

»Wirklich?«

»So wahr Ihr batteriebetriebener Vibrator auswechselbare Spitzen hat.«

Also, jetzt, da Sie wissen, daß Sie noch gar nicht angefangen haben, überlegen Sie wahrscheinlich, was — abgesehen davon, daß Sie sich ein »Zu verkaufen«-Plakat auf die Brust heften und die Straße auf- und abgehen können — man noch tun könne. Noch vor ein paar Jahren hätte die Antwort gelautet: *nichts*, aber heutzutage sind die Möglichkeiten unbegrenzt. Wenn Mr.

Richtig nicht zu Ihnen kommt, müssen Sie ihn an Orten suchen, wo er sehr wahrscheinlich anzutreffen ist. »Ja«, sagt Jane. »Das ist wohlüberlegt. Man überlasse nichts dem Zufall — der Zufall ist launisch und unberechenbar.« Vielleicht gehen Sie nie wieder unbefangen in einen Supermarkt, um eine Schachtel Makkaroni zu kaufen, aber Jane garantiert, daß ihre Methode schließlich zu Rigatoni für zwei führen wird.

Natürlich muß eine Frau, die sich auf Männerjagd begibt, immer so gut aussehen, wie sie kann. Jede Minute am Tag. Selbst wenn Sie ihn gerade nicht aktiv suchen, müssen Sie immer der Möglichkeit Rechnung tragen, daß Sie ihm zufällig über den Weg laufen können. Das bedeutet, daß man es sich nie leisten kann, das Haus zu verlassen, ohne daß es picobello in Schuß und anheimelnd ist. Nicht mal schnell mit einem Regenmantel über dem Schlafanzug um die Ecke laufen, weil man einen Liter Milch braucht. Nicht mit Lockenwicklern im Haar hinausstürzen. Niemals denken, es ist ja nur der Klempner. Wenn der Klempner selbst nicht alleinstehend, gut gebaut und den Papageien zugetan ist, hat er vielleicht einen Chef, der es ist. Das bedeutet, daß Sie nicht in Ihren alten Jeans voller Farbflecken und einem abgewetzten Pullover und die Haare mit einem Klein-Mädchen-Clip hochgesteckt, zum Supermarkt schlurfen dürfen. Und wenn Sie die Katze zum Tierarzt bringen müssen, sollten Sie darauf achten, sich sexy anzuziehen, ob Moggy nun aus Klaustrophobie pinkelt oder nicht. Es darf keinen Augenblick geben, da Sie in Ihrer Wachsamkeit nachlassen, keine Situation, in der Sie Ihre Maßstäbe herunterschrauben. Keine zehn Sekunden, in denen Sie mit einem nackten Gesicht und einem Tuch um den Kopf aus dem Haus gehen. »Sie müssen denken wie eine Pfadfinderin«, sagt Jane. »Allzeit bereit.«

Jane Fforbes-Smythes Liste der Örtlichkeiten, wo man auf der Suche nach Männern hingehen sollte

Kneipen und Bars: »Wie bitte?« stoßen Sie hervor. »Haben Sie bemerkt, was für Männer in den Kneipen und Bars herumhängen? Wissen Sie, was einer Frau passiert, die allein eine Bar betritt?«

In der Tat, das habe ich. Die Hälfte der Männer, noch nüchtern genug, um zu sehen, fangen an, einander anzugrinsen und sie mit ihren Augen auszuziehen, und die andere Hälfte bläst ihr den Rauch ins Gesicht. Und doch hat Jane recht, Kneipen und Bars sind zweifellos Orte, wo sich Männer tummeln. Sie treffen sich dort nach der Arbeit, um Dampf abzulassen. Wenn sie nicht zur Arbeit gehen, treffen sie sich ebenfalls dort, um Dampf abzulassen. Sie gehen allein dorthin, wenn sie einsam sind oder einen schlimmen Tag hatten oder schlecht gelaunt sind oder die Vorstellung nicht aushalten, mit einem Fertiggericht nach Hause zu gehen. Die Männer lieben Kneipen und Bars. Sie sind dunkel und rauchig und laut, oft können sie Spiele spielen, wenn es mit der Unterhaltung nicht läuft, und man kann sich idiotisch in einer Kneipe benehmen, und niemand wird mehr sagen als: »Oh, kümmer dich nicht um Jimmy, so wird er immer nach dem dreiundzwanzigsten Bier.«

»Du mußt nicht davon ausgehen, Serena«, sagt Jane, »daß ein Mann säuft, nur weil er in einer Kneipe ist. Männer gehen in Kneipen, um Leute zu treffen und an intellektuell anregenden Diskussionen teilzunehmen. Kneipen servieren heutzutage Mineralwasser und Fruchtsäfte und alkoholfreies Bier.«

Meine Mutter und ich sind nicht so leicht zu überzeugen. »Dein Onkel Joe pflegte in den Kneipen herumzuhängen«, erinnert sich meine Mutter, »und das, weil er Alkoholiker war.«

Und ich würde hinzufügen, daß all die Männer, die ich gekannt habe und die regelmäßig und zielstrebig die Kneipen frequentierten, dies nicht taten, weil sie daran interessiert waren, eine charmante Frau kennenzulernen, die es nach einer lebhaften Diskussion über Monetarismus gelüstete, sondern weil sie sich bis obenhin vollaufen lassen wollten oder weil sie — so war es früher — auf ein sexuelles Abenteuer hofften.

»In dem Kurs ›Wie finde ich einen Mann?‹ sagten sie einem, was man tun muß, wenn man allein eine Kneipe betritt«, sagt Jane. »Du gehst hinein, bestellst dir ein Perrier mit Eis und einer Scheibe Zitrone, und wenn ein netter Kerl dich anspricht und sagt: ›Was macht eine faszinierende Frau wie Sie in einem Etablissement wie diesem?‹, sagst du: ›Ich suche jemanden, den ich lieben kann. Was machen Sie hier?‹«

Wenn Sie entschlossen sind, Kneipen aufzusuchen, sollten Sie die Kneipen sehr sorgfältig auswählen. Solche in der Nähe von Gerichten und Krankenhäusern sind sinnvoll. Solche in der Nähe von Zeitungsbüros sind nicht sinnvoll. Hotelbars und Kneipen in Touristengebieten sind höchst heikel. Die Leute, die sich an die Szene in *My Sister Eileen* erinnern, wo die halbe brasilianische Marine Eileen bis zu ihrem Haus folgt, könnten sich versucht fühlen, Bars in der Nähe des Hafens zu erproben, aber man sollte nicht alle mütterlichen Warnungen, was Seeleute betrifft, in den Wind schlagen. Die Kneipen in der Nachbarschaft (wenn die Nachbarschaft Knightsbridge oder Beverly Hills ist) sind häufig voller Leute, die nicht wissen, was für ein Tag ist, ganz gleich, ob sie es aufregend finden zu erfahren, daß Sie dem liebeshungrigen Prinzen von Wales (Darts-Turnier jeden Freitagabend) über den Weg gelaufen sind.

In den meisten Fällen, möchte ich meinen, setzen Sie noch am besten auf den Barmann. Wahrscheinlich ist er nicht nur die einzige Person am Ort, die nüchtern ist, er ist auch der einzige, der einen wirklich guten Grund hat, dort zu sein.

Eisenwarenläden: Jetzt, da die meisten Kneipen und Klubs für Frauen zugänglich sind, sind Eisenwarenläden und Holzhandlungen die fast ausschließlich männlichen Domänen. Damit meine ich nicht die Art von Läden, die Kuchenformen und Teekessel verkaufen, sondern die, wo Maurerhämmer, lose Schrauben und Nägel, Schutzhelme mit Lichtern darauf und alle möglichen Arten von merkwürdig aussehenden Metallutensilien zu erwerben sind.

»Eisenwarenläden sind hervorragend«, sagt Jane. »Nicht nur, daß sich dort nie andere Frauen aufhalten und daß ein Interesse für Sägen und Kupferrohre eine Frau meist in ein vorteilhaftes Licht zu setzen vermag, sondern es gibt ihr auch noch die Chance, um Hilfe und Rat zu bitten. Männer lieben es, zu helfen und zu raten.«

Es gibt hier allerdings ein Problem. Wenn Sie einen solchen Laden mit ihren Lurex-Radlerhosen und passendem Oberteil betreten und etwas davon murmeln, daß Sie so ein Dings für Wie-heißt's-denn-noch brauchen, sind Sie wahrscheinlich so willkommen wie eine Cocktail-Kellnerin, wenn sie plötzlich mitten in der entscheidenden siebten Runde im Ring erscheint. Alles, was Maurer, Klempner, Anstreicher und Bauunternehmer wollen, ist, mit ihrer Arbeit weiterkommen. Wenn um elf Uhr an einem Montagmorgen Mrs. Hulahans Küche überschwemmt ist oder er aus Versehen beim Rückwärtsfahren aus der Einfahrt seine Werkzeugtasche plattgewalzt hat, ist das letzte, was ein Mann will, irgendeine Frau, die ihn lieb anlächelt und wissen möchte, was für eine Nagelgröße sie für das Montieren eines Regals braucht. Der Mann hinter dem Ladentisch wird Sie ziemlich anfahren (Höflichkeit steht nie in ihren Verträgen), und die gequälten Käufer mit ihren zweireihig geparkten Lastwagen und ihren hysterischen Kunden drängen sich vor Sie, weil sie annehmen, daß Sie nur hereingekommen sind, um nach dem Weg zu fragen. Wenn Sie sich auf der anderen Seite mit alten Jeans und einem Sporthemd vernünftig und seriös anziehen, werden sie Sie nicht nur für einen der Jungen halten, sondern sie gehen davon aus, daß Sie auch den Unterschied zwischen einer Schraubenmutter und einer Holzschraube kennen.

Das Problem mit dem Auftauchen an unerwarteten Plätzen ist, daß Männer, anders als Frauen, sich immer nur auf eine Sache zu einer Zeit konzentrieren können. Ihr Vater ging seinerzeit zur Arbeit und machte seinen Job, und dann kam er nach Hause und mähte den Rasen oder las die Zeitung oder sah fern oder öffnete das Glas eingelegte Zwiebeln, das Ihre Mutter nicht aufbekam. Aber Ihre Mutter verbrachte den Tag damit, daß sie die anfallende Hausarbeit verrichtete, die Eheprobleme ihrer Schwester lösen half, Ihnen den Faltenrock nähte, ohne den Sie nicht leben konnten, das Baby unterhielt, Abendessen zubereitete, die Bilderausstellung im Krankenhaus organisierte, alle Aufträge Ihres Vaters erledigte, Brot und Milch und die Bohnenbüchsen einkaufte, von denen sie wußte, daß sie sie morgen brauchen würde (aber morgen nicht bekommen würde, denn morgen mußte sie die Pfadfinder, ein Essen für zwanzig Personen und den Schulausflug unter einen Hut bringen), und während Ihr Vater sich von seinem schweren Tag erholte, dickte sie den Eintopf an, ließ Sie Wörter buchstabieren und fütterte den Hund. Wenn sie Ihren Vater bat, das Glas Apfelkompott vom obersten Fach für sie herunterzuholen, pflegte er zu sagen: »Um alles in der Welt, Liebling. Ich öffne gerade die Zwiebeln, ich habe nur zwei Hände, weißt du. Ich kann nicht zwei Dinge auf einmal machen.« So passiert es auch, daß eine Frau, die für einen Gipfelkonferenz-Lunch einkauft und in den Supermarkt wegen ein paar letzter Kleinigkeiten gerast ist, sich zusammennehmen wird, wenn sie diesen Tom Selleck entdeckt, der die Aufschriften auf den Milchprodukten zu lesen scheint und verwirrt aussieht. Sie wird ihm ihre Hilfe anbieten. Aber ein Mann, der nichts als Metallplatten im Sinn hat, wird die schöne und intelligente Frau nicht einmal bemerken, die auf die Dübel starrt. Selbst wenn sie nackt wäre, würde er, erst wenn er draußen wieder in seinen Lieferwagen eingestiegen wäre und ihn von der Bordkante wegsteuerte, zu sich selbst sagen: »Meine Güte, muß die gefühllos sein. Vielleicht hätte ich mir doch noch ein Pfund Nägel beschaffen sollen, wenn ich schon einmal da war, nur für den Fall ...«

Rennbahnen: »Rennbahnen?« habe ich gefragt. »Jane, meinst du das im Ernst? Die einzigen Männer, die auf Rennbahnen herumlungern, sind Multimillionäre mit dem plötzlichen Wunsch, mit ihrer neuen Freundin draußen Champagner zu trinken, oder Typen, deren Frauen denken, sie arbeiteten und seien nicht gerade dabei, die Familienersparnisse auf Crazy Mondays Nase zu setzen.«
Sie meint es ernst. »Es ist viel besser als die Wettläden«, behauptet sie, »weil man sich keinen Weg durch die Betrunkenen und Herumlungerer zu bahnen braucht, um hineinzukommen, und Rennbahnen sind nicht so verraucht.«
»Ja ja, so einiges spricht dafür.«
»Und es sind immer eine Menge Männer da.«
»Es gibt auch eine Menge Pferde. Und wie die Pferde sind die Männer, die sich dort einfinden, ziemlich zielstrebig.«
»Nein«, sagt Jane, »es ist absolut perfekt. Wenn sie ihr letztes Hemd verwettet haben, eilen sie zur Bar und sind entzückt,

wenn ein paar attraktive Frauen ankommen und sie aufheitern. Und sie eilen auch zur Bar, wenn sie gewonnen haben, um nach einem aufregenden Mädchen Ausschau zu halten, das ihnen beim Feiern hilft.«

»Ich weiß nicht«, warf ich ein. »Ich habe eher den Eindruck, daß die Kerle, denen eine Frau auf einer Rennbahn begegnet, meist von der Sorte sind, die das Silberservice verkaufen, um auf eine sichere Sache setzen zu können. Neigen Spieler nicht zu dem zwanghaften Verhalten, vor dem uns unsere Mütter immer gewarnt haben?«

»Nicht jeder auf einer Rennbahn ist ein Kandidat für die ›Anonymen Spieler‹, weißt du«, sagt Jane. »Pferderennen ist ein Sport.«

»Das ist auch der Hundekampf.«

»Pferderennen war der Sport der Könige«, fuhr Jane hartnäckig fort.

Und nachdem sie sich auf der Rennbahn entspannt hatten, ergingen sie sich in bewaffneter Aggression.

Sportliche Ereignisse: Zu der großen Tradition des Rennsports gehören alle die anderen von Zuschauern abhängigen Sportarten (Billard und Pfeilwerfen schließe ich aus), die Jane einfallen.

»Aber, Jane«, meinte ich, »viele Sportarten sind nicht nur widerwärtig brutal, und eine oder zwei davon sind wirklich so, daß Menschen dabei gestorben sind, die meisten davon gehören entweder mit zu den Dingen, die Männer mit gleichgesinnten Freundinnen aufsuchen, oder sie sind wichtige Gelegenheiten für das Zusammenschweißen von Männerbanden.«

Ein Mann geht zu Boxwettkämpfen mit Frauen, die Prellungen sexy finden und das Geräusch von berstenden Knochen aufreizend, mit Frauen, die brüllen: »Gut so, Killer, gib's ihm, gibt's ihm«, und nicht in der Hoffnung, daß sie neben ein weibliches Wesen zu sitzen kommen, das während der blutigen Momente die Augen geschlossen hält und wissen möchte, ob er meint, daß der Kerl in den weißen Pluderhosen wirklich verletzt sei.

Ein Mann geht nicht zu einem Fußballspiel, weil er hofft, die Frau seines Lebens zu finden, sondern um jemanden zu finden, den man fertigmachen kann. Jane hat jedoch in ihrem Ehekurs nichts anderes gelernt, als die Dinge philosophisch zu betrachten. »Man weiß nie, auf wen man stößt, während man sich einen Hamburger oder eine Tüte Knabberzeug holt«, sagt sie.

»Auf ein Ungeheuer, einen Riesentölpel, irgendeinen Kerl, dem der eigene Name nicht einfällt, wenn er nicht in seine Brieftasche sieht. Männer mit kleinen Krokodilen auf ihren Hemden.«

»Das zeigt, wie wenig Ahnung du hast«, sagt Jane. »Ich bin in Wimbledon auf Eric Clapton gestoßen.«

»Und?«

»Und er war sehr nett. Er ließ mich sein Glas halten, während er mein Programm signierte.«

»Also, um ehrlich zu sein, ich bin einmal auf Enrico gestoßen, die dritte große Liebe meines Lebens, während ich in der Bierschlange bei einem großen Bowling-Turnier wartete.«

»Und was ist passiert? Hat er dich in die Arme genommen? Hat er dir gesagt, wie sehr er dich vermißte? Hat er dich gebeten zurückzukommen?«

»Er erinnerte mich daran, daß ich noch immer sein Jim-Kweskin-Album hatte, und stellte mich seiner Frau vor.

Sportbegeisterte sind ein schwieriger Haufen. Auf der einen Seite werden sie schnell sehr verdrießlich, wenn man sie vom brillantesten Tor des Jahres ablenkt, indem man sie am Ärmel zupft und wissen möchte, was gerade passiert und wer den Ball hat. Auf der anderen Seite sind sie nicht gerade erfreut, wenn sie neben einer niedlichen bepickelten Blondine zu sitzen kommen, die sich als jemand entpuppt, der über das Spiel, seine Geschichte, seine Regeln, seine Qualität und den Ruf der Spieler auf dem Feld besser Bescheid weiß als sie selbst. Man muß genügend wissen, um sich nicht zu Tode zu langweilen, wenn offensichtlich wird, daß er über nichts anderes reden kann als die vielen, vielen Spiele, die er gesehen hat, wie sie sich voneinander unterscheiden und warum die meisten Schiedsrichter die Sehkraft und das Gehirn eines kleinen Angestellten haben. Aber man sollte nicht so viel wissen, daß er auf den Gedanken kommt, man fordere seine Autorität heraus. Obwohl das Steinzeitalter doch schon um etliche Jahre hinter uns liegt, in denen sie dominieren. Sie sind bereit, für die Kleidung der Frau zu sorgen (aber nicht für *Haute couture*), für ihre Ernährung (aber nicht für *Haute cuisine*), für Kinder und Geburten, aber bei Sport, Geschäften, Morden und Barkeepern hört es auf.«

»Wie immer, Serena«, meint Jane, »du hast einen wichtigen Teil ausgelassen.«

»Nämlich?«

»Die einzigen Männer, die man bei sportlichen Ereignissen kennenlernen könnte, sind nicht die Fans, die du kennst. Wie wäre es mit den Sportlern selbst?«

»Du meinst Boxer? Hockeyspieler? Golfspieler? Ringer? Jane, hast du jemals mit einem Hockeyspieler zu Mittag gegessen? Weißt du, wie es ist, jemandem gegenüber zu sitzen, der keine Zähne hat? Hast du jemals versucht, ein kompliziertes Thema mit einem Boxer anzuschneiden? Glaubst du, daß ein Mann, der seine ganze Freizeit damit verbringt, einen kleinen Ball auf dem Rasen zu treffen, viel an interessanter Unterhaltung zu bieten hat? Glaubst du, daß ein Mann, dessen Kopf auf den Boden gedonnert wird und dem man die Beine jeden Donnerstag hinter dem Nacken verschränkt, eine große Freude im Bett sein wird?«

»Auch altern Sportler nicht sehr gut. Ihre geschmeidigen Körper und heraustretenden Muskeln mögen ihr Herz vielleicht ein paar Takte höher schlagen lassen, wenn sie in ihrer Hoch-Zeit sind. Aber warte nur ein paar Jahre. Der Geschmeidige fängt an, Fett anzusetzen. Der Durchtrainierte fängt an, in die Breite zu gehen. Die Muskelpakete verwandeln sich in Fett. Die Herren bekommen Arthritis und Rheumatismus. Oder ihr Kreuz macht nicht mehr mit, oder sie kommen bis zur Mitte eines Satzes und wissen dann nicht mehr, was sie sagen wollten. Da sie mit dem Verlust der ruhmreichen Tage nicht fertig werden können, werden sie manchmal von einer Flasche oder zwei Gläsern Gin am Tag abhängig, armselige Geschöpfe, die darauf warten, jedem Gast in der Kneipe mit ihrer Geschichte aufzulauern, in welchem Jahr ihnen die Königin einen Fanbrief geschickt hat. Oder sie haben einen tragischen Zusammenstoß bei einem Rennen, das ihr letzter sein sollte.«

»Ach, wirklich?« spöttelt Jane. »Und wie ist das mit Ali Khan? Ich glaube mich zu erinnern, daß er dir ganz gut gefallen hat. Und Daley Thompson? Du würdest ihm nicht helfen wollen, in Form zu bleiben?«

»Ausnahmen bestätigen die Regel.«

Tankstellen und Autowerkstätten: Seit der Nacht, in der Jane und ich den neuen Benzindeckel an der Tankstelle nicht abbekamen, habe ich die Weisheit dieses Ratschlags begriffen. (Der Grund, warum ich den Deckel nicht abbekam, war, daß die Werkstätte, wohin der Wagen zur Reparatur gebracht worden war, die Schlüssel verloren hatte — ein Ereignis, das in der langen Geschichte von Marty's Motors nie vorgekommen war —, und andere Schlüssel waren nicht vorhanden. Ich hatte Schulter an Schulter mit Marty gestanden, während er erklärte, wie der neue Deckel funktionierte, aber die Wahrheit ist, daß ich wahrscheinlich dem nicht so viel Aufmerksamkeit geschenkt habe, wie ich hätte tun sollen. Ich sagte immer wieder: »Ja, klar, in Ordnung, natürlich verstehe ich«, aber ich konzentrierte mich mehr auf das goldene Funkeln in seinen warmen braunen Augen als darauf, in welche Richtung ich den Schlüssel zu drehen hatte. Ich war schon immer leichte Beute für Männer, die mit den Händen arbeiteten. Wie auch immer, der Augenblick der Abrechnung kam, als Jane und ich von einem Abend am Flughafen zurückkehrten (wo Jane gesagt hatte, daß unsere Chancen exzellent seien, ein paar ortsansässige, ungebundene Geschäftsleute zu treffen, deren Flüge wegen Schneefalls verspätet waren) und an einer Tankstelle hielten und ich den Deckel nicht abbekam. Der erste Mann, der uns zu helfen versuchte, sagte: »Ich hoffe, Sie haben es nicht weit. Ich könnte Sie mitnehmen, wenn Sie wollen.« Der zweite Mann sagte: »Warum bringe ich Ihre Freundin nicht nach Hause?« Mit dem dritten feierte man bei einem Kaffee.

Tatsache ist, daß ich zugeben muß, ich habe durch mein Auto mehr Männer kennengelernt als durch Jane. Sie tauchen aus dem Nichts auf und schieben an. Mit Freuden helfen sie einem bei den Kniffligkeiten des Luftdruckmessers. Und sie geben gerne Ratschläge über Motoröl und Reifen. Sie lieben es, sich über den Motor zu beugen und Dinge zu sagen wie: »Oha, das klingt nicht allzu gut.«

Meine Freundin Judy traf ihren Mann in der Nacht, als das Kupplungsseil auf einem Hügel im Regen riß. Er ist Automechaniker. »Also, weißt du«, erzählte mir Judy später, »du wärst ganz schön froh, wenn unter solchen Umständen Alice Cooper

in dem kleinen gelben Lastauto mit dem Blinklicht auftauchte. Hier stand ich, triefend vor Nässe und nervös, und
fragte mich, ob ich je nach Hause kommen würde, und da erscheint dieser absolute Prachtkerl, der sich nicht darüber auf-
regte, daß ich heulte und seine Anweisungen fürs Abschlep-
pen nicht verstehen konnte, der *Racing in the Streets* summte,
als er mit dem Haken hantierte, und der zweimal unterwegs
anhielt, um nachzusehen, ob bei mir auch alles in Ordnung
war. Ich meine, ich mußte ihn doch zu einer Tasse Tee einladen, oder?«
Man halte sich doch an Gebrauchtwagen! Ihr Dasein ist ereig-
nisreicher.

Supermärkte: Janes Überlegung, die sogar Ihrer Mutter ein-
leuchtet, nämlich daß Supermärkte ein geeigneter Schauplatz
für eine Begegnung seien und sie vielleicht endlich dazu führen
könnten, daß Sie einen Grund sähen, sich ein Doppelbett anzuschaffen, beruht darauf, daß ja schließlich »jedermann essen« muß. Das stimmt!
»Alleinstehende Männer mit breitem Rücken und gutentwickelten Brustmuskeln sind für alle da«, sagt Jane. »Supermärkte verkaufen Lebensmittel. Also sind Männer mit breitem Rücken und gutentwickelten Brustmuskeln in Supermärkten zu finden.«
Wozu man nur spöttisch eine Augenbraue hochziehen und
sparsam lächeln kann. Denn Janes Argument ist eigentlich ein
klassisches Beispiel für das, was wir Philosophen Sophisterei
nennen. Es klingt logisch. A + B = C. Aber die Dinge sind
nicht immer so, wie sie scheinen. Janes Argument gleicht einem Satz wie: Wale findet man im Wasser. Der See in der Nähe
meines Hauses ist Wasser, deshalb werde ich zum See gehen,
um einen Wal zu sehen. Wale tummeln sich gewöhnlich nicht

in Seen (wo sie wenig Platz zum Herumplanschen haben und Gefahr laufen, von kleinen ferngesteuerten Segelbooten ange-rempelt zu werden). Genausowenig suchen normalerweise auf-regende, ungebundene und gutaussehende Männer Super-märkte wegen Gemüsebüchsen, Suppen, Saucen und gebacke-nen Bohnen auf (wo sie wenig Platz zum Herumplanschen ha-ben und wo sie Gefahr laufen, von ältlichen Damen angerem-pelt zu werden, die nicht an die oberen Regale herankommen, und von kleinen Kindern mit schokoladenverschmierten Fin-gern). Alleinstehende Männer brauchen keine Supermärkte aufzusuchen, weil sie schon von der Definition her keine Ein-kaufswagen voller Rinderbraten und Kartoffelsäcke brauchen. Alleinstehende Männer werden von ihren Müttern, ihren Freundinnen, ihren weiblichen Bewunderern und mitgebrach-ten Pizzen ernährt. Wenn ein alleinstehender Mann am Abend Lust auf Linsensuppe hat, wird er beim Laden an der Ecke hal-ten und sie mitsamt der Milch und dem Katzenfutter mitneh-men. Wenn er Brot braucht, hält er beim Bäcker und so fort. Wenn also eine Frau ihre schönsten Schuhe und ihr Lederkleid anzieht, ihr Gesicht mit den edelsten Cremes bearbeitet, eine ganze Farbenpalette auf ihren Augen verteilt und sich mit Ma-gnesium aufputscht, nur um mit einem verwirrten Stirnrun-zeln auf dem schönen Gesicht an der Tiefkühltruhe zu stehen und den ersten breitschultrigen, muskulösen, alleinstehenden Mann, den sie seinen Einkaufswagen auf sie zuschieben sieht, ansprechen zu können, ob er einen großen Unterschied zwi-schen *petits pois* und gartenfrischen Erbsen sehe — wenn eine Frau solche Vorstellungen hat, ist ihr der Reinfall sicher. Jeder Mann, den man so sieht, vor allem wenn er im Gehen einen handgeschriebenen Einkaufszettel studiert, ist entweder ver-heiratet oder schwul. Und dann kann es passieren, daß einen halben Gang weiter ein Typ hinter ihm steht und sagt: »Ich werde nicht danebenstehen und zulassen, daß du mir den Magen mit solchem Mist vollstopfst. Wenn du gebackene Bohnen willst, bereite ich sie selbst zu.« Oder daß eine fahl aussehende Frau mit zwei kleinen, an ihr herumhängenden Kindern und einer Zehn-Pfund-Kiste mit Waschpulver im Arm ruft: »Henry, hast du gesagt, du wolltest Spaghetti oder diese kleinen Dinger, die wie Muscheln aussehen?«

Parkplätze: Jane behauptet, die Schönheit des Parkplatzes als Treffpunkt sei augenscheinlich. »Alles andere hat seine Schattenseiten«, sagt Jane. »Aber nicht der Parkplatz. Es ist fast so, als habe Gott zu sich gesagt: ›Was für ein besonderes Geschenk kann ich den alleinstehenden Menschen auf der Welt machen, etwas nur für sie?‹, und plötzlich gab es einen Blitz, und er schnickte mit den Fingern und rief: ›Ich hab's! Ich schenke ihnen den Parkplatz.‹«

Denn sehen Sie, eine Frau, die ihre engsten Jeans und den ihr äußerst schmeichelnden leuchtendblauen Pullover angezogen hat, um einen Sack acht Zentimeter langer Nägel zu kaufen oder zwei erwachsene Männer dabei zu beobachten, wie sie sich im Ring gegenseitig die Schädel einschlagen, sieht wohl eher etwas zu modebewußt und fehl am Platz aus; und eine Frau, die ihren die Formen unterstreichenden Jerseyanzug und ihre niedlichen Lackschuhe trägt, um um den Park zu rennen oder den Wagen zur Inspektion zu bringen, sieht wohl eher *overdressed* aus, wogegen man auf einem Parkplatz alles tragen kann. Shorts, formelle Kleidung, sportliche Business-Kostüme, Nachmittagskleider, Baumwollhemden, Kaschmirpullover — was auch immer, auf dem Parkplatz ist alles genehm. Man kann sich auf einem Parkplatz lange Zeit herumtreiben, bevor jemand auf den Gedanken kommt, man wolle etwas stehlen oder eine Bombe verstecken. Wie lange kann dagegen ein

Lebensmitteleinkauf dauern? Eine halbe Stunde? Eine Stunde? Zwei Stunden? Irgend jemandem wird es schließlich auffallen, wenn man an der Fleischtruhe schon vierzehnmal vorbeigegangen ist, und wird den Leiter holen. »Haben Sie die Absicht, etwas zu kaufen, Madam?« wird er fragen. »Oder haben Sie vor, die Preise auswendig zu lernen?« Auf einem Parkplatz treten solche Probleme nicht auf. Man kann stundenlang darauf umherwandern, man kann weggehen und schnell einen Kaffee trinken oder ein Käsecroissant essen und gestärkt zurückkommen, um von neuem anzufangen. Wenn das Wetter schön ist, kann man sich auf die Stoßstange setzen und die Zeitung lesen, als ob man auf jemanden warte, der die Schlüssel bringt.

»Aber was wirklich schön ist«, sagt Jane, »man kann die Sache in Gang setzen, wie man sie gerne enden sähe, statt sich auf ein ›Entschuldigung, aber ich glaube, das ist mein Platz‹, beschränken zu müssen oder auf ›Tut mir leid, aber ich war zuerst hier‹, oder: ›Stimmt es, daß die Kühe alle mit einem höchst ansteckenden Virus infiziert sind?‹, oder: ›Hätten Sie etwas dagegen, wenn ich Ihnen das gerade eine Sekunde lang anhalte? Ich glaube, Sie haben dieselbe Größe wie mein Vater.‹«

»Aber wie?«

»Du kannst zum Beispiel sagen: ›Oh, es tut mir wirklich leid, Sie zu belästigen, aber mir sind die Schlüssel unters Auto gefallen, und, na ja, wissen Sie, es ist mir irgendwie peinlich, aber wegen meines kurzen Rockes kann ich mich wirklich nicht herunterbeugen und sie mir selber holen. Meinen Sie, Sie könnten mir helfen?‹ Oder du könntest sagen: ›Oh, danke, vielen Dank‹, wenn er dir die drei Einkaufstüten und den Gummibaum abnimmt, ›mein Wagen steht direkt da drüben. Meine Wohngenossin hat Geburtstag, und ich versuche, für sie eine Überraschungsparty zu organisieren. Ich hatte einfach nicht vorausgesehen, wie schwer dieses ganze Zeug ist. Ich weiß nicht, was ich gemacht hätte, wenn Sie nicht dahergekommen wären. Meine Güte, sind Sie stark! Wie kann ich Ihnen nur je danken? Haben Sie heute abend etwas vor? Hätten Sie Lust vorbeizukommen? Da ist wirklich nichts dabei.«

Was ich gerne wissen würde, wie lange die Dame mit ihren drei Einkaufstüten und dem fast einen Meter hohen Gummibaum auf dem Parkplatz umherstapfen muß, bis ein Held kommt und ihr seine Hilfe anbietet!

Stätten der Unterhaltung: Auch ich kann nicht bestreiten, daß die meisten Leute, mit Ausnahme einiger weniger Einsiedler, regelmäßig ihr Heim verlassen, um sich auf die Suche nach irgendwelcher Zerstreuung zu begeben. Sie gehen ins Kino, ins Theater, ins Konzert, Ballett oder in die Oper. Nach dem Fforbes-Smythe-Wahrscheinlichkeitsgesetz gibt es da draußen, wo die hellen Lichter locken, Tausende von Männern, die nach etwas Spaß oder Kultur Ausschau halten — und nach jemandem, mit dem sie solches teilen können.

»Eine Frau«, sagt Jane, »sollte sich nie scheuen, allein irgendwohin zu gehen. Wie willst du jemals jemanden kennenlernen, wenn du alle deine Abende zu Hause verbringst, auf das Fernsehen einredest und versuchst, nicht von deinem Diätplan abzuweichen? Allein auszugehen hat drei wesentliche Vorteile: 1. Es gibt dir eine echte Entschuldigung (nicht, daß du eine brauchst), dein Haar mit blonden Strähnen zu versehen und etwas aus dem Rahmen Fallendes anzuziehen; 2. es bringt dich, da du wunderbar aussiehst, auf den Pfad von zahllosen passenden Männern; 3. selbst wenn du niemanden kennenlernst, bekommst du die Show zu sehen.«

Mit dem Argument hat sie nicht unrecht. Warum sollte man es versäumen, Dustin Hoffman in *Tod eines Handlungsreisenden* zu sehen, nur weil man niemanden hat, der mit einem geht? Da

steht man nach einer langen, anstrengenden Woche am Samstag-
abend da und braucht etwas Erholung, aber alle Freunde sind
beschäftigt (die verheirateten sind irgendwo draußen und streiten mit ihren Ehemännern, und die alleinstehenden bewegen
sich wie grasendes Vieh auf der Weide von einem bis nachts ge-
öffneten Supermarkt zum anderen). Was tut man also? Man
holt die Tortilla-Chips, den Bohnen-Dip und den Gin? Denkt:
Das ist phantastisch, wirklich, da komme ich ein ganzes Stück
weiter heute abend mit dem Pullover, an dem ich stricke, oder
sagt sich, nichts wird mich mehr aufheitern, als zwei Stunden
im Dunkeln zu verbringen und auf Jeff Bridges zu starren, ich
glaube, ich geh ins Kino. Sagt man zu sich selbst, ja bestens, es
ist etwa vierzehn Jahre her, daß ich *Schwanensee* gesehen habe —
es würde mich interessieren, ob sie es seitdem verändert haben?
Wenn man seinen Verstand beisammen hat, macht man sich zu-
recht, küßt den Papagei, dreht die Lichter aus bis auf das eine,
das die Einbrecher in die Irre führen soll, schließt die Tür zweimal ab und eilt in die Stadt. Welches Gesetz besagt, daß man
sich nicht auch allein amüsieren kann? Ist ein Konzert weniger
erfreulich, weil man keinen Mann an der Seite hat, der seinen
Kommentar zum Bogenstrich der ersten Violine abgibt? Ist
durch ein Museum zu schlendern weniger vergnüglich, weil
kein Mann vor einem steht und einem die Sicht verstellt, während er seine Erklärungen über die Bedeutung der roten Qua-
drate und den gelben Spritzer in der Ecke abgibt? Würde ein
Theaterstück seinen Reiz verlieren, wenn der Mann, der sanft
neben einem schläft, nicht der eigene ist? Sagen Sie zu sich
selbst: »Na ja, aber was bringt es mir, wenn ich mir den drei
Stunden währenden japanischen Film ansehe und niemand da
ist, der mir später sagt, daß ich blöde sei, wenn ich nicht ver-
stünde, daß das eine Metapher für die moderne Welt ist?«
Gehen Sie, hören Sie auf mich, gehen Sie, gehen Sie — und amü-

sieren Sie sich. Aber erwarten Sie nicht einen Haufen Prinzen, die um Popcorn und einen schnellen Brandy anstehen. Die meisten Prinzen, denen Sie über den Weg laufen werden und die sich amüsieren, werden in Begleitung ihrer Prinzessinnen sein.

»Aber nicht alle«, sagt Jane. »Zumindest einer von ihnen wird, kurz bevor der Vorhang aufgeht, mit seiner Prinzessin einen Streit gehabt haben und sich allein wiederfinden, voll Verwunderung, was er an dem egoistischen Biest je gefunden hat. Zumindest einer von ihnen wird ein Tourist sein. Zumindest einer von ihnen wird erst kürzlich geschieden worden und entschlossen sein, nicht allein zu Hause zu bleiben, wo die Versuchung so groß ist, seine Exfrau anzurufen, nur um eine andere Stimme zu hören, selbst wenn sie zornig erhoben ist. Zumindest einer von ihnen wird ein Liebhaber der bulgarischen Oper sein, der immer allein geht.«

Vielleicht, aber ich kann nicht umhin zu glauben, daß die einzige Unterhaltungsform, bei der man wahrscheinlich eine beträchtliche Anzahl alleinstehender Männer ohne Begleitung findet, ein Striptease ist.

»Was ist mit Jenny?« fragt Jane.

»Wieso, was soll mit ihr sein?« Es stimmt, daß meine Freundin Jenny einmal einen sehr netten Fensterputzer bei einem Pink-Floyd-Konzert kennengelernt hat. Man ertappte ihn an der Tür, wie er versuchte, eine Flasche Wein hineinzuschmuggeln, und man ließ ihm die Wahl, sie entweder sofort und an Ort und Stelle auszutrinken oder sie dem Rausschmeißer zu überlassen. So trank er sie an Ort und Stelle. Als er kurz darauf versuchte, seinen Sitz zu finden, setzte er sich aus Versehen auf Jenny — man kann sich vorstellen, wie. Bald tranken sie gemeinsam aus ihrer Tequila-Flasche, und am Schluß des Abends (so unwahrscheinlich es klingen mag) brachte er sie nach Hause.

Aber ich kann nicht umhin zu denken, daß dies ein Mords-
glück war. Wie das Leben eben so spielt. Irgend jemand gewinnt die Spieleinsätze, und irgend jemand wird von der
Straße aufgelesen und zu einem internationalen Star gemacht,
und irgend jemand geht zu einem Rockkonzert, wird vom
Bandleader bemerkt und hinter die Bühne gebeten, um nach
der Vorstellung noch ein Glas mitzutrinken — aber die Chancen stehen so, daß nicht Sie es sein werden. Ich selbst bin in
meinem Leben schon bei etlichen Rockkonzerten gewesen,
und obwohl ich häufig mit den Leuten in meiner Nähe Kontakt aufgenommen habe (»Wären Sie so nett und würden den
Rauch in eine andere Richtung blasen?« — »Entschuldigung,
stört Mr. Springsteens Singen Sie bei Ihrer Unterhaltung?« —
»Wie rücksichtsvoll von Ihnen, sich in die braune Tüte zu übergeben!«), traf ich eigentlich nie jemanden, bei dem ich gedacht
hätte, ich würde ihn gern wiedersehen. Falls Sie jemanden entdecken, bei dem Ihnen vielleicht der Gedanke kommt, Sie
möchten ihn an einem weniger besuchten Schauplatz wiedersehen, hat er gewöhnlich jemanden bei sich oder hämmert ver-
sunken auf die Trommeln. Ich habe auch alle möglichen
Filme, Theaterstücke, Konzerte, Liederabende und einmal,
von einer schrecklichen Vernarrtheit fehlgeleitet, eine Oper besucht, aber ich habe mich nie in der Pause verliebt. Noch hat
sich jemand in mich verliebt.

Nehmen wir einmal an, nur um der Überlegung willen, daß
Sie ganz bequem und entspannt dasitzen und sich auf einen
Abend mit mittelalterlicher Kammermusik freuen, als plötzlich eine tiefe und aufregend sinnliche Stimme sagt: »Verzeihen
Sie, aber können Sie Ihren Mantel wegnehmen, ich glaube, das
ist mein Platz«, und Sie sehen von Ihrem Programmheft auf,
um in das Gesicht Ihres Traumprinzen zu starren. Von der ersten Regung eines wollüstigen Gefühls übermannt, sind Sie

nicht in der Lage, einen solch langen Satz wie »Das tut mir leid« zu formulieren, und Sie nicken nur. Sie knautschen Ihren Mantel auf dem Schoß zusammen, grinsen ihn an, als wollten Sie etwas verkaufen (was ja wohl auch stimmt). Sie wünschen sich, Sie hätten auf Jane gehört und es sich zur Gewohnheit gemacht, sich die Augenbrauen zu zupfen und die Wimpern umzubiegen. Sie wünschten, Sie hätten etwas angezogen, das darauf hindeutet, daß Sie einen Busen haben. Das Licht verlöscht. Die Musiker nehmen ihre Plätze ein. Sie fangen zu spielen an. Wenn nicht ein Feuer ausbricht, werden die Musiker bis zum Ende des Konzerts durchspielen und Ihnen wenig Gelegenheit bieten, Ihre Sprache wiederzufinden und eine Unterhaltung zu beginnen.

Parks und Spielplätze: Noch vor Jahren, als die Ehescheidungsrate niedriger war und Sie körperliche Bewegung hatten, als Sie zum Büro zu Fuß gingen, statt mit dem Bus zu fahren, waren die einzigen Männer, die man in Parks oder auf Spielplätzen traf, solche mit Familien oder andere, die hinterm Busch lauerten und darauf warteten, sich zu entblößen oder vorübereilende Sekretärinnen zu strangulieren. Heutzutage jedoch sind die Parks und Spielplätze offenbar brechend voll von alleinstehenden Vätern, die sich auszudenken versuchen, was sie mit den Kindern zwischen Mittagessen und Abendessen an dem für sie bestimmten Wochenende unternehmen könnten. Und mit den alleinstehenden Vätern ringen Tausende von Geschäftsführern und Rechtsanwälten beim Joggen oder Rennen um Raum, dazu die besessenen Radfahrer, die hingebungsvollen Hundebesitzer und gelegentlich die Kampfsport-Vorführer.

»Was könnte leichter sein?« fragt Jane. »Man ziehe nur seine besten Seidenbermudas an, packe etwas Gutes zum Lunch und

eine Flasche Wein ein und eile ins herrliche Freie. Frische Luft, Sonnenschein und eine entspannte, natürliche Atmosphäre.«
Draußen im Freien fühlen die Leute sich frei und unbeschwert. Es entwickelt sich leicht eine spontane Kameradschaftlichkeit, wenn man Leuten begegnet, die dasselbe tun wie man selbst (z. B. mit einem alten Tuch um den Kopf gebunden durch einen herrlichen Park zu rennen, wobei einem der Schweiß den Rücken runterrinnt und man versucht, nicht leidend auszusehen). Jogger lächeln und winken einander zu und lassen sich gelegentlich nebeneinander auf dieselbe Bank fallen. Radfahrer betätigen ihre Klingeln. Alleinstehende Väter, bei denen sich die Anspannung zu zeigen beginnt, nachdem sie sich sechs Stunden lang mit ihrem Kind und dessen Phantasiefreund Coco unterhalten haben, sind gewöhnlich entzückt, einer hübschen und höflichen erwachsenen Frau zu begegnen, die, wenn sie Coco vorgestellt wird, sagt: »Freut mich, dich kennenzulernen, Coco. Habe ich dich hier nicht schon einmal gesehen?«
Hundebesitzer werden der Komplimente über ihre Schoßhündchen nie müde. »Oh«, sagen Sie, als Little Brutus schwanzwedelnd ankommt und seine Nase zwischen Ihre Beine steckt, »was für ein freundlicher Hund.« — »Nicht wahr?« strahlt der Dad von Little Brutus. Sie gehen einen Schritt zurück und Little Brutus einen Schritt vor. Sie versuchen, seinem Kopf mit der Hand einen sanften Stoß zu geben. Wäre er eine Katze, könnte man den Ton, mit dem er auf diese Geste reagiert, für ein Schnurren halten. Sein Atem ist sehr heiß. »Ist er immer so freundlich?« grinsen Sie. Zum erstenmal bemerken Sie, daß Little Brutus und sein Dad dieselben Kragen tragen.
Und anders als bei den Versuchen, eine Unterhaltung mit jemandem zu beginnen, den der zweite Akt von *König Lear* gefangenhält, bietet ein Nachmittag im Park genügend Gelegenheiten dazu. Sie können ihm ein Papiertaschentuch reichen,

zum Abwischen des eiscremeverschmierten Gesichts seiner kleinen Tochter oder der Hundekacke von seinen Schuhen. Sie können den Stock zurückwerfen. Er kann Sie mit seinem Fahrrad streifen. Sie können ein paar Schritte hinter ihm joggen und dann in Ohnmacht fallen. Sie sind nun nicht mehr auf die Eröffnungszüge für ein Gespräch beschränkt und frei, geeignete Fremde anzusprechen und sich über ihre Shorts oder Oberschenkelmuskeln oder die wunderbare Verfassung ihrer Bulldoggen-Zähne auszulassen. Genau wie Hundebesitzer gern über Hunde und Väter über ihre Kinder sprechen, sprechen Radfahrer gern über ihre Räder und darüber, wie viele Fast-Unfälle sie schon hatten, und Läufer sprechen gern über ihre Nike-Trainer. Die Gespräche liegen sozusagen am Wegesrand.

»Natürlich«, sagt Jane, »wenn du in anstrengender körperlicher Ertüchtigung nicht geübt bist, solltest du vorsichtig sein. Abgesehen von den Risiken, sich Risse und Zerrungen und diese Art Dinge zuzuziehen, ist dir wohl nicht daran gelegen, der Liebe deines Lebens zu begegnen, wenn du wie der Umkleideraum nach einem Wettkampf riechst. Deshalb würde ich vorschlagen, wenn du dir nicht sicher bist, wieviel du rennen oder radeln kannst, um gerade so viel zu schwitzen, daß du nach beidem authentisch und ansprechend aussiehst, gehst du einfach zu Fuß — am besten hat man einen Hund oder ein Kind an seiner Seite.«

»Warum?«

»Weil sie dich alles andere als bedrohlich erscheinen lassen und dir meist einen Anlaß geben, etwas zu einem Fremden zu sagen, oder umgekehrt.«

»Und wenn man nun keinen Hund oder kein Kind hat?«

»Leih dir einen oder eines aus!«

»Ist das nicht unehrenhaft?«

»Nein, Serena, das ist nicht unehrenhaft. An jedem Tag im

Jahr führen Millionen Leute Hunde und Kinder spazieren, die ihnen nicht gehören, ohne daß sie für Verbrecher gehalten werden.«

»Okay, okay. Aber was ist, wenn man nun jemand Faszinierendem und Unwiderstehlichem begegnet, während man bis zu den Hüften in einem Springbrunnen steht, um nach der Frisbee-Scheibe oder den Socken zu fischen, und er lädt einen für Sonntag abend zum Essen ein? Was, wenn man anfängt, sich regelmäßig zu sehen? Denkt er dann nicht, komisch, daß die Kinder ausgezogen sind?«

»Immer dieselbe Leier, Serena. Du denkst an die Zeit zurück, als ich zum erstenmal Robin Clooney zum Essen eingeladen und vergessen hatte, daß er damit rechnete, deinen Hund Elwood auf der Couch schlafen zu sehen.«

Es war ein bißchen viel, als Jane ihm sagte, Elwood sei von einem Milchwagen überfahren worden.

Dichterlesungen, Vernissagen, Buchvorstellungen: Jane behauptet, die obengenannten Gelegenheiten seien die natürlichen Schauplätze, wo man Männern mit Verstand, Charisma, hochentwickeltem Rechtssinn und dem Status begegnen könne, der bei Freundinnen im allgemeinen eher Neid als Sympathie auslöse.

»Bist du verrückt?« spöttelt Jane. »Bei Dichterlesungen und Werbeveranstaltungen habe ich mehr phantastische Männer kennengelernt, als du tiefgefrorene Abendessen genossen hast. Sie sind überall. Die Agenten und Verleger sind alle höflich und angenehm und bieten einem immer ein weiteres Glas Wein an, und die Künstler sind alle witzig und verlottert, aber auf eine künstlerische Weise, und fragen einen immer, ob man wisse, wo sie noch ein Glas Wein bekommen könnten. Durch Männer, die ich bei solchen Veranstaltungen kennenlernte, habe ich zwei Anstellungen gefunden und drei Universitäts-kurse bestanden.«

Aber warum sollte man davon ausgehen, daß Männer, die herumgehen und bei Gesprächsflauten T. S. Eliot zitieren oder die Namen von obskuren deutschen Malern fallenlassen, so wie die meisten von uns Anspielungen machen, oder im andächtigen Kreis der übrigen Gäste Philip-Roth- und Stephen-King-Anekdoten erzählen — warum sollte man davon ausgehen, daß solche Männer gescheiter oder amüsanter sind oder einen edleren Charakter haben als derjenige, der Ihr Dach richtet?

Sehen wir den Dingen ins Auge. Die einzigen Männer, die man bei Dichterlesungen findet, sind Dichter und Dichterfreunde, die wie die Freunde von psychopathischen Mördern loyal und von den besten Absichten beseelt, aber oft auch ein wenig naiv sind. (Ich habe einmal einen sehr netten und interessanten Menschen bei einer Dichterlesung kennengelernt, aber das war die Exfrau des Dichters, die mit mir völlig einer Meinung war, daß Dichter manchmal zwar bei einer großen Party dekorativ und farbig wirken können, aber eine Menge zu wünschen übriglassen, wenn es ums Alltagsleben geht.) Und wer treibt sich bei Vernissagen herum und trinkt den kostenlosen Wein und diskutiert über Andy Warhol, wenn nicht Künstler und lauernde Agenten und Sammler? Buchvorstellungen? Der Autor (betrunken), des Autors Verleger (noch betrunkener), des Autors Freunde (kaum in der Lage, sich zu erinnern, warum sie da sind oder wie der Titel des Buches des Autors lautet), jede berühmte und einflußreiche Person, die der Autor und der Verleger kennen (sie sprechen alle über sich selbst) und ein paar gelangweilt aussehende Kritiker, die alle die mageren Snacks vertilgen, bevor jemand anders ihnen nahe kommen kann, und die Getränke herunterkippen, als wüßten sie etwas über das Ende der Welt, das niemand sonst weiß.

Und während nicht geleugnet werden kann, daß kein Mann die Gelegenheit versäumt, über sich zu reden (außer man hat ihn gerade um eine spezielle Information gebeten, etwa: »Wie findest du das eigentlich wirklich, daß ich den Friedenspreis bekommen habe, Harry?« oder: »Seit wann interessierst du dich so für *I Ging*?«), ist aus Männern, die etwas mit Kunst zu tun haben, selten etwas herauszubekommen.

»He, einen Augenblick, bitte«, sagen Sie. »Diese Typen scheinen mir gar nicht so übel zu sein. Das Problem ist, ich werde von der Freundin zum Abendessen eingeladen, und einmal bin ich auch zu einer Weinprobe eingeladen worden, aber ich bekomme nie Einladungen zu Vernissagen oder Buchvorstellungen oder Dichterlesungen. Was kann ich da tun?«

Laut Jane ist das gar kein Problem. Dichterlesungen findet man, zum Beispiel, fast immer in den Kulturführern und Zeitungen angekündigt. Niemand ist je bei einer Dichterlesung abgewiesen worden, weshalb sich das Gerücht verbreitet hat, daß die Obdachlosen unserer Städte zur intellektuellen Elite gehören. Um zu besonderen Veranstaltungen geladen zu werden, braucht man einen Freund in der Branche. Wenn auch nicht unbedingt.

Jane pflegte zu jeder größeren Verlagsparty in der Stadt zu gehen. Sie hatte einfach etwas geschummelt. »Nicht geschummelt«, sagt Jane, »ich habe meinen Verstand benutzt.« Zunächst einmal fand sie heraus, wann, nehmen wir einmal an, der neue Joseph-Heller-Roman herauskommen sollte. Dann rief sie den Verleger an und sagte, daß sie für die TIMES arbeite und ihre Einladung verlegt habe. »Es findet im Bongo-Klub statt, nicht wahr?« sagte sie. »Um acht Uhr dreißig!« Und die Sekretärin sagte dann: »O nein, es findet in der Krypta von St. Jerome's um sieben statt.« Dann brauchte sie nichts anderes mehr zu tun, als zu erscheinen und schnell durch die Tür zu schlüpfen.

»Na, ich weiß nicht«, sagen Sie. »Ich glaube, ich käme mir komisch vor, mich so in eine Party hineinzudrängen. Würde nicht jeder wissen, daß ich da nicht hingehöre? Was, wenn jemand ein Gespräch mit mir anfängt?«

Wenn niemand ein Gespräch mit Ihnen anfängt, gibt es keinen Grund, dorthin zu gehen.

»Na ja, das stimmt natürlich, was ist, wenn ich doch gar nicht so richtig über Literatur Bescheid weiß? Was, wenn mich jemand etwas schrecklich Intelligentes über James Joyce fragt?«

Der Trick ist, behauptet Jane, sich nie falsch am Platz zu fühlen. »Man sage sich einfach: ›Ich habe das gleiche Recht, hier zu sein, wie jeder andere auch‹, hole tief Luft und schlüpfe durch die Tür. Drei Viertel der Leute, die dort herumwogen und über Strukturalismus reden, haben genausowenig Berechtigung, dort zu sein. Und von den vierzig Leuten oder so, die sich an der Bar zusammendrängen, wird der einzige, der viel über Literatur weiß, der Barmann sein oder die Frau, die den Streichkäse mit Kaviar auf durchweichten Crackers herumreicht. Niemand wird dich je etwas Intelligentes zu James Joyce fragen.«

Flughäfen: Zug- und Busbahnhöfe, sagt Jane, sind häufig deprimierend (wie Lyrik-Lesungen und öffentliche Büchereien) und voller Obdachloser. Sie sind ebenso wegen ihrer verheerenden Toilettenverhältnisse bekannt. Flughäfen jedoch sind angenehm und großräumig und lassen einen denken, daß man eher in einem Einkaufszentrum ist als in einem *film noir*. (Dies gilt natürlich nur für die größeren Flughäfen. Kleinere, abgeschiedene Flughäfen, besonders innerhalb der Grenzen der Sowjetunion, können einem auch das Gefühl geben, daß man an einer Episode in einem Gangsterfilm beteiligt ist.) Auf Flughäfen gibt es Restaurants, Läden, Bars und manchmal sogar Fern-

sehen. Man kann leicht ein oder zwei Tage damit verbringen, daß man mit all den interessanten Männern schwätzt, deren Flüge Verspätung haben, bevor sich jemand zu wundern beginnt, wieso man selbst nicht abfliegt. Man nehme sich ein gutes Buch mit oder die Decke, an der man seit fünf Jahren häkelt, meint Jane, so daß ein Mann, der einen gern kennenlernen möchte, sich einfach neben einen setzen und sagen kann: »He, das habe ich schon gelesen. Es ist wirklich phantastisch!« oder: »Was fabrizieren Sie da eigentlich? Eine Pferdedecke?« Man kann alles, was man braucht, im »Handgepäck« mitnehmen: Essen, einen Walkman, etwas zum Lesen, Waschzeug, Kleidung zum Wechseln, ein Mini-Schachspiel, einen Fön, Make-up, Lockenwickler, Haarspray, Mundwasser, Zahnbürste, Parfum... Die Sauberkeit und Geräumigkeit der meisten Flughafen-Waschräume und die Tatsache, daß zu bestimmten Zeiten im Jahr einige Leute ihre ganzen Ferien mit Warten auf ein Flugzeug verbringen, sprechen dafür, daß man ohne Bedenken die Flughafen-Toiletten für eine Reihe von Funktionen benutzen kann, die man normalerweise bei »Damen« von McDonald's nicht in Betracht ziehen würde. Laut Jane finden in der Tat einige Frauen ein paar Tage auf dem Flughafen so entspannend und kraftspendend wie eine Woche am Meer. In Kalifornien schießen sogar Klubs aus dem Boden, die Flughafen-Tours in der ganzen Welt anbieten. »Nicht zu verachten«, meint Jane, »zwei Tage auf dem Flughafen in Athen, zwei in Heathrow, drei in O'Hare, eine Woche in Moskau, man bekommt die ganze Welt zu sehen und sieht zugleich eine große Vielfalt von Männern. Was könnte sich damit messen?«
Ich jedoch, die ich von einer langen Reihe skeptischer Frauen erzogen worden bin, kann nicht umhin zu denken, daß eine Frau, die Angst hat, von einem Terroristen niedergestreckt zu werden, lieber zu Hause bleiben sollte.

Scheidungsgerichte: »Warum nicht?« fragt Jane. »Man weiß, daß es dort Männer gibt, und man weiß, daß sie nicht verheiratet sind. Jedenfalls nicht für längere Zeit.«

»Aber, Jane, hör mal, was ist mit den ganzen gebrochenen Herzen und dem Tod der Familie und all diesen Cowboyliedern über leere Gin-Gläser und die Selbstmorde durch Ertrinken?«

»Werde endlich gescheit, Serena«, spöttelt Jane. »Dies ist das späte zwanzigste Jahrhundert und kein romantischer Roman aus dem neunzehnten Jahrhundert. Die Schwierigkeit mit euch altmodischen Frauen ist, daß ihr zu sentimental seid. Bis ein Paar vor Gericht erscheint, sind die Herzen wahrscheinlich das letzte, was bei jedem von ihnen gebrochen ist. Und selbst wenn du zufällig ein Taxi mit einem Mann teilst, der etwas außer sich ist, weil der Verlobte seiner Frau mit einer Flasche Champagner zu der Verhandlung gekommen ist — was könnte er in jenem Augenblick wohl mehr gebrauchen als weibliche Anteilnahme und Verständnis?«

»Aber, Jane, hör mal, das sind alles die alten Spiele, man bringt jemanden dazu, zum Gegenschlag auszuholen, das ist...« —

»... was die Welt in Schwung hält«, beendet Jane den Satz.

Begräbnisse? Breitet sich eine neue Herzlosigkeit im Land aus?

»Nein, nein, nein«, sagt Jane. »Du mißverstehst wie gewöhnlich die Lage, Serena — keine richtigen Begräbnisse.«

»Gott sei Dank, das ist eine Erleichterung.«

»Die Begräbnisse von Fremden.«

Na ja, da ist mir vielleicht etwas entgangen. Janes Idee ist die folgende. Man liest die Todesanzeigen. Wenn man ein Begräbnis angezeigt findet von, sagen wir mal, einem reichen Geschäftsmann (bei dem man annehmen kann, daß er andere reiche Geschäftsleute gekannt hat, darunter einige unter fünf-

undachtzig), kreuzt man die Anzeige an, entstaubt das
schwarze Samtkostüm, das man vor fünf Jahren beim Ausver-
kauf erstanden hat, wirft eines dieser schwarzen Spitzentüch-
lein über den Kopf — und auf geht's. »Du tauchst beim Grab
auf«, sagt Jane, »und schließt dich der hinteren Gruppe an.
Weine nicht, aber schau so, als müßtest du mit dir kämpfen,
deine Würde zu bewahren, als seist du von Gram ganz betäubt.«

»Ich habe eine Frage«, sage ich.

»Raus damit«, sagt Jane.

»Was ist, wenn dich jemand anspricht und dich fragt, wer du
bist?«

Jane seufzt. »Weißt du«, sagt sie, »manchmal denke ich, dein
Fall ist völlig hoffnungslos. Gerade darum geht es doch, daß
dich jemand anspricht und dich fragt, wer du bist.« Sie lacht.
»Natürlich nicht die Witwe. Aber irgendein glatter, weltmän-
nischer und unglaublich reicher und einflußreicher Mann mit
grauen Schläfen und Platinschmuck beobachtet dich von jen-
seits des Grabes und ist von deiner Schönheit und deiner tiefen
Trauer so beeindruckt, daß er dir anbietet, dich in seiner Li-
mousine nach Hause zu fahren.«

»Ja, aber, Jane«, hake ich nach, »wenn ich erst einmal in der Li-
mousine sitze und er belebt uns beide mit frisch gekühltem
Orangensaft, wird er sicherlich wissen wollen, was ich für eine
Verbindung mit dem Dahingegangenen hatte.«

»Murmel!«

»Was?«

»Murmel! Murmel irgend etwas, das er nicht richtig verstehen
kann, aber mach es so, daß es sehr persönlich klingt, so daß es
unmöglich für ihn wäre, dich noch einmal zu fragen, ohne unhöflich zu wirken. Er wird dann denken, daß du entweder
seine Geliebte warst oder ein uneheliches Kind. Und sobald du

mit dem Murmeln fertig bist, frag ihn noch etwas über ihn selbst, und er wird wahrscheinlich nie wieder eine weitere peinliche Frage stellen.«

Was man noch tun kann

Einkaufen gehen: Eisenwarenläden sind, wie wir schon festgestellt haben, nicht die einzigen kaufmännischen Unternehmen, wo die listige Frau damit rechnen könnte, ein interessantes (oder uninteressantes) Mitglied des anderen Geschlechts zu finden. Ich kenne einige Frauen, meine Großmutter eingeschlossen, die Männer in Buchläden kennenlernten. Im Fall meiner Großmutter sind sie in der Kriminalabteilung ineinandergerannt. Er sagte: »*Schuldig geboren* habe ich gelesen, es ist phantastisch.« Und sie sagte: »Es ist ein Geschenk für meine Nichte. Sind Sie zufällig verheiratet?«
Jane, die aus Einkaufen-Gehen eine Art Hobby gemacht hat, hat eine Menge Erfolg mit dieser Methode. Es gab ihre kurze, doch leidenschaftliche Liebe mit Al, dem Metzger. Sie begann, als sie sich vergewissern wollte, ob das Schwein, von dem sie ein Lendenstück kaufte, mit Würde gestorben war. Es gab den Flirt mit dem Gemüsehändler, der glaubte, sie komme jeden Nachmittag vorbei, um Abfälle für ihr Kaninchen zu holen. Es gab dieses Geplänkel mit dem Mann aus dem Autozubehörladen, der ihr anbot, sie mit dem gerade gekauften Reifen, der Benzinpumpe und den Warnlampen nach Hause zu fahren.
Läden für Männerkleidung sind eine echte Gelegenheit. Sie sind ruhig, und wenn es nicht gerade einen plötzlichen Ansturm wegen Hochzeiten oder Einweihungsfeiern in der Gegend gibt, auch verhältnismäßig leer. Man kann herumschnüffeln, sagt Jane, man kann sich Zeit nehmen. Man kann sich

vom Verkäufer jede Krawatte, jedes Taschentuch und jeden Gürtel zeigen lassen, während man das Kommen und Gehen verschiedener anderer Kunden beobachtet. Wenn man einen natürlichen Hang zu gewagter und origineller Mode hat und kühn genug ist, kann man sogar einen Anzug anprobieren. (»Männer lieben Frauen etwas anrüchig«, sagt Jane. »Natürlich nur so lange, wie sie nicht wirklich so sind.«) Plattengeschäfte stehen offenbar hoch im Kurs. Mit nichts gewinnt man die Zuneigung eines Mannes schneller als mit Zustimmung. »Wow«, sagt man, »Sie mögen auch Dave Bomberg? Ich dachte schon, ich sei die einzige auf der Welt, die überhaupt von ihm gehört hat.« — Und so macht man von Beginn an klar, daß er im Gegensatz zu dem Mann, dessen Frau sich von ihm hat scheiden lassen, weil er die ganze Zeit Bob Dylan hörte, einer Frau gegenübersteht, die seinen Geschmack schätzt.

Mit einer Sportart anfangen: Die Zeit liegt lange zurück, da viele Leute glaubten, daß sportliche Betätigung darin bestand, am offenen Fenster zu sitzen und Drogen zu nehmen. Jetzt pumpt jeder Eisen in sich hinein und spielt Squash, bis das Herz versagt. Man sitzt bei einer Abendesseneinladung neben jemandem, und das erste, was er zu einem sagt, ist nicht: »Ach, ist das Blau schön! Es steht Ihnen sehr gut«, sondern: »Was für einen Sport treiben Sie?« Man sitzt stundenlang im Wartezimmer eines Arztes und liest, was die Leute vor zwei Sommern mit ihrem Haar gemacht haben, als dieser kräftige Mann, der sehr gut aussähe, wenn seine Nase nicht gebrochen wäre, hereinhumpelt und sich neben einen setzt. Jedesmal wenn er versucht, eine Seite von NATIONAL GEOGRAPHIC umzublättern, das er sich irgendwie von dem Beitischchen geangelt hat, windet er sich vor Schmerz. »Mein Gott, Sie Ärmster«, sagt man zu ihm, »lassen Sie mich Ihnen doch helfen.

Was ist passiert, ein Autounfall?« — »Nein«, sagt er mit einer Stimme, die, wie man annimmt, nicht seine normale sein kann: »Rugby.«

»Sport hat einen Sinn«, sagt Jane. »Man kann zwei Fliegen mit einer kräftigen, vernünftigen und gesunden Klappe schlagen. Man kann sich ertüchtigen und jemanden kennenlernen, der sich zur gleichen Zeit ertüchtigen möchte. Wir reden hier über die edleren Sportarten. Wie Tennis. Tennis zieht sympathische Leute an, man kann diese niedlichen Röckchen anziehen, die die Beine freigeben, und nach dem Spiel kann man an der Bar sitzen und Gin und Tonic trinken.«

Tennis zieht auch Tennistrainer an. Der einzige gut erzogene, anständige, ehrenhafte, selbstlose und wirklich charmante Tennistrainer, den es je in der ganzen Geschichte des Universums gegeben hat, war Bill Cosby. Und selbst er war kein echter Tennistrainer, sondern ein Spion. Da dies in der Natur der Sache liegt, spricht das Tennistrainer-Dasein Leute an, die einfach ein bißchen eitel sind und sich gern zur Schau stellen. Sie wissen, daß ihnen Weiß gut steht und daß sich ihr Lächeln gut gegen ihre sonnengebräunte Haut abhebt. Sie betreiben ein Gewerbe, in dem die Pensionierung lange vor 65 ins Haus steht. So müssen sie sich beeilen. Sie sind in einem Gewerbe, wo eine der wenigen angenehmen Begleiterscheinungen eine Fülle von Frauen in niedlichen Röckchen ist, die ihre schönen Beine zeigen. Somit neigen sie zum Flirten und dazu, mehr Muskeln als jene in Armen und Beinen zu benutzen. Wie viele Menschen in einer Machtposition sind sie in den Klang der eigenen Stimme vernarrt und in großen wie in kleinen Dingen von der Richtigkeit ihrer Meinung überzeugt. Ringrichter sind nicht besser.

»Meine Lieblingsbetätigung ist«, sagt Jane, »der Wassersport.« Vielleicht hat Jane hier etwas Bestimmtes im Sinn. Meine

Freundin Zena lernte ihren ersten Ehemann Van beim Ertrinken kennen. Er zerrte sie aus dem Wasser und machte bei ihr Mund-zu-Mund-Beatmung. »Du kannst dir nicht vorstellen, wie das war«, berichtete sie später. »Plötzlich merke ich, wie ich wach bin und am Schwimmbad alles vollspucke, und dann reicht mir jemand ein Handtuch, und ich blicke auf, und da ist dieser griechische Gott — blond und braun gebrannt und stark, und hat diesen besorgten Blick. Ich hätte mich in Lassie verliebt, und so war ich gegen ihn völlig machtlos.«

»Ich dachte nicht ans Ertrinken«, sagte Jane. »Ans Schwimmen. Oder Wasserski. Oder Surfen. Oder Floßfahren im Wildwasser.«

»Wildwasserfahrten? Ich weiß, daß es als Freizeitbeschäftigung eine Menge rauher, attraktiv verwitterter Männer anzieht, aber ich glaube, es ist niemandem zu empfehlen, der angezogen nicht gerne naß wird. Ich würde auch denken, daß Wildwasserfahrten wie Hochseefischen und das ritualisierte Schlachten wehrloser Tiere (Jagen) bei Männern sehr beliebt ist, die vom Tod angezogen sind (entweder ihrem eigenen oder dem von jemand anderem), und bei solchen, die ausziehen, um ihre Männlichkeit zu beweisen, und bei solchen, denen nur drei Aktivitäten einfallen, die sie gern gemeinsam mit Freunden betreiben würden. Man denke an Hemingway. Man denke an *The Deerhunter*.

»Oh, zum Kuckuck, Serena, hör auf, dich hineinzusteigern!«

»Denk an Martin Lightfoot!«

»Das gilt nicht!«

Martin Lightfoot war der halbindianische Führer, den Jane kennenlernte, als sie zum Kanusport auf dem Allagash fuhr. Martin war groß, kräftig, ansehnlich wie ein Elch und wild wie ein Bär. »Er war genau wie alle diese umwerfenden Männer, die man in amerikanischen Filmen sieht«, lautete Janes

Kommentar zu jener Zeit. »Weißt du, gebaut wie ein kleiner Berg, Flanellhemden und Holzfällerbart. Ruhig und scheu, immer höflich, konnte gut mit einem Messer und einem Gewehr umgehen. Wir liebten uns auf Hügeln, an die Bäume gelehnt und selbst in den Stromschnellen. Wir waren wie die Tiere. Es war wunderbar!« Aber was kam dann? Entpuppte sich Martin als einer der Vietnam-Veteranen, die allein in den Wäldern leben müssen, weil der Krieg sie in den Wahnsinn getrieben hat und sie jedermann umbringen wollen? Nein, wie viele andere Leute hat Martin den Krieg verpaßt. Was passiert ist, war, daß Martin nie die Wälder verließ — jedenfalls nicht für lange. Ihm machten Zelte, Höhlen oder abgeschiedene, ungeheizte Hütten nichts aus, aber steckte man ihn in ein Haus, das von den anderen Häusern nur ein oder zwei Meilen entfernt lag, oder in die Flitterwochen-Suite des »Ramada Inn«, wurde er ein gänzlich anderer Mensch. War er mehr als achtundvierzig Stunden weg von der Möglichkeit, von einem Schwarzbären zerfleischt zu werden oder in der Gischt zu ertrinken, dann ade, du reizender, geduldiger, warmherziger und umgebungsbedingt gesunder, netter Kerl, und heil dem Gespenst, das das nördliche Maine heimsuchte. »Schon am zweiten Morgen war er mürrisch und mißmutig und beklagte sich über alles. Das Essen war nicht frisch. Das Essen war zu frisch. Er hatte einen schlimmen Streit mit dem Kellner, weil das Hotelrestaurant keine gebackenen Bohnen in Dosen hatte. Das Bett war zu hart, das Wasser zu weich. Das Licht war ihm zu grell. Es gab nicht genügend Seife. Und das von einem Mann, der zwei Tage lang während eines Schneesturms im Innern eines toten Elchs gelebt hatte. Er war ein großartiger Liebhaber, solange man sich auf einem Floß befand, aber innerhalb von vier Wänden begann einem aufzugehen, daß das, was wie Stunden schien, wenn der Allerwerteste auf den Resten eines alten

232

Zeltlagers auf und nieder wogte, auf einer Federkernmatratze nur eine Sache von Sekunden war. Ebenso wurde offensichtlich, daß, abgesehen von ein paar richtungweisenden Ausrufen hin und wieder — weißt du, schneller, Liebling, langsamer, Herzchen, nicht so doll, oder dem Entzücken über die weiche Haut, die man habe —, Martin einer Frau nicht viel zu sagen hatte. Ich hatte das nicht bemerkt, als wir durch die Stromschnellen schossen oder Zeltlager aufbauten. Ich war zu beschäftigt damit gewesen, in nichts hineinzufallen oder von nichts gebissen zu werden und zu bewundern, wie eins er mit der Natur war. Und vor diesem Hintergrund war sein Interesse an Alte-Wälder-Legenden phantastisch. Aber im Grill vom ›Pilgrim‹, mit Kerzen auf dem Tisch und einem Martini in der Hand, war die dritte Wiederholung der Geschichte von dem Biber, der seine Vorderpfote verlor, längst nicht mehr so reizvoll. Und dann traf ich seine Mutter, und damit war die Sache besiegelt.« — »Sie mochte dich nicht?« — »Natürlich mochte sie mich. Sie liebte mich. Sie sagte, Martin sei genau wie sein Vater. Sie sagte, sie erinnere sich immer noch an den Winter, als sie Holz fürs Feuer schlagen mußte, weil sie drei kleine Kinder hatte und Martins Vater sich an einem Wochenende im November auf die Jagd begeben hatte und erst am vierten Juli wiedergekommen war. Sie sagte, wenn ich mit Martin zusammenbliebe, würde ich nie wieder ein Weinlokal oder eine Oper sehen. Sie sagte, ich würde fiebrig und nicht bei Sinnen mitten in der Nacht aufwachen und denken, daß ich gerade einen Bus an der Hütte hätte vorbeifahren hören.«

Man gehe zu Partys und anderen Festivitäten: Partys veranstalten Leute, denen nichts anderes einfällt, was sie tun könnten, oder sie sind so vielen Leuten eine Abendesseneinladung schuldig, daß sie die einzige Möglichkeit, vor dem Ende des

Jahrtausends ihren gesellschaftlichen Verpflichtungen nachzukommen, darin sehen, sie alle sofort auf einmal zu sich zu bitten. Wenn man zu genügend Partys geht, hat man früher oder später das Gefühl, als sei man in einem Zeit-Aufzug steckengeblieben und gehe immer wieder zur selben Party. »Kann es wahr sein?« ruft man aus und guckt von der Schüssel mit den gerösteten Erdnüssen auf. »Ich werde den Eindruck nicht los, daß ich bei dieser Party schon einmal gewesen bin, diese Nüsse und winzigen Käse-Cracker schon gegessen, diesen Wein schon getrunken und in dieser Diele schon getanzt habe...« Man probiert die Dip-Saucen, riecht an den Oliven, läßt den Blick über die Schallplatten gleiten, die darauf warten, gespielt zu werden. Man lauscht der Unterhaltung des Paares zur Linken über Tiefkühl-Experimente am Menschen. »Ich war hier schon«, sagt man laut, »ganz bestimmt!« Man weiß sogar, wenn man die Treppe zur Toilette hinuntergeht, daß jemand sich eingeschlossen hat und heult; man weiß, an welcher Stelle das Paar in schwarzem Leder zu tanzen beginnen wird. Man weiß genau, wer den Abend damit beenden wird, daß er sich in den Papierkorb übergibt. Man kann sagen, wer von den Freunden des Gastgebers den Lampentisch umwerfen wird, wenn dieser bei einem Streit über Rugby oder Fußball plötzlich in Ohnmacht fällt.

Das hat nichts mit Zauberei zu tun. Es beweist auch nicht, daß man das alles in seinem früheren Leben schon einmal erlebt hat oder daß man wahrscheinlich bei einer nächsten Inkarnation als der Dalai-Lama zurückkehren wird. Die simple Wahrheit ist, daß das alles dieselbe Party ist. Von der allererersten an, wohin man als Teenager ging und wo jemand im Vorgarten einschlief, bis zu jener Party letzte Woche, wo ein besonders geschicktes Paar das Waschbecken im Badezimmer zerdepperte, ist es immer nur ein und dieselbe gewesen.

»Dein Problem, Serena«, sagt Jane, »ist, daß du keinen echten Sinn fürs Abenteuer hast. Du gehst nur zu den Partys von Leuten, die du kennst. Ergo kennst du schon jeden, der anwesend sein wird, und weißt, worum es bei der Streiterei gehen wird, bevor du nur deine Augen geschminkt hast. Wenn nicht der Bulle, der um drei in der Früh an die Tür kommt, besonders umwerfend ist, wirst du wahrscheinlich niemand Neuen bei einer solchen Party kennenlernen. Genau wie bei Begräbnissen — du mußt zu Partys von Fremden gehen.«

»Aber, Jane, Fremde werden mich kaum zu ihrer Party einladen.«

»Unsinn. Wenn du zu den Leuten im Büro freundlich bist, werden sie dich auch einladen. Und wenn du auf Draht bist, wirst du im Delikatessenladen in der Schlange direkt hinter zwei wundervollen Typen stehen, die einen Kasten Bier und fünfzehn Tüten Tortilla-Chips kaufen. Was meinst du, wo die hingehen? Geh ihnen nach. Manchmal wandere ich nachts einfach durch die besseren Gegenden, warte darauf, das Schwingen des Pflasters zu spüren und hellerleuchtete Fenster in einem Oberstock zu sehen. Dann gehe ich hinein.«

»Und fragt dich niemand, wer du bist?«

»Doch.«

»Und was sagst du?«

»Was meinst du wohl, was ich sage? Ich sage, ich bin Jane Fforbes-Smythe.«

»Und fragt dich niemand, wen du kennst?«

»Ich sage, ich bin mit einem Freund gekommen. Edsel. Dieser Name ist immer dienlich. Sehr wenige Leute kennen jemanden mit Namen Edsel. Also sagen sie: ›Oh, ich kenne ihn nicht‹, und das Thema wird fallengelassen.«

»Und was ist mit den Gastgebern?«

»Mit denen? Das einzige Mal, daß ich tatsächlich mit einer

Gastgeberin bei einer Party gesprochen habe, war, als sie unter dem Küchentisch hockte und mich bat, ihr etwas zu trinken zu besorgen. Wir wurden enge Freunde.«

Echte Feiern haben auf der anderen Seite echte zweckdienliche Funktionen. Man feiert Hochzeiten, Bar Mitzvahs (jüdische Konfirmation), Geburtstage, Examina, Doktorwürden, Taufen, Scheidungen, Hauseinweihungen. Mit Ausnahme vielleicht meiner zweiten Hochzeit (bei der vier Leute anwesend waren, einschließlich des Brautpaares, und einer war nach Hause gegangen, um seine Brieftasche zu holen) sind die meisten Feiern größer als die meisten Partys. Die Gästeliste ist bunter. Die Leute kommen aus verschiedenen Städten und Landschaften, sogar aus verschiedenen Ländern. Bei einer Hochzeit zum Beispiel (wo überraschend viele Leute — mit Ausnahme der Braut und des Bräutigams — sich ineinander verlieben) werden die Gastgeber möglicherweise nur eine Handvoll Gäste kennen und somit den größten Teil des Tages damit verbringen, aneinander herumzunörgeln und aus dem Mundwinkel heraus zu flüstern: »Wer ist die fette Dame in dem lila Organza?« (Mrs. Blake, Elizas Mutter, löste dieses Problem bei der Hochzeit ihrer vierten Tochter, indem sie den Gästen Namensschildchen verpaßte: John Housman, Freund des Bräutigams. Lucinda Tucker, beste Freundin der Mutter des Bräutigams. Peggy McGuiness, Marshas beste Freundin aus dem Büro.) So stehen die Chancen, jemanden zu treffen, den man nicht kennt, ziemlich gut. Tatsächlich lernte Eliza Judson, den Vetter des Bräutigams, bei einer solchen Namensschild-Hochzeit kennen. Sie begannen ein Gespräch beim Buffet und schlossen schließlich Wetten darüber ab, wer von den Freundinnen der Brautmutter später bei »Damen« gehört würde, wie sie laut die Frage stellte, ob die Braut vielleicht schwanger sei. Der Hauptgrund dafür, daß es mit Eliza und Jud am Ende doch nicht klappte, ist einer der Vorteile solcher Familienfeiern, was auch wiederum eines ihrer Probleme ist: Die Leute kommen von überallher. Man geht zu einer Hochzeit, und statt sich in den Exwohngenossen des Bräutigams zu verlieben, der in derselben Stadt wohnt und arbeitet, verliebt man sich in den Vetter der Braut, der nur dieser Feier wegen von so weit her wie der Antarktis gekommen ist. Und wenn man an einen von diesen numerierten Tischen verdonnert worden ist, kann es einen ganzen Abend dauern, bis man von der alten Schulfreundin aus Kenia loskommt (sie ist hübsch, charmant, lustig und kennt den ganzen Familientratsch) und zur anderen Seite des Raums gelangt, wo die gegenwärtigen Freunde des Bräutigams sich verborgen halten (von denen die meisten Trottel sind, aber aus der Gegend).

Selbst Jane hat ihre Vorbehalte gegenüber Hochzeiten. »Es sind immer so viele verheiratete Männer bei Hochzeiten, die eine halbe Flasche kostenlosen Whisky hinunterschütten und einen dann zum mexikanischen Hütetanz oder dem Watussi auffordern«, klagt sie.

»Du würdest sie also nicht empfehlen?«

»O doch«, sagt Jane, »natürlich empfehle ich sie. Die Möglichkeiten dort sind riesig. Aber wenn du irgendwie kannst, solltest du vorher die Gästeliste durchgehen, damit du die verheirateten Männer schnell aussortieren kannst. Und bring nie, wirklich nie, einen Begleiter mit, ganz gleich, wie sehr die Brautmutter zu jammern und zu stöhnen beginnt, man bringe die Zahlenharmonie durcheinander. Zu einer Hochzeit einen Freund mitzubringen ist, als brächte man sein Lunchpaket oder eine Büchse Bier mit.«

Ein Gebrauchtauto kaufen oder verkaufen: Natürlich gehen Sie nicht wirklich los und kaufen ein Auto, noch verkaufen Sie eines. Sie tun nur so, als ob. Als Jane beschloß, ein Auto zu verkauen, lieh sie sich von ihrem Bruder den Midget für eine Woche aus. (Er weilte gerade in Thailand und machte Ferien, sonst wäre er damit nie einverstanden gewesen. Nicht mehr, seit sie seine Wohnung verkauft hatte. Was für eine Aufregung! »Man hätte gedacht«, sagte Jane, »daß er geschmeichelt gewesen wäre, wenn ich einen Mann mit einem ähnlichen Geschmack gesucht und gefunden hätte. Aber nein, er konnte an nichts anderes mehr denken als an die dumme römische Vase.«) Dann setzte sie schnell eine Anzeige in die Lokalzeitung und hockte sich ans Telefon und polierte sich die Nägel. So, wie sie die Anzeige formuliert hatte (Motor in bestem Zustand, an der Karosserie geringfügige Ausbesserungen vonnöten), antworteten ihr nur Männer, ganz genau fünf, die sich für Sportautos interessierten (wahrscheinlich deshalb ohne Familie) und somit der Karosseriearbeiten nicht unkundig waren.

»Man muß offenbar einen ungeheuren Aufwand betreiben, nur um einen Mann kennenzulernen«, sagte ich.

»Nur? Was für einen Aufwand?« wollte Jane wissen. »Hältst du das für Arbeit? Ich habe bei meinen Unternehmungen eine Frau getroffen, die einen 1953er babyrosafarbenen Cadillac mietete und dann so tat, als wollte sie ihn verkaufen.«

»Und was ist passiert?«

»Sie lernte zwei Rock-Gitarristen kennen, einen Keyboardmann und den Leiter einer Werbeagentur.«

»Und dann?«

»Na ja, es verlief alles etwas unglücklich. Der Mann, der ihr erst einmal den Cadillac vermietet hatte, sah die Anzeige und tauchte in dem Glauben auf, er bekomme einen Zwillingswagen zu dem seinen dazu. Es kam zu einem entsetzlichen Streit. Aber rate mal, was zum Schluß passiert ist.«

»Lieber nicht.«

»Sie und der Kerl, der ihr den Caddy vermietet hatte, kamen

...atsächlich zusammen. Sie haben zwei Kinder gekriegt, sie ist seine Geschäftspartnerin geworden, und nun ist sie eine treibende Kraft in der automobilen Welt.«

Einen Hund kaufen: Hunde haben den offensichtlichen Vorteil gegenüber anderen Haustieren (ausgenommen, möchte ich vermuten, große Katzen und Schimpansen), daß sie die ganze Zeit hinaus müssen. Das verschafft Ihnen einen Zugang zu einer Gemeinde von Leuten, die so gleichgesinnt sind, daß es sie nicht stört, wenn sie immer voller Haare sind und wie nasse Wolle riechen. Wie wir in dem Abschnitt über Parks schon angemerkt haben, bedeutet einen Hund bei sich zu haben, daß man immer etwas hat, womit man ein Gespräch in Gang setzen kann.
Jane sagt, man sollte nicht vergessen, daß auch in der Zucht und dem Vorführen von Hunden deutliche Vorteile liegen. Die Gemeinde ist kleiner, aber intensiver. Man ist sofort unter Leuten, mit denen man aller Wahrscheinlichkeit nach eine wesentliche Leidenschaft gemeinsam hat. Leute, die dieselbe Sprache sprechen, dieselben Gedanken denken, sich über dieselben Sorgen sorgen. Leute, deren Lebensinhalt der gleiche ist. Der langhaarige Afghane, der Springerspaniel, der Schlittenhund.
Jane machte allerdings eine unglückselige Erfahrung, als sie mit der Zucht von Pekinesen begann. Sie wählte Pekinesen, nicht weil sie sie besonders charmant und reizend fand (ihre Empfindung war eher, daß Gesichter wie die ihren am besten auf billige Horrorfilme beschränkt bleiben), sondern weil sie den Mann in der Tierhandlung, dem fünf langhaarige, wulstäugige kleine Kämpen gehörten, recht charmant und reizend fand. Aber um sich auf dieser Stufe liebevoll mit einem Tier einzulassen, muß man es wirklich mögen. Es muß einem wirklich etwas daran liegen, ob sein Ohr einen achtel Millimeter zu lang ist oder ob es an der Hinterpfote den falschen Farb-

sprenkel hat. Man darf keine Gewissensbisse haben, wenn es darum geht, irgend etwas abzuschneiden, oder auch nicht eine Sekunde lang den Gedanken hegen, daß es eine ziemlich unsinnige Art der Zeitvergeudung sei, einem Tier beizubringen, es müsse mit militärischer Präzision um einen kleinen Ring herumgehen. Es ist auch zu bedenken, daß Hundebesitzer dazu neigen, wie ihre Hunde auszusehen. Wenn Sie das nächste Mal draußen spazierengehen, werfen Sie einen Blick auf den Hund und die menschlichen Paare, denen Sie begegnen. Und dann denken Sie bei sich, wenn ich anfange, Corgis vorzuführen, werden die Leute nicht nur anfangen zu bemerken, wie kurz meine Beine sind, sondern ich werde schließlich mit einem Mann leben, der übergroße, spitze Ohren hat. Jane und Edward kamen eines Abends zu dem Schluß, getrennte Wege zu gehen, als sie in dem von ihnen häufig besuchten kleinen ungarischen Restaurant speisten. Es war schummriges Licht. Die Geigen schluchzten. Der Paprikaduft hing wie Weihrauch in der Luft. Sie hielten quer über den Tisch Händchen. Sie starrte ihm sehnsüchtig in die Augen. »Es war so merkwürdig«, sagte Jane am nächsten Tag. »Aber plötzlich begriff ich, daß ich nicht wußte, ob ich in Edwards große feuchte, braune Augen blickte oder in die Ninkumpoos des Dritten. Einen Augenblick lang dachte ich wirklich, Edward hätte eine feuchte schwarze Nase, die wie eine nasse Handtasche aussah.«

»Aber das Beste an Haustieren ist«, sagt Jane, »daß sie Tierärzte brauchen.« Tiere werden krank oder erleiden depressive Anfälle oder brauchen Spritzen, alles Situationen, die es notwendig machen, daß man sie zum Arzt bringt. Anders als viele Allgemeinärzte, die offenbar häufig für ihre Patienten nichts übrig haben und sie als lästig empfinden, mögen die Tierärzte gewöhnlich die ihren. Sie zeigen sich ihnen gegenüber mitfühlend. Natürlich ist es keine Garantie, daß ein Mann, der

Hunde und Nagetiere mag, nicht ganz mies sein kann, aber es besteht wenigstens eine fünfundachtzigprozentige Chance, daß er es nicht ist. Jane meint, die einzige Schwierigkeit hierbei liege nur darin, daß man seinen Tierarzt nicht so regelmäßig sehen könne, daß man seine Aufmerksamkeit von der kahlen Katzenpfote lange genug ablenken könne, um ihn zu der Frage zu bewegen, ob man mit ihm ausgehen wolle. »Einmal«, sagt Jane, »habe ich mich in diesen Tierarzt namens Abe verliebt. Jedesmal wenn er sagte: ›Könnten Sie Portia eine Sekunde lang halten, Miss Fforbes-Smythe, ich möchte ihr nur eine kleine Spritze geben. Es wird überhaupt nicht weh tun‹, schmolz ich dahin. Aber ich habe ihn nie wirklich zu Gesicht bekommen, weißt du? Und wenn ich ihn zu sehen bekam, guckte er in Portias Maul oder steckte ihr ein Thermometer in den Hintern. Ganz gleich, was ich anhatte oder wie ich duftete, er nahm keine Notiz von mir. Ich mußte wohl etwas Drastisches tun, oder die intimste Unterhaltung, die wir je miteinander führen würden, würde sich um das Entflöhen von Portias Lager drehen.«

»Was also tat Jane?« rief man aus.

Was Jane tat, war, sich kranke und verletzte Tiere auszuleihen. Eines pro Monat. Im Oktober war es der Spaniel ihrer Mutter, im November die Tigerkatze einer Freundin, im Dezember der Hamster von dem kleinen Mädchen nebenan. Sie schnappte sich im April Buckwheat (der das Reisen verabscheut und kein gutererzogener Patient ist).

»Wirklich«, fragt man aufgeregt und erinnert sich an den eindrucksvollen Tierarzt, der einem beim letzten Besuch zeigte, wie man eine Katze spritzt, »hat es funktioniert?«

Nicht wirklich. Es hat insoweit funktioniert, als er anfing, Jane mit ihrem Namen statt dem der Katze anzureden. »Ja, hallo, Jane«, pflegte er zu sagen, »und was können wir heute für Sie tun?« Aber es funktionierte nicht etwa so, daß er angefangen hätte, sich mit der Besitzerin eines Leguans zu verabreden.

Frühstücken: Klar, wenn Sie Ihr Frühstück an Ihrem eigenen Küchentisch zu sich nehmen wie die meisten normalen Menschen, mit der Katze auf dem Schoß und dem Toast, der sanft vor sich hin röstet, werden Sie bestimmt niemanden kennenlernen, außer es bricht jemand ein. Sie müssen hinausgehen.

»Hinausgehen? Zum Frühstücken?«

Geschäftsleute tun dies offenbar unentwegt. Ebenso Junggesellen und Pendler, die für mehr als eine Tasse Kaffee keine Zeit haben, bevor sie aus dem Haus stürzen.

»Reizvoll am Draußen-Frühstücken ist«, sagt Jane, »daß es etwas Subtiles an sich hat. Wer würde erwarten, bei Eiern und Speck verführt zu werden? Außer Warren Beatty, Serena!«

Aus diesem Grund ist, wie Jane behauptet, Männer beim Frühstück kennenzulernen eine angenehme Art, eine halbe Stunde oder so zu verbringen. Es gibt keinen Druck, keine Erwartungen, man kann man selbst sein. Das Make-up ist frisch, und das, was man anhat, ist noch unzerknittert. Wenn Sie ein Morgenmensch sind, strahlen Sie Gesundheit und Energie und eine wunderbare Stimmung aus. Wenn Sie ein Nachtmensch sind, sind Sie sowieso noch im Bett.

»Such dir ein Hotel mitten in der Stadt«, sagt Jane, »irgendwo, wo es viele Unternehmen und Büros gibt. Das verschafft eine gewisse Bandbreite, Hotelrestaurants sind natürlich auch gut, aber dort läufst du wieder Gefahr, einem vielversprechenden Menschen zu begegnen, der nur sechzehn Stunden von Budapest entfernt wohnt.«

Also gut, es ist ein strahlender Freitagmorgen. Ihre Schuhe sind geputzt, Sie tragen Ihr Lieblingskleid und schweben mit einem schicken Attachékoffer durch die Türen des nächsten In-Cafés. Sie sehen sich um. Die Tische sind alle besetzt. Sie mustern sie mit einem schnellen Blick. An einem Tisch an der Wand sitzt ein nett aussehender Mann in der Art Anzug, die vermuten läßt, daß er eine gute Stellung hat, aber in keiner Bank arbeitet. Er liest eine Zeitung, die mehr Text als Bilder aufweist. Einen Ehering können Sie nicht entdecken. Sie wünschen sich, Sherlock Holmes wäre bei Ihnen und könnte Ihnen etwas mehr über diesen Menschen erzählen, es sei denn, Sie schlendern selbst zu seinem Tisch hinüber und sagen: »Verzeihen Sie, wenn ich störe, aber ich habe mir überlegt, ob ich mich nicht an Ihren Tisch setzen könnte. Ich hasse es so, auf diesen Holzstühlen zu sitzen.« Er wird natürlich ja sagen. Er ist ein Gentleman. Er ist fast vollkommen. Und Sie sind nicht in Tränen aufgelöst oder so etwas Ähnliches. Tatsächlich sehen Sie selbst recht nett aus. »Sicherlich«, sagt er, »seien Sie mein Gast.« Sie denken daran, Eier zu bestellen, damit Sie ihn um das Salz bitten müssen.

»Beschränke diese Taktik nicht aufs Frühstück«, sagt Jane. »Eine Frau sollte überhaupt keine Hemmungen haben, draußen allein eine Mahlzeit zu sich zu nehmen — Mittagessen, Abendessen, Brunch, einen Imbiß nach dem Theater —, aber sie sollte sich noch weniger zieren, einen interessanten Mann anzusprechen und ihn darum zu bitten, mit ihr seinen Tisch zu teilen. Du solltest natürlich immer zu beliebten, gut besuchten Restaurants gehen, sonst könnte es ein bißchen zu offensichtlich aussehen.«

Irgendwo Mitglied werden: Als man noch ein Kind war und während der Schulferien im Haus herumzulungern und zu jammern pflegte, daß das Hirn vor Langeweile verkümmere und nichts zu tun sei, sagte die Mutter, man solle irgendeiner

Gruppe beitreten. »Warum gehst du nicht in eine Theater-gruppe?« pflegte sie zu fragen. »Warum gehst du nicht zu den Bibelstunden? Warum meldest du dich nicht freiwillig im Krankenhaus?« Und immer hat man nein gesagt. Immer hat man ein angewidertes Gesicht gemacht und geseufzt und ge-stöhnt und sie ein weiteres Mal darüber informiert, daß sie nichts verstehe. Jetzt gibt Jane Ihnen denselben Rat.

Es ist nicht wirklich wichtig, wo man beitritt: den Bibelstun-den in der Kirche, dem Lesezirkel in der Nachbarschaft, den Anonymen Alkoholikern, einem Vogelwartklub, einem Streichquartett — allem, was einen aus dem Haus treibt und in die Nähe einiger passender Männer.

»Die Anonymen Alkoholiker sind eine der besten Gruppen, de-nen man beitreten kann«, sagt Jane, »denn dort trifft man garan-tiert Männer, die ihre Frauen und Freundinnen vor langem verlo-ren haben, als sie sich jede Nacht betranken und das Fernsehgerät durchs Wohnzimmerfenster schleuderten. Und jetzt, da sie trok-ken und die wirklich netten Kerle sind, die sie im tiefsten Innern waren, brauchen sie eine Frau an ihrer Seite, die sie liebt und un-terstützt. Sie halten Ausschau. Aber alle die Frauen, die sie ken-nen, erinnern sich daran, wie es war, als sie nach vier Uhr nach-mittags nur noch lallten. Sie erinnern sich an die Zeit, als er mit-ten im Gespräch auf einer Cocktailparty anfing, an der Wand herunterzurutschen. Und da erscheinst du.«

Ja, aber, Jane, die Anonymen Alkoholiker ermutigen be-stimmt keine Leute, die nie ein Alkoholproblem in ihrem Le-ben hatten, einfach von der Straße hereinzukommen und ein Stück Kuchen mit ihnen zu essen.

»Oh, Serena«, seufzt Jane, »du wirst es nie lernen.«

In den Urlaub fahren: Die Schwierigkeit mit unserem All-tagsleben ist, daß es zur Routine wird, verplant erscheint. Da sind Sie, schön, lebhaft, intelligent, spritzig, energiegeladen, freundlich, mitfühlend, lustig, originell, liebenswert, eine Expertin in Rock 'n' Roll, Vorkriegs-Kriminalromanen und Chili con carne — aber wer weiß das? Wer schätzt Sie? Die Männer, die Sie im Laufe eines normalen Tages sehen, denken an Sie alle auf verschiedene Weise. Da ist Miss Wishbone, die Frau, die nie das passende Kleingeld im Bus zur Hand hat. Da ist Miss Wishbone, die Frau, die fettarme Milch trinkt. Da ist Miss Wishbone, die Frau, die immer den Waschsalon unter Wasser setzt. Da ist Miss Wishbone, die Frau, die immer ihren Volkswagen anschiebt. Da ist Miss Wishbone, deren Schreibtisch so sauber ist, daß jedermann annimmt, sie sei seit einer Woche verreist. Die Männer gucken einen nicht an und sehen die Frau nicht, die fünf Stunden lang mit einer Rose zwischen den Zähnen Fandango tanzen kann. Sie betrachten einen und sehen eine Frau, die ihnen gerade das Leben wegen der Avocados schwermacht. Sie sehen einen auf dem Weg zur Kaffeemaschine vorbeigehen und denken nicht: Mit der würde ich mir jetzt gern einen Teller scharf gewürzter Chips teilen. Sie denken vielmehr, o Himmel und Hölle, wenn ich bis Mittwoch nicht den Bericht fertig habe, wird sie auf mich losgehen. Wie kann man von einem Mann, der einen nur weinen sieht, wenn man im Verkehr das Auto abgewürgt hat, erwarten, daß er sich ohne Schwierigkeiten vorstellen kann, wie man sich bei einer Kissenschlacht halb totlacht.

Die Lösung ist, so oft wie möglich dem Alltagsleben zu entkommen und das Niemals-Niemals-Land zu betreten, wo sich niemand am Morgen erheben muß, um zur Arbeit zu gehen oder abzuwaschen oder Stichtage und Verabredungen einzuhalten oder anderen Verpflichtungen nachzukommen, als gelegentlich die Barrechnungen zu bezahlen. Die Lösung ist, irgendwo hinzufahren, wo niemand vorgefaßte Meinungen von

Ihnen hat; wo jeder Mann, den Sie kennenlernen, sich fragen wird, ob Sie ungebunden sind, bevor er sich fragt, ob Sie eine Korinthenkackerin sein könnten. Die Lösung ist, in den Urlaub zu fahren.

»Allein?«

»Nicht unbedingt«, sagt Jane. »Man kann eine vertrauenswürdige Freundin mitnehmen. Aber man bedenke, daß weibliche Bande häufig zu Bruch gehen, wenn Männer in der Nähe sind. So etwas beabsichtigen wir nicht, es passiert einfach. Das hängt mit unserer Erziehung zusammen. Wenn sich beide für denselben Mann interessieren, können sie sich auf zwei Wochen Schweigen und donnernde Badezimmertüren in einem Bungalow in Griechenland gefaßt machen. Zwei Wochen höflicher und gesitteter Bitten um etwas weniger Krach oder etwas mehr Licht oder um die Auskunft, wo die Sonnencreme hingekommen sei. Zwei Wochen, in denen du herausfindest, daß, wann immer du deinen Badeanzug in der Badewanne liegengelassen hast, jemand anders ihn ostentativ zum Trocknen nach draußen gehängt hat. Die Situation wird nicht besser, wenn die Freundin, mit der du wegfährst, dem allgemeinen Schönheitsideal etwas näher kommt als du selbst. Dann endest du schließlich als die Person, die alle Postkarten schreibt und alle Souvenirgeschenke einkaufen geht und alle Hotelmahlzeiten ißt — die eigene und die deiner Freundin —, weil sie im Preis inbegriffen sind und du Verschwendung nicht erträgst. Du wirst die Person, die von ihr und dem jungen Gott, in den sie sich verliebt hat, bedauert wird. Arme Miss Wishbone. ›Warum kommst du nicht mit uns aufs Paddelboot?‹ fragt sie voll echter Sorge, du könntest zuviel Zeit in der Hotelbar verbringen und Postkarten schreiben. Und du antwortest: ›O nein, du weißt, was für eine empfindliche Haut ich habe‹ — anstelle der Wahrheit, die da lautet, daß dir danach zumute ist, sie zu ertränken.

Deshalb, Serena, wenn du mit einer Freundin fahren willst, was natürlich eine wunderbare Sache ist — da stimme ich ganz mit dir überein —, trage Sorge, daß ihr vorher einen Nicht-Wettkampf-Pakt miteinander abschließt. Ich selber ziehe es gewöhnlich vor, allein zu fahren.«

Viele Frauen können es sich nicht vorstellen, allein in den Urlaub zu fahren. Was sie sich vorstellen können, ist, daß sie mit Creme auf der Nase, einer Sonnenbrille auf den Augen und einem vierhundert Seiten dicken Taschenbuch auf dem Bauch am Strand sitzen, umgeben von einander liebkosenden Pärchen oder Familien, die aussehen, als seien sie gerade dem Titelblatt einer Zeitschrift entsprungen — und dann können sie sich vorstellen, wie sie eine Flasche Gin leeren, um den Rest des Tages zu überstehen. Sie können sich ausmalen, wie sie ganz allein an einem Einzeltisch sitzen, auf dem die Kerze nie von jemandem für anzündenswert gehalten wird, und über dem Brötchen und dem Kaffee ein tapferes Gesicht aufsetzen, aber schließlich am Ende des Tages in das Mussaka-Gericht hineinschluchzen. Sie können sich sehen, wie sie in der Disco auf einem Stuhl in der Ecke hocken und angestrengt den glücklichen Urlaubern zulächeln und wie sie sich schließlich gern von den Kellnern zum Tanzen führen lassen.

In Wirklichkeit gibt es wenige Dinge, die man mehr genießt als einen Urlaub allein. Man lernt, sich in ungewöhnlichen Situationen ganz auf sich selbst zu verlassen. Man lernt, aus den eigenen inneren Kräften zu schöpfen. Man verharrt nicht zwei Wochen lang in der Sicherheit des Pools, weil der Mensch, mit dem man gekommen ist, einen Sonnenstich oder Kopfschmerzen oder keine Lust hat, sich alte Gemäuer anzusehen. Man entdeckt seine eigene Abenteuerlust, die jahrelang durch eine undefinierbare Angst verdeckt war, man müsse jung und hilflos sein, um etwas zu essen zu kriegen. Man entdeckt, daß man eigentlich eine ganz gesellige Person ist, die sich leicht anderen anschließt, aber auch ihr Alleinsein genießt.

»Du entdeckst«, sagt Jane, »daß es doch ein paar ungebundene und nicht unattraktive Männer gibt, die nach jemandem Ausschau halten, der ihnen unter einem romantischen August-Mond ins Ohr bläst, während die Sterne funkeln und die Hotelband ›I want to hold your hand‹ spielt.«

Denn im Urlaub kann man sein, wer und was man will. Keiner von den Männern, die Sie kennenlernen, vom Exkursionsführer über den Hotelmanager bis zum Mann in 283, der für sich bleibt und von dem es heißt, er sei »geschäftlich« hier, hat irgendeine Vorstellung von Ihnen. Sie sind aufregend und geheimnisvoll. Sie sind sinnlich und kultiviert. Sie können einen feuerwehrroten Lippenstift tragen und ihre Schultern mit Glitzerstaub besprenkeln. Sie können Ihr Haar wallen lassen, herumflirten und unmöglich sein, und niemand erzählt es Ihrer Mutter. Niemand kommt im Dezember im Gang auf Sie zu und sagt: »He, he, he, erinnerst du dich, wie du mit dem Kerl, der eine Augenklappe trug, letzten Sommer in dem leeren Schwimmbad getanzt hast?«

In der Nähe von »Männer« herumlungern: »Also, Jane, nicht jede Männertoilette eignet sich für derartige Aktivitäten, weißt du. Du würdest dich nicht gern längere Zeit vor den Toiletten der Bus-, Eisen- oder Untergrundbahnhöfe herumtreiben wollen, wo die Risiken, von einem Terroristen niedergestreckt zu werden, noch deine geringsten Sorgen sein würden.«

»Natürlich nicht«, stimmt Jane zu. »Aber wenn du dich in den besseren Hotels und Restaurants etwas in der Nähe der Toiletten aufhältst, wirst du voller Überraschung entdecken, wie viele interessant aussehende Männer öffentliche Toiletten benutzen, allein zu dem Zweck, für den sie ursprünglich gedacht waren.«

Der Trick ist, sagt die Expertin, nicht so auszusehen, als lungere man herum, sondern als warte man entweder darauf, daß die Freundin aus »Damen« herauskommt, oder als versuche man, die Zigarettenautomaten zu betätigen.

»Okay«, sagen Sie, »ich steh also da, summe eine einfache Melodie vor mich hin und sehe immer wieder erwartungsvoll zu ›Damen‹ hin, und da kommt dieser wirklich gutaussehende Mann aus ›Herren‹ und bedenkt mich mit demselben Blick, den ich ihm zuwerfe. Was tue ich dann?«

Sie tun das gleiche wie das, was Ihre Großmutter getan hätte (das heißt, ihr spitzenumsäumtes, nach Lavendel duftendes Taschentuch fallen lassen). Sie lassen Ihre Handtasche fallen. Natürlich müssen Sie sich vergewissern, daß Ihre Handtasche offen ist und beim Fallen den ganzen Inhalt um sich herum verstreut. Es gibt nichts Wirkungsvolleres, als im »Hilton« unter einen Zigarettenautomaten zu kriechen und das Mascara-Röhrchen einer Fremden aufzufinden, um das Eis zu brechen. Bis die letzte fremde Münze und der Plastiklöffel wieder in Ihrer Handtasche stecken, hat er längst vorgeschlagen, an die Bar zu gehen.

»Und in manchen Fällen«, fährt Jane fort, »hast du vielleicht Lust, deinen Warteposten in der Bar zu verlassen und tatsächlich aus Versehen zu den ›Herren‹ hineinzugehen.« — »O Gott!« würden die meisten von Ihnen ausrufen, Auge in Auge mit dem aufregenden magnetischen Mann, der Sie dazu gebracht hat, die ganze gute Erziehung durch Ihre Mutter hinter sich zu lassen. »Ich habe mich vertan!« Ein paar Sekunden lang würde er wahrscheinlich überhaupt nichts sagen. In dieses Schweigen hinein schlägt Jane die Worte vor: »He, hat Ihnen schon jemand mal gesagt, wie sehr Sie Bruce Springsteen ähneln?«

Verhaftet werden: Sie denken, das geht zu weit, nicht wahr? Da bin ich ganz Ihrer Meinung.

»Keinesfalls«, sagt Jane. »Ich meine, es geht nicht darum, daß du nun eine Bank ausraubst oder jemandem eins überbraten sollst oder so was. Du mußt nicht einmal richtig verhaftet werden — es geht lediglich um einen Grund, die Bekanntschaft eines Gesetzeshüters zu machen. Der Vorteil, verhaftet zu werden, liegt jedoch darin, daß du es nicht nur mit Polizisten zu tun hast, wenn du weißt, was ich meine.«

Jane denkt an Jenny, die verhaftet wurde, weil sie das Fahrgeld im Bus umgehen wollte. Malcolm wurde eingelocht, weil er einen Wäschekorb die Straße heruntergekickt und somit den Verkehr aufgehalten hatte (das ist eine von diesen langen Geschichten). Nachdem man sie herausgelassen hatte, gingen sie zusammen einen trinken und bemitleideten sich gegenseitig. Am Schluß des Abends sprachen sie über die merkwürdigen Zufälle im Leben und wie es manchmal den Anschein hat, als geschehe alles nach Plan. Das Schicksal wurde mehr als einmal erwähnt. »Ich meine«, sagte Jenny am nächsten Tag zu mir, »wie wäre ich ihm jemals begegnet, wenn das nicht passiert wäre? Er ist Meeresbiologe und ich Volksschullehrerin. Er lebt in einem riesigen Wassergehäuse und ich in einer kleinen Wohnung im Landesinneren. Er hat noch nie einen Wäschekorb die Straße hinunterbefördert, und ich hatte noch nie meinen Busfahrschein verloren. Kismet.«

Und dann ist natürlich auch Jane einmal verhaftet worden. »Es war eine unbedeutende Verhaftung und vor allem ein Mißverständnis. Ich würde lieber darüber reden, wie ich ausgeraubt wurde und der Beamte, der dann kam, um die Sache aufzunehmen, mich zum Essen einlud.«

»Aber das ist es ja gerade: Polizisten laden immer die attrakti-

ven, respektablen Frauen ein, die sie bei ihrer Arbeit kennenlernen. Wenn sie es nicht täten, wäre es, als arbeite man in einem Restaurant und könnte nie ein Sandwich oder einen Pudding essen.«
Was für eine attraktive Darstellungsweise!

11

Woher weiß man, ob er sich engagieren will, ob er zuviel Liebe von einem verlangt, in Wirklichkeit Frauen haßt oder einen wirklich liebt, wie man ist?

QUIZ

Also gut, Sie haben Janes untadelige Ratschläge befolgt und sind das Problem in direkter, wissenschaftlicher, dem zwanzigsten Jahrhundert gemäßer Manier angegangen. Keine triefende Sentimentalität. Keine Schau und keine Verhaltensängste. Kein Auf-ihn-Warten, damit er Sie finde. Sie sind durch Hunderte von Supermärkten gestapft, haben jeden Eisenwarenladen und jede Holzhandlung innerhalb eines Umkreises von dreißig Kilometern kennengelernt, waren mit Ihrem Jahresbericht drei Tage im Verzug wegen des Darts-Turniers und haben jedem männlichen Wesen, das Sie kennen, Weihnachts- und Geburtstagsgeschenke für die nächsten acht Jahre mitgebracht. Und es hat funktioniert, Sie haben jemanden gefunden. Die Frage ist nun, wen genau Sie gefunden haben. Wird er sich als einer der großen Unentschlossenen im Leben entpuppen? Ist er wirklich die Wonne Ihres Herzens? Wählen Sie ehrlich die passendste Antwort. Keine Schummelei. Lassen Sie ihm auch nicht den Vorzug des Zweifels zugute kommen. Wenn er Sie nach vier Tagen nicht angerufen hat, obwohl er es für »morgen« versprochen hatte — kommen Sie bitte nicht zu dem Schluß, daß dies so ist, weil sein Telefon nicht funktionierte, als er anrufen wollte, und er dann auf die Straße gestürzt ist, um aus einer Telefonzelle anzurufen, er aber nicht das nötige Kleingeld hatte, oder weil er bei einem verrückten Unfall zwischen einem Motorradboten, einem Käse-Transportwagen und einer Telefonzelle eingeklemmt wurde und nun, ständig Ihren Namen murmelnd, im Koma liegt. Sie können ihm keine Extrapunkte geben, wenn er vier Stunden zu spät zu Ihrer Essenseinladung mit einer Johnny-Walker-Fahne und ohne triftigen Grund auftauchte, nur weil Sie meinen, ihn zu verstehen und zu wissen, daß er zu spät gekommen ist, weil er Angst vor der Begegnung mit Ihrem Chef hatte. Sagen Sie nicht zu sich selbst: »Ezekiel ist vielleicht meine letzte Chance, jemanden zu kriegen, für den ich kochen und putzen und waschen kann; ich möchte mich nicht in eine Lage bringen, wo ich ihn verlieren könnte.« Und merken dann an, daß er Ihnen doch ein Geburtstagsgeschenk gemacht hat, obwohl es nichts anderes war als zwei Eintrittskarten für einen Ringwettkampf, den er sehen wollte.

1. Es war Begehren und Sehnsucht auf den ersten Blick. Auf einer Party bei den Crabshaws saßen Sie eingezwängt in einer Ecke, während eine entzückende Frau Ihnen aus ihrem vergangenen Leben erzählte. Sie erinnerte Sie etwas an die Schwester Ihres Vaters, bevor diese alles im Haus mit braunem Papier zudeckte. Gerade als Sie zu überlegen begannen, daß Ihr augenblickliches Leben genauso lange dauerte wie die letzten vierzehn von Ihrer Gesprächspartnerin zusammengenommen, entdeckten Sie die hagere, doch imponierende Gestalt drüben bei den Getränketischen, die ge-

rade die letzten Winzlingsquiches verputzte. Sich entschuldigend, unterbrachen Sie eine ziemlich farbige und nicht weniger komplizierte Geschichte über das Leben in China im ersten Jahrhundert und stürzten hinüber zu diesem hungrigen Mann. Sie baten ihn, Ihnen ein Käsebällchen zu reichen. Ihre Blicke trafen sich. Ein winziges Flöckchen Teig schwebte von seinem Schnurrbart hinunter auf seine Blumenkrawatte. »Kommen Sie häufig hierher?« spöttelte er. Da Sie beide rationale, reife Personen sind, die etliche ernsthafte Beziehungen hinter sich haben, hat keiner je von »Liebe« oder selbst »tiefer Zuneigung« gesprochen, doch haben Sie und Albie sich seit jenem Abend mindestens vier Nächte von sieben gesehen, und Sie haben eine Zahnbürste mit einem festen Platz in seinem Badezimmer. Als Sie sich eines Morgens gerade anziehen, sagen Sie: »Albie, Liebling, wir sehen uns nun seit sechs Monaten, und, ehrlich gesagt, werde ich es etwas leid, die ganze Zeit meinen Koffer mit mir herumzuschleppen, damit ich am nächsten Morgen etwas anderes zum Anziehen habe. Die Leute im Zug müssen denken, ich sei ein Callgirl. Meine ganzen Arbeitskolleginnen nennen es ›Liebesgepäck‹. Könnte ich nicht eine Schublade in deiner Kommode kriegen — nur um ein paar Sachen dazulassen?« Er

a) sagt: »Natürlich, Miss Wishbone. Ich wollte es selbst schon vorschlagen, aber ich wollte nicht, daß du denkst, ich bedränge dich oder stelle Forderungen. Du wirst die mittlere Schublade leer finden. Was können wir tun, um das zu feiern?«

b) sagt ein, zwei Sekunden lang gar nichts, dann bekommt er etwas Teuflisches in die Stimme und schnarrt:

»Ohoho, ich hätte wissen müssen, daß dies passieren würde, meine Süße. Erst ist es die Zahnbürste, dann ist es die Kommodenschublade — ihr Frauen seid schon gerissene Geschöpfe, sei dessen versichert, hehehe.« Er rollt die Augen, so daß man nur das Weiße sieht, und macht etwas Merkwürdiges mit seinen Zähnen: »Aber wer könnte dir das vorhalten«, fährt er fort, »wo ich so unwiderstehlich bin?« Sie legen das als »vielleicht« aus.

c) seufzt, blickt noch einmal in den Spiegel und fängt an, seine Krawatte zu entknoten, mit einem Ausdruck auf seinem anziehenden Gesicht, der besagt, daß es Ihr Fehler ist, daß er seine Krawatte neu binden muß. »Ich wußte, daß das kommen würde«, sagt er schließlich. »Es ist immer dasselbe. Man trifft eine Frau, die einem gefällt, man hat eine schöne Zeit mit ihr, und schon rückt sie einem auf den Pelz, macht Pläne, nimmt die Dinge in die Hand. Plötzlich ist alles ›wir‹ und ›uns‹. Das nächste wird sein, daß du mir bei der Wahl meiner Klamotten behilflich bist und mir sagst, wohin ich in die Ferien fahre.« Mit Abscheu wirft er die Krawatte auf den Boden und rauscht aus dem Zimmer. An jenem Abend ruft er Sie an und fragt, ob Sie mit ins Kino kommen. Direkt bevor das Licht ausgeht, sagt er: »Oh, übrigens, Miss Wishbone, falls du dich fragst, was damit passiert ist, ich habe die Socken, die du heute morgen vergessen hast, in die mittlere Schublade meiner Kommode gesteckt. Da war noch etwas Platz.«

2. Sie und Richard haben sich den ganzen Sommer über gesehen, Sie haben sich bei der Grillparty eines Freundes ken-

nengelernt. Richard hielt den Schirm über den Grill, und Sie schützten die Zutaten mit einem Regenmantel. Er beeindruckte Sie sofort mit seiner Gelassenheit und Ruhe. Er ist einige Jahre älter als Sie, und all dies, zusammen mit der Art, wie er sofort die Sache in den Griff bekam, als die Hamburger anfingen, naß zu werden, genügte, um Sie von seiner Reife und seiner Einsicht zu überzeugen. Jetzt ist fast Weihnachten. Sie und Richard haben nicht wenig Zeit miteinander verbracht. Er hat Sie seinen Kindern aus erster und zweiter Ehe vorgestellt. Er ließ Sie den Kuchen für sein Geburtstagsfest backen. Er hat Ihnen einige Ratschläge wegen der Beziehung zu Ihrer Mutter gegeben. Sie sind deshalb irgendwie davon ausgegangen, daß Sie Weihnachten miteinander verbringen würden. Deshalb haben Sie alle anderen Einladungen abgelehnt. Und deshalb sagen Sie etwa eine Woche vorher: »Also, was für ein Essen soll ich Weihnachten machen?« Er

a) sieht mit einem leicht amüsierten Gesichtsausdruck von dem Buch auf, das er gerade liest: »Also, eigentlich, Liebling«, meint er, »dachte ich, sei ich dran, da du zu meinem Geburtstag den Kuchen gebacken und die würzigen Dip-Saucen bereitet hast. Ich wollte ein ruhiges Essen für zwei machen, und ich dachte, wir könnten für den Abend meine Kinder zu einem Glas herüberbitten.«

b) schlägt sich an die Stirn (eine vielsagende Geste, wenn man bedenkt, daß er gerade Auto fährt) und sagt: »Oh, mein Gott, wie kannst du mir jemals verzeihen? Es tut mir schrecklich leid, Miss Wishbone, aber wegen des Weihnachtsessens haben mich so viele Leute bedrängt,

257

daß ich schließlich verzweiflungsvoll aufgegeben und sie alle zu mir eingeladen habe.« Sie wenden sich ab und wischen die Feuchtigkeit von dem Fenster neben Ihnen, damit er Ihre zitternde Unterlippe nicht sehen kann. »Natürlich«, fährt er mit diesem teuflischen Grinsen um die Mundwinkel fort, das Sie so sehr lieben, »habe ich gehofft, daß du auch kommst. Ich weiß noch nicht, ob ich Lust habe, eine Bratensauce zu machen.« Ihrer beider Lachen klingt wie Schlittengeläut.

c) kehrt Ihnen den Rücken zu, als er die Tür zuschließt: »Weihnachtsessen? Für uns?« fragt er. »Aber, Miss Wishbone, ich habe sechs Kinder, vier davon über zwanzig. Meinst du nicht, daß einige von ihnen, wenn nicht alle, diese Festtage mit mir verbringen wollen?« Sie fühlen sich gedemütigt. Am Ende stellt sich heraus, daß keines die Festtage mit ihm verbringen will, so sagen Sie die in letzter Minute ausgesprochene Mitleidseinladung ab und rösten ein unglückliches Huhn (bis Sie kamen, waren dem Metzger alle frei herumlaufenden Truthähne ausgegangen).

3. Sie und Larry sind bei einer Party, die sein bester Freund veranstaltet, und alle Leute, die Larry seit Jahren kennt, sind anwesend. Für diese Gelegenheit (allein bei dem Gedanken daran kriegen Sie nasse Handflächen) haben Sie ein halbes Monatsgehalt für dieses einfach umwerfende Kleid und für Schuhe ausgegeben, bei denen man den Eindruck hat, daß Ihre Füße den Boden ein paar Zentimeter vorher berühren, als sie es tatsächlich tun. Sie haben sich massieren lassen, sind in die Sauna und zur Kosmetikerin gegangen, haben eine Stunde auf der Sonnenbank verbracht und

Ihrem mausgrauen Haar mit Strähnen Glanz verliehen. Sie haben ein paar Leute kennengelernt, haben gefällig über dieses und jenes geredet und fangen an zu glauben, daß alles ganz gut läuft, als die Tür aufgeht und diese gutaussehende Frau, unauffällig, doch elegant mit einer Seidenbluse und verblichenen Jeans angetan, hereinstelzt. Es tritt eine hörbare Stille ein, und aller Augen wandern von ihr zu Larry. Ihr Blick findet den Larrys so schnell, daß Sie sich eine Sekunde lang in einem Theaterstück dünken. Die Leute fangen wieder zu reden an, plötzlich und laut, und die Frau an der Tür beginnt, langsam den Raum zu durchqueren. Larry

a) sagt: »Das, falls irgendein Zweifel besteht, ist Barbara.« Er legt den Arm um Sie und schmunzelt leicht, so wie er es tut, wenn er weiß, daß Sie die einzige Person im Raum sind, die den Scherz erfaßt. »Komm«, sagt er, »ich möchte, daß du sie kennenlernst.« Sie begreifen sofort, daß Sie auch Ihre alten Jeans hätten anziehen und sich die Ausgabe eines Vermögens hätten sparen können.

b) legt einen Arm um Ihre Schulter, als ob Sie und er beide zu einem Fußball-Team gehörten, und sagt: »Täuschen mich meine Augen, oder ist das wirklich Barbara, das Miststück?« Er fährt fort: »Sie sehen eine der größten Männerfresserinnen der heutigen westlichen Zivilisation vor sich. Eine Frau, die Kleopatra wie eine Pfadfinderführerin wirken läßt.« Er tätschelt Ihre Schulter. »Du wartest hier, mein Mädchen«, sagt er aufgeräumt, »ich möchte dich nicht schlechten Einflüssen ausgesetzt sehen. Ich bin gleich wieder da.« Erst später, als Sie der Gastgeberin beim Aufräumen helfen, entdecken Sie ihn ohnmächtig auf dem Schlafzimmerboden. Die Mäntel waren in dem Raum verstreut.

c) beginnt zu lächeln, als wüßte er nicht, wer gerade unanständige Geräusche von sich gegeben hat. Als Barbara, mehr oder weniger zu ihm hinschwebend, vor ihm stehenbleibt, sagt er: »Du siehst wundervoll aus«, und streicht ihr etwas befangen über die Wange. Sie sprudeln ein paar Worte heraus, wie es Leute tun, die sich nach langer Zeit wiedersehen, und dann, während er ihr einen Witz erzählt, trifft seine Hand Sie zufällig, und er sagt: »Oh, mein Gott, wie unhöflich von mir. Barbara, darf ich vorstellen, Mela ... Susa ... B ...« — »Miss Wishbone«, bieten Sie mit halb von Mordlust und halb von Tränen erstickter Stimme an. Barbara antwortet: »Nett, Sie kennenzulernen«, und das ist das letzte Wort, das Sie von beiden für etliche Stunden zu hören bekommen. Schließlich wandern Sie allein herum. Dann gehen Sie nach Hause. Um zwei Uhr morgens werden Sie von einem betrunkenen und überanstrengten Larry geweckt, der Ihnen sechs Stunden lang alles darüber erzählt, wie ihm Barbara das Herz gebrochen hat.

4. An einem jener intimen Abende, wenn das Feuer knistert und der Schnee vom Sturm gegen die Fensterscheiben gepeitscht wird und Sie sich nicht erinnern können, sich jemals so glücklich, so zufrieden, so eins mit sich gefühlt zu haben, beschließen Sie, dem Mann, an dessen Brust Sie ruhen, von Lionel zu erzählen. Da er die große Liebe Ihres Lebens war und zu den wichtigsten Ereignissen in Ihrem

Leben gehört, ein Mann, an den Sie (einschließlich der Nachwehen, Trauer- und Genesungszeit) fast ein Jahrzehnt verschwendet haben, halten Sie es für wichtig, daß er nicht geheimgehalten wird. Er

a) lauscht ruhig jedem nichtigen Detail, gibt nur seinen Kommentar ab, wenn er wirklich etwas zu sagen hat, steht mehr als einmal auf, um Kaffee zu kochen oder sich etwas zu trinken zu holen, und schließlich, als die Morgendämmerung sich zögernd durch den noch immer fortdauernden Sturm Bahn bricht, sagt er: »Ich bin wirklich froh, daß du mir genügend vertraut und mir das erzählt hast, Miss Wishbone, du bist wirklich ein Mensch, dem ich mich nahe fühlen kann.«

b) hört ruhig eine Weile zu (aber mit einem Gesichtsausdruck, der bedeuten könnte, daß er sich überlegte, ob er für die Reparatur seines Autos nicht einen zweiten Sachverständigen hinzuziehen sollte), und dann, wenn die Rührung Sie innehalten läßt, bevor Sie zu dem schmerzlichsten Teil der Geschichte kommen, fängt er an zu erzählen, wie erledigt er war, als Desirée, seine große Liebe, am Ende beschloß, ihrem Mann nach Hongkong zu folgen.

c) sagt: »Hör mal, Miss Wishbone, deine alten Liebhaber interessieren mich genauso wenig wie Einzelheiten von deinem letzten Besuch beim Gynäkologen.«

5. Seit Monaten redet er drüber, daß er Ihnen den Teil des Landes zeigen möchte, wo er herkommt. Jedesmal wenn er im Fernsehen eine Autowerbung sieht oder einen Blick

vom Sonnenuntergang erhascht oder Kartoffelbrei zum Mittagessen ißt, sagt er zu Ihnen: »Oh, Miss Wishbone, wenn ich dir doch nur die Lower Sodding zeigen könnte. Es gibt keinen schöneren Ort auf dieser weiten Erde. Wenn du ihn siehst, weißt du, wer ich wirklich bin.« Eines Nachts, wenn Sie sich an ihn geschmiegt und sein unwirkliches Ich kennengelernt haben, sagen Sie: »Schau mal. Wir haben beide unseren Urlaub vor uns. Fahren wir doch nach Lower Sodding! Mir fällt nichts ein, das ich lieber sehen würde.« Er sagt:

a) »Das ist wunderbar. Als erstes werde ich morgen früh meine Familie anrufen. Was meinst du, wann wir losfahren könnten?«

b) »Das ist wirklich nicht die richtige Jahreszeit.«

c) »Miss Wishbone, es gibt noch etliche andere Leute, die gern mit mir fahren würden. Ich sage dir Bescheid.«

6. Es ist ein strahlender Samstagmorgen. Der Himmel ist blau, das Gras grün, und die Sonne scheint sich das Herz aus dem Leibe. Sie und der Geliebte haben eine wunderbare Nacht hinter sich, und an diesem Morgen nennt er Sie seinen kleinen »Kraulebär«, und Sie nennen ihn »süßen Hitzkopf«. In dieser Stimmung bieten Sie an, das Frühstück zu machen. Er sitzt am Tisch und preßt Orangen aus, während Sie die Eier zum Kochen bringen. Was passiert dann?

a) Er ist mit dem Saftauspressen fertig, steht auf, um die Schalen wegzuwerfen, und drückt Sie im Vorbeigehen kurz an sich. »Ich kümmere mich um den Toast«, sagt er, »während du den Schinken brätst.« Beim Frühstück stippt er seine Weißbrotstreifen in Ihr Ei, und Sie stippen die Ihren in seins. Nach dem Frühstück geht's wieder ins Bett.

b) Er hat solche Mühe mit den Orangen, daß er gar nicht bemerkt, daß Sie nicht wissen, wie man ein Ei kocht. »Ich habe noch nie gesehen, wie das gemacht wird«, brummt er, von einem Nachglanz ist bei ihm nichts mehr zu spüren. »Warum kaufst du dir nicht eine Saftpresse, wie ich eine habe?« Die Kerne spritzen überall herum, und der Saft ist überall auf seinen Händen und auf dem Tisch, und etwas Orangenfleisch klebt an seiner linken Augenbraue. »Ich will keine Saftpresse«, sagen Sie. »Ich bin mit der alten Methode ganz glücklich.« — »Aber es ist primitiv, Miss Wishbone«, grantelt er, »bist du einer von den umgekehrten Snobs?«

c) »Liebling«, sagt er und sieht von seiner Tätigkeit auf. »Was um alles in der Welt machst du da?« — »Süßer Schatz«, antworten Sie, »ich koche Eier.« — »So?« fragt er mit einer Stimme, die nicht ganz so warm ist wie während der vergangenen Nacht, als er fragte, ob seine Hände kalt seien. — »Ja«, sagen Sie, wobei noch immer ein Lächeln auf Ihrem Rosenmund spielt, »ja, so.« — »So kocht man keine Eier«, sagt er und verfällt genau in den Ton, den er anschlägt, wenn Sie am Steuer sitzen. — »So koche ich Eier«, erklären Sie mit erstarrtem Lächeln. — »Liebling«, sagt er, »du machst das falsch.« Es folgt dann eine Fünfundvierzig-Minuten-Diskussion über die richtige und falsche Methode, ein Ei zu kochen. Sie sehen jedes Kochbuch in Ihrem Regal durch und finden, daß von den beiden, die sich mit dem Thema befassen, eines befürwortet, die Eier ins Wasser zu geben, bevor es kocht, und das andere, wenn es kocht. Er sagt auch, daß das erste Buch unrecht habe. Obwohl Sie es kaum glauben können, daß Sie jemand geworden sind, der sich wegen etwas so Nichtigem streitet, rufen Sie Ihre Mutter an. »Nun«, sagt die Mutter, »ich habe die Eier früher so gekocht wie du, aber dein Vater hat mich davon abgebracht.«

7. Als Sie anfingen, sich mit Aloysius zu treffen, skizzierte er mit aller Deutlichkeit die Grundregeln Ihrer Beziehung. Eifersucht und Besitzansprüche erträgt er nicht. Sie, die Sie zuviel Selbstachtung und innere Sicherheit haben, um eifersüchtig und besitzergreifend zu sein, waren einverstanden. Er ruft Sie an einem Abend an, von dem Sie sagten, Sie blieben zu Hause, um das Badezimmer zu streichen, aber es antwortet niemand. Wie geht er damit um?

a) Beim nächsten Mal, wenn er Sie sicht, sagt er: »Ich habe dich neulich abends angerufen, um dich daran zu erinnern, daß *Scheidung auf italienisch* lief. Hast du daran gedacht, dein Video anzustellen?«

b) Wenn Sie um neun Uhr nach Hause kommen, sitzt er vor Ihrer Wohnung mit einem Kübel neben sich, in dem ein gebratenes Huhn und eine Sechserpackung Bier liegen. »Du hast mir gefehlt«, sagt er. »Ich dachte, ich komme rüber und helfe dir.«

c) Er steht um acht Uhr morgens auf Ihrer Türschwelle, kommt gerade auf seinem Weg zur Arbeit vorbei.

»Möchtest du einen Kaffee?« sagen Sie, überrascht, ihn zu sehen. Er späht über Ihre Schulter und schnüffelt: »Ich hätte gern eine Erklärung«, sagt er.

8. Archibald sieht sich gern als so etwas wie einen sexuellen Erneuerer. Eines Abends beschließen Sie, Archibald mit etwas zu überraschen, was Sie in Wathamstow gelernt haben. Er

a) sagt, er wäre glücklich, in Ihren Armen zu sterben;

b) verliert seine Erektion;

c) ist drinnen, draußen und in tiefem Schlaf, bevor Sie sich in die nächste Position begeben haben.

Was (oder wen) haben Sie also bekommen? 1 Punkt für jedes »a«, zwei Punkte für jedes »b« und drei Punkte für jedes »c«. Wenn Ihr Mann es auf genau acht Punkte bringt, ist er zweifellos derjenige, welcher. Er ist so ausgeglichen, vernünftig, sensibel, intelligent, voller Humor und erwachsen, daß es fast schwierig erscheint zu glauben, er sei menschlich, geschweige denn männlich. Sind Sie sicher, daß Sie ganz ehrlich waren?
Wenn Ihr Mann zwischen neun und dreizehn Punkten hat, hat er keine Angst, sich zu engagieren. Er verlangt von Ihnen nicht, daß Sie ihn zu sehr lieben, er hat nichts gegen Frauen, und wahrscheinlich mag er Sie sehr. Er hat die gelegentliche Grauzone in seiner Persönlichkeit und Psyche, aber im ganzen sucht er die Perfektion, und seine kleinen Fehler sind geradezu liebenswert. Jeder mag Vermutungen anstellen, warum er lange genug allein geblieben ist, damit Sie ihm begegnen

konnten, aber es gibt ein paar Bonusse in dieser Welt, die jeder simplen Erklärung trotzen, und er ist unbedingt einer davon.

Wenn Ihr Mann zwischen vierzehn und sechzehn Punkte hat, sieht er, wie billiger Kuchen, besser aus, als er vielleicht tatsächlich ist. Unter seiner vernünftigen Oberfläche lauert das winzige Herz eines Mannes, der Ihnen mehr Anhänglichkeit entgegenbringen möchte, als er selbst für gut hält. Es würde ihn jedenfalls nicht allzusehr stören, wenn Sie ihn über Gebühr liebten, das ist sicher. Er hat Augenblicke der Sensibilität und Fürsorge, wenn er seine Abwehrhaltung und Unsicherheit beiseite geschoben hat. Das sind die Momente, in denen er am zärtlichsten ist, nicht wenn eine kleine menschliche Schwäche durchschimmert. Menschliche Schwäche unterdrückt er tunlichst.

Zwischen siebzehn und einundzwanzig Punkte kennzeichnen einen Mann mit einigen ernsthaften Problemen. Augenblicke der Sensibilität und Fürsorge sind selten, es gibt mehr Momente, in denen er fälschlicherweise denkt, daß die Bevölkerung des Planeten auf ihn allein beschränkt ist. Wenn es der Mann Ihrer Träume allerdings auf vierundzwanzig Punkte gebracht hat, ist es nicht schwer zu verstehen, warum er immer noch zu haben ist. Schwer zu verstehen ist, wie er es geschafft hat, so lange zu leben, ohne erschossen worden zu sein.

Möchten Sie eine Original-Radierung von Elvira Bach besitzen?

Das Titelmotiv dieses Taschenbuchs können Sie erwerben.
Die Radierung ist farbig, im Format 39,5 x 49,5 cm,
auf Zerkall-Büttenpapier gedruckt im Format 55 x 76 cm.
Einzelheiten bei Knaur, 81664 München.